KB115326

장씨세가 호위무사 14

조형근 新무협 판타지 소설

초판 1쇄 찍은 날 § 2019년 7월 4일
초판 3쇄 펴낸 날 § 2023년 8월 17일

지은이 § 조형근
펴낸이 § 서경석

편집책임 § 황창선
편집 § 박현성

펴낸곳 § 도서출판 청어람
등록번호 § 제387-1999-000006호
등록일자 § 1999. 5. 31
어람번호 § 제2-2793호

주소 § 경기도 부천시 부일로 483번길 40 서경B/D 3F (우) 14640
전화 § 032-656-4452 팩스 § 032-656-4453
E-mail § chungeorambook@daum.net

ISBN 979-11-04-92009-7 04810
ISBN 979-11-04-92007-3 (세트)

장씨세가 호위무사

第五幕
14

조형근 新무협 판타지 소설

張氏世家

청람

목차

第一章

좋아하오

미동조차 없었다.

시간이 정지된 듯했다.

눈을 감은 채 침묵을 지키는 이천 대사.

도르륵. 뚝. 뚝.

이마에 흥건한 땀은 이제 구슬 지어 흘러내리고 있었다.

엄청난 집중으로 뭔가를 하고 있는 것 같은데 그게 뭔지 알 수 없어 답답했다.

'크흠, 크흠!'

고작 무인일 뿐인 당고호도 초조해졌다.

평소 같으면 헛기침을 호랑이같이 쏘아붙였을 텐데.

아니, 하다못해 좀 전에 지나간 묵객에게 '뭐 아는 거 있소?'

라고 말이라도 붙여볼 수 있었을 텐데.

"후으으… 아리타. 라리타. 오바사바사……."

역시 진땀으로 온몸이 젖은 아영.

그리고 그 못지않게 힘을 쓰고 있는 이천 대사 때문에 숨 한 번 크게 쉬지 못하고 기다리고 있었다.

"콜록… 콜록."

풀썩!

그 후로 반각. 아영이 손을 놓고 세찬 기침을 내뱉었다.

그와 함께 이천 대사의 불진이 사르륵 내려앉았다.

"저! 어떻게 된……!"

"쉿!"

당고호가 채 묻기도 전에 저지하는 모산파의 제자.

주먹질로 하면 한 방에 셋은 날려 보냈을 법한 비리비리한 놈들이, 어마어마하게 엄숙한 모습을 하고 있었다.

'아이고, 또 얼마나… 응?'

한숨 푹푹 쉬며 울상이 되었던 당고호의 눈썹이 꿈틀댔다.

"후우우우."

추욱.

이천 대사가 숨을 가라앉히며 드디어 눈을 뜬 것이다.

당고호는 이제 모산파의 제자에게 과장된 입 모양으로 물었다.

소리 내지 않고 '어떻게 됐소?'라고.

"들어보시오."

수제자가 밝게 웃으며 대답했다.

당고호가 급히 장련 옆으로 다가가 코에 귀를 대려다가 아차 싶었다.

아무리 그래도 규수의 살에 닿는 건 무례가 아닌가 싶어 목 중앙의 경동맥을 짚었다.

두근! 두근! 툭! 툭!

"하아!"

당고호가 탄성과 경이를 느꼈다.

맥이 돌아왔다.

분명 죽었는데.

숨이 다하고 혈맥이 멎은 것을 자기 손으로 확인했는데.

장련의 맥에 생기가 돈 것이다.

"노친네! 아이고, 정말 용하시오! 시전에 장판 깔아도 되시겠 구려! 허허허!"

욕인지 칭찬인지 모를 말에 모산파 제자들이 얼굴을 와락 구 겼다.

물론 당고호는 전혀 개의치 않았다.

"아직… 안심하긴 이릅니다. 오랫동안 호흡이 원활하지 않아 머리 쪽에 강한 충격을 받았을 것입니다. 이제 겨우 숨이 트인 상황인데."

이천 대사는 힘겹게 숨을 몰아쉬며 말을 이었다.

무림인의 내공과는 다른, 영력을 엄청나게 많이 소모한 탓이 었다.

"한동안은 의식이 없을 겁니다. 주위에서 큰 충격이나 사달이 일어나지 않도록 해야, 겨우 자리 잡은 맥을 안정시킬 수……."

"시간이… 얼마나 흘렀죠?"

"헉!"

말하던 이천 대사가 '쩌억!' 입이 벌어졌다.

당장 의식이 없을 거라고 말한 그 순간, 그녀 본인이 의식을 차려 먼저 묻기까지 한 것이다.

"…소, 소저, 정신을 차린 거요?"

"네, 제가 살아 있는 것 맞죠?"

"마, 마, 맞기는 한데… 이 어찌……."

이천 대사는 해괴한 얼굴로 대답했다.

진기한 대법으로 영을 도유하고, 구음진맥의 신녀가 기력을 불어넣어서 분명 성공은 했다.

하지만 이건 어디까지나 급조한 이론상의 일이거늘.

한 번 죽었던 이가 숨이 돌아왔다 해서 바로 일어나는 경우는, 축귀가 본업인 그도 평생 처음 보는 괴사였다.

"독 때문일 게요."

같은 생각을 했는지 당고호가 대답했다.

"독?"

"약독일치라. 의(醫)나 약(藥)에 손을 댄 사람이라면 누구나 아는 게지요. 지나치면 독이나, 적절하면 약이 되오. 고독을 제독하려고 필사적으로 3대 독을 부어 넣었는데, 그게 오히려… 서로가 서로를 제압하며 벌모세수(洗髓伐毛: 다시 태어남)가 된 모양이군."

독으로 독을 제압하여, 그로써 기력을 북돋웠다.

당고호는 자신이 일을 벌여놓고도 신기한 듯 장련을 살폈다.

이런 때의 모습을 누가 보았다면 노천과 결국 한통속이라 할 만했다.

쓰윽.

"움직이지 마시오. 지금 소저의 상태가……."

"빨리 가세요."

장련이 일어나자 이천 대사가 말렸다. 하지만 거기서 날카롭게 외치는 소녀의 목소리가 있었다.

"……?"

이천 대사도, 당고호도, 고개를 돌려 목소리의 주인을 보았다.

아영이었다.

"아영아, 그게 무슨 말이냐?"

"서둘러요. 어서요. 빨리 가지 않으면……."

아영은 당고호의 말에 대답조차 하지 않고 장련을 보았다.

그러곤 얼핏 신들린 듯한 눈빛으로 말했다.

"무사님들이 위험해요."

*   *   *

콰가가가가가!

맹주와 천중단의 움직임은 이전과 비교도 할 수 없을 정도로 빨라졌다.

소용돌이치듯 퍼부어지는 공세. 그 중심에서 버티며 전진하는 묵객의 압박은 광휘를 삽시간에 수세로 몰아넣고 있었다.

　쩌어어엉! 쩌어엉!

　권기, 검기가 일시에 날아가고.

　슈슈슉! 슈슈슉!

　위치를 유기적으로 바꾸며 쇄도해 들어가는 대원들.

　휘릭! 휘리릭! 카카카캉!

　기운을 막고, 흘리는 광휘의 반격은 묵객이 철벽처럼 막아낸다.

　강대한 축을 중심으로 치고 빠지는 복잡한 전법이었다.

　쓰윽!

　"계속 움직여! 멈추지 마라!"

　광휘가 주위를 살피듯 은빛의 시선을 돌리자, 맹주가 다시 소리쳤다.

　한순간이라도 멈춰 있으면 안 된다.

　사량발천근, 건곤대나이 같은 반격은 상대가 멈춰 있을 때 그 위력을 더 발휘한다. 치고 나서 즉각 빠져야만 그런 위험을 대비할 수 있기 때문이다.

　쓰으으윽.

　"그만! 달려들지 마라!"

　계속되는 공격에 힘겨운 듯, 광휘가 비틀거릴 때였다.

　묵객과 천중단원들은 맹주의 일갈에 반사적으로 공격하려던 것을 멈췄다.

　'백중건의 무공……'

광휘의 움직임은 운 각사와 싸울 때와 달리 반응속도도, 기민함도 현저히 떨어져 있었다.

그럼에도 틈을 노리지 못하는 것은.

건곤대나이와 이기어검, 누구도 따라잡지 못한 광휘의 검술 때문이었다.

"말려들면 우리가 당해!"

전반적으로 지쳐 있다. 하지만 '이때구나!' 싶어서 달려들면 여지없이 일초필살.

많이 소진된 광휘의 체력으로도 그 위력은 여전히 상상을 초월하고 있었다.

"기공을 흘리거나 받아치는 것도 막대한 체력이 필요해. 이대로 계속 공격한다. 숨도 쉬지 못할 때까지!"

"예, 맹주!"

"알겠습니다!"

"아무렴요!"

천중단 대원들과 묵객이 화답하듯 외쳤다.

그들도 어느 정도 짐작은 하고 있었다.

지구전과 차륜전.

아무리 신위가 돋보이는 광휘라 해도 강호를 대표하는 고수 여섯을 상대하기는 벅찰 수밖에 없다.

특히나 광휘의 일격필살.

그것만 피한다면 그의 체력과 기력을 갉아먹을 수 있다.

제아무리 지금의 광휘가 무신의 경지에 도달했다고 해도 어차피 한낱 사람일 뿐.

쿠쿵! 쿠쿠쿵!

큰 공격 대신 자잘하게 쏟아져 나가는 내공의 힘.

몇 번의 실패로 학습한 천중단 대원들의 대응법은 단순했다.

시간이 오래 걸리는 큰 일격은 광휘가 사량발천근으로 기(氣)를 돌려 버린다.

그러니 그럴 가치가 적은 단타로, 쉼 없이, 장맛비처럼 잘게 쏟아내고, 즉각 자리를 피해낸 것이다.

더구나 그들 중심에서 한 사람은 무시할 수도 없는 고강한 위력을 뿜어내고 있었다.

"이야야아압!"

쩌어어어엉!

호흡과 함께 묵직한 도강을 뿌려낸 묵객의 일도.

쉬익!

그 도강은 광휘의 앞에서 한순간 거짓말처럼 소멸되어 버렸다.

"하하… 잘 안 되네."

묵객은 멋쩍은 듯 대원들을 향해 머리를 긁어 보였다.

그는 민망하다는 얼굴이었지만, 정작 천중단 대원들은 속으로 기막혀 혀를 내둘렀다.

'대체 저런 놈은 어디서 튀어나온 거야?'

'불완전하다고 해도 도강을 몇 번씩이나……'

'이거 웅산군과 비교해도 내공이 밀리지 않을 것 같은데?'

'용감한 걸 넘어 무식한 놈이군.'

가히 바다같이 끝없는 내공에 염악, 방호, 구문중, 웅산군이 차례로 생각에 잠기는 그때.

쩌어어엉!

갑자기 광휘의 지척에서 폭발이 일었고 그가 뒤로 주욱 밀려 나가 바닥을 굴렀다.

"후우……."

묵객의 도강이 소멸되는 순간, 틈을 노리고 있던 맹주의 일격 이었다.

잠깐의 정적.

"크크크크큭."

그리고 비웃음 소리가 광휘의 입에서 흘러나왔다.

쓰으으윽.

다시금 자리에서 일어나는 그는 괴이하게도 강시처럼 **뻣뻣한** 모습을 보이고 있었다.

"광휘, 이제 그만 내려놓게."

한숨을 쉬며 광휘를 향해 한 발 걸어가는 맹주.

저벅. 저벅.

그의 움직임에 천중단 대원들뿐만 아니라 아직 살아남은 삼 십여 명의 천군지사대.

그리고 구파일방 사람과 장로, 장문인.

모두가 대화에 집중했다.

"자넨 광마에 사로잡힐 자가 아냐. 벌써 몇 번이나 **빠져나왔** 지 않나! 이제 자네의 의지를 찾게! 다시 돌아와서……."

"단리형, 미안한데……."

"…헉!"

맹주의 눈이 부릅뜨였다.

분명 광마에 빠져 있었을 광휘. 그가 은백색의 칼날 같은 눈으로 말을 하고 있었던 것이다.

"지금 이 모습이 진짜 나야."

광휘는 그런 그들을 향해 히죽 웃어 보였다.

맹주는 아연해졌다. 그뿐만 아니라 천중단 대원들, 지켜보던 모든 사람들도 자신들의 귀를 의심했다.

설마설마했는데 정말로 의식이 있었다.

이제껏 광마에 사로잡혀 단순히 발작을 일으키는 줄로 알았는데.

"너, 너……."

파팟.

맹주가 당혹스러워하던 사이 광휘가 우측으로 달려 나갔다.

천군지사대 쪽이었다.

파팟.

맹주는 즉시 따라붙었고.

"헉!"

일순, 광휘가 자신 쪽으로 방향을 틀자 다시금 신음을 내뱉었다.

캉! 지지지직.

쾌검 특유의 빠름에 강대하고 파괴적인 힘을 가미한 둔검.

맹주는 가까스로 막아냈지만 일 장이나 밀려 나갔다.

'녀석, 지금 이게 도대체……?'

채채채챙!

맹주를 밀어내고 달려오는 광휘를 향해 천군지사대 셋이 검을 들어 방어했다.

슈슈슈숙!

동시에 천군지사대의 또 다른 넷도 그 틈을 메우며 반격을 준비했다.

그러나 광휘는 그들의 움직임의 몇 배나 더 빨랐다.

쇄애애액!

정면의 세 개의 검.

쇄애애액!

앞뒤의 네 개의 검을 모조리 튕겨내는 사이 그들은 반응조차 하지 못했다.

퍼엉!

그러나 그들 속에 재빨리 끼어든 천중단 대원이 있었다.

방호는 잘려 나간 봉에 기(氣)를 주입해 광휘의 시선을 흔들고.

퍼어억!

연이어 오른손을 펼쳐 장공을 뿜어냈다.

쩌어어엉!

"흥!"

광휘는 그 상황에서도 초인적인 속도로 기공을 공멸시켜 버렸다.

그리고 다시 시선이 돌아갔다.

이번엔 좌측.

한달음에 달려 나간 그는 주춤거리는 천군지사대 대원 하나의 목을 겨냥해 검을 그었다.

까아앙!

그런데 이번에도 막혔다.

거대한 대도로 막아선 자는 염악이었다.

"단장! 그럼 뭐 때문이오!"

그는 소리치며 광휘를 불렀지만 그는 아무런 반응도 없었다.

"대체 왜 이런 짓을 하는 거요! 왜!"

오히려 피식 웃으며 검을 뻗을 뿐.

푸악!

"윽!"

단 일격. 그 찌르는 공격도 버거운지 염악은 급하게 뒤로 물러섰고 그사이 천군지사대들이 기습적으로 노렸지만.

"컥!"

"윽!"

"허억!"

자신들의 검이 잘려 나가는 괴이한 장면만 목도할 뿐이었다.

쇄애애애액!

광휘의 검이 뒤로 돌아갔다. 큰 동작. 큰 기술이 펼쳐지려는 것이다.

그걸 감지하고 빠르게 달라붙은 구문중.

빠른 찌르기 이후, 신호를 보내듯 고함질렀다.

"지금!"

"……!"

쇄쇄쇄색!

파바바박!

때마침 쇄도해 들어오는 강렬한 권풍과 옆쪽에서 채찍처럼 찍어오는 도기.

웅산군과 묵객이었다.

"칫!"

휘리리릭!

광휘가 또다시 주욱 밀려 나갔다.

어떻게 틈을 파고들려고 해도 쉽지 않았다.

더욱이 결정적인 순간에는 맹주가 가세할 것까지 예상하고 있는 듯했다.

"지치지도 않는가 봅니다."

염악이 헐떡이는 숨소리로 옆으로 다가온 맹주를 향해 말했다.

"아니, 지쳤다."

맹주는 광휘를 응시하며 숨을 몰아쉬었다.

상대는 운 각사와의 싸움으로 체력이며 심력이 상당히 떨어져 있었다. 그건 분명했다.

"우리가 더 지친 것이 문제지."

문제는 이쪽의 지구력이었다.

짧은 시간 펼친 운기조식이 모든 체력을 평상시처럼 끌어 올려주진 못한다.

거기다 광휘가 쓰는 무공은 이기어검. 검에 내공을 전달할 필요도 없이, 의념이 곧 공격이 되는 최상승의 무공이다.

여기에 여차하면 건곤대나이로 상대의 공격을 되돌려 버리기까지 하니, 가랑비에 옷 젖는다는 전술은 완전히 실패로 돌아갔다.

사실 옷은, 이쪽이 먼저 젖고 있었다.

치리리릭. 치르르릉!

그때였다.

"아!"

"뭐야!"

갑자기 움직이는 수많은 검들.

바닥에 널브러진 검들이 하나둘씩 허공에 떠오르기 시작했다.

"……!"

맹주는 얼굴이 급변했다.

체력은 깎았지만 여전히 광휘는 신검합일 상태였다. 그가 펼치는 이기어검을 막을 수 있는 실력자는 이들 중 아무도 없었다.

저 공격이 퍼부어지면 기껏 살아남은 천군지사대 전원이 몰살할 수도 있는 상황이었다.

"다들 광휘에게!"

맹주가 외치며 달려들었지만, 이미 그 전부터 묵객과 천중단 대원들은 움직이고 있었다.

"대장!"

"단장!"

"하압!"

지이이이잉.

삼 장의 거리를 두고.

맹주는 손가락을 찌르며 지공(指功)을 날렸고.

묵객이 도강을.

웅상군은 권기를.

염악은 도기를.

구문중은 검기를 뿌렸다.

쉬쉬쉬쉬익!

'…실수다!'

그리고 그 순간, 맹주는 깨달았다.

허공에 떠 있는 수십 개의 검이 휘우듬하게 방향을 튼 것을.

그 공격은 처음부터.

천군지사대가 아니라 자신들을 겨냥해서 날린 것이었다.

콰가가가가가각!

*　　　*　　　*

쓰으으으—

몸을 둘러싼 공기가 왠지 모르게 눅진하다.

스쳐 가는 바람도, 한순간 솟아오른 모래 알갱이도 왠지 모르게 불쾌하게 느껴진다.

툭. 툭.

단리형은 손을 들어 한쪽 눈을 매만졌다.

잠시 정신을 잃었던 것일까.

피가 흥건했다.

아마도 자신을 노리던 열 개의 검 중 하나가 오른쪽 눈을 베고 지나간 상처일 것이다.

'다행히 실명은 피했군.'

다친 부위를 점검한 그는 남은 한쪽 안력을 돋워 뿌연 시야를 천천히 살폈다.

주위에 낭자한 피가 보인다.

그리고 그 옆으로 쓰러져 있는 천중단 대원들을 발견했다.

"저희는, 쿨럭쿨럭… 괜찮습니다."

구문중의 목소리였다.

"남은 자들은?"

"괜찮습니다."

"저도."

"저 역시 괜찮습니다."

다행스럽게도 모두 대답을 해왔다.

'살긴 살았지만…….'

맹주는 침음했다.

이기어검술.

분명 운 각사와 싸운 뒤로 심력(心力)이 대폭 깎였을 텐데도 여전히 위력은 엄청났다.

절체절명의 순간, 광휘에게 날린 공력을 끌어모아 건곤대나이로 퍼뜨리지 않았다면 이 자리에 살아남은 이는 없었을 것이다.

"싸울 수 있는 자는?"

"……."

맹주의 말에 천중단 대원들 중 누구도 대답하지 않았다.

보지 않아도 알 만했다. 당장 운기조식하지 않으면 평생 명이 깎일 치명상을 입었을 터.

"하아, 정말이지."

맹주는 큰 한숨과 함께 광휘 쪽으로 시선을 돌렸다.

그는 여전히 그 자리에 서 있었다.

스릉.

사이한 은백의 눈빛. 석상처럼 무표정한 얼굴.

언뜻언뜻 이는 바람에 휘날리는 머리가 아니면, 석상이나 동상으로 착각할 모습이었다.

"물러서라! 너희들은 방해만 된다!"

천군지사대가 달려오자 맹주가 손을 저었다.

딴에는 전력에 보탬이 될까 끼어들려는 것이지만, 저들 중 누구도 광휘의 일초를 받아내지 못했다.

그건 자신들 또한 마찬가지.

이 상태로는 광휘를 막아낼 수 있는 자가 아무도 없었다.

그렇다고 물러설 수도 없었다.

"광휘… 이게 자네가 원하던 건가."

맹주가 허탈한 목소리가 중얼거렸다.

지금의 광휘는 단어 그대로 괴물이었다.

괴물이 되지 않고선 살아갈 수 없게 된 것이다.

그리고 그런 그를 알면서도 막아설 수밖에 없는 자신.

언제나 싸움은 이런 식으로 비극적인 결말을 맞아왔다.

"안다. 누구보다 많이 힘들었겠지."

"…크큭."

비웃음과 함께 가만히 서 있는 광휘.

맹주는 그런 그에게 다가서며 조용히 입을 열었다.

"그러니 내가 나서는 거다. 이렇게 된 전우를 막는 것이야말로, 마지막 예의니까."

쓰윽.

맹주는 검지와 중지를 모아 손목에 가져다 댔다.

툭. 툭. 툭.

천중단 대원들이 앞서 짚은 마혈과는 달랐다.

그가 지금 시도하려고 하는 것은 손목, 어깨, 정수리로 이어지는 극한의 내공 증폭.

툭. 툭. 툭.

잠재되어 있는 선천지기를 한계 이상으로 뽑아내는 사혈(死穴).

즉 8대 경락을 모두 뒤틀어서 꺼내는, 죽음을 담보로 한.

단 한 번의 힘이었다.

'아, 그러고 보니 처음이 아니었지…….'

단리형은 옛 천중단 때를 떠올려 보았다.

당시 삼십 대 후반의 나이였던가.

일곱 겹으로 포위된 상황에서 급박한 나머지 같이 죽자는 각

오로 이 힘을 썼었다.

결코 살아남지 못하는 금단의 수법.

그럼에도 목숨을 구했던 건 시의적절하게 구하러 온 광휘, 그리고 천중단의 우수한 영약과 시술이 있었기 때문이다.

물론 그에 따른 부작용으로 이런 노인의 몰골을 가지게 되었지만…….

'이번엔 절대로 살지 못하겠지?'

그는 조금 아쉬웠다.

운 각사의 규화보전만 아니었더라도, 아니, 광휘가 이기어검술만 쓰지 못했더라도.

그를 충분히 막아낼 자신이 있었다.

지금 그는 자신이 막을 수 있는 수준이 아니었다.

저벅저벅.

광휘와 맹주의 거리는 삼 장.

짚을 혈은 이제 셋 남았다. 이젠 결정을 내려야 했다.

이것이 이제 그와 광휘의 마지막…….

툭. 투툭.

'어……?'

스팟!

빠르게 혈자리를 짚어가던 맹주의 손이 멈칫했다.

마지막 혈을 짚으려는 순간 느닷없이 자신을 스쳐 가는 한 줄기 신형. 그리고 갑자기 나타난 묵객의 손에서 흐릿하게 뻗쳐 나오는…….

'강기?'

쩌어어엉!

워낙 급작스러웠는지, 아니면 맹주에게 시선이 팔려 있었는지, 광휘는 급히 받아치지 못하고 뒤로 쭈욱 밀려 나갔다.

"헉, 헉."

맹주의 앞에 한 사내가 거칠게 숨을 몰아쉬고 있었다.

온몸이 피투성이가 된 상태에서도 그는 혈기 왕성하게 외치고 있었다.

"이번엔 내가 이길 거라니까!"

묵객이었다.

마치 옛날, 천중단 시절의 자신의 모습처럼.

그때의 광휘와 그때의 단리형처럼, 어떠한 상황에서도 포기하지 않는 사내.

그 당당함과 근성이 절체절명의 상황에서도 맹주를 웃음 짓게 했다.

*　　　*　　　*

"세상에……"

단리형의 눈이 믿지 못하겠다는 듯, 묵객의 등으로 고정되었다.

강기. 도객의 경우는 도강.

무의 극의로서 단 한 번 쓰고 난 뒤에도 극도의 탈진을 느끼는 어마어마한 내공의 집약이다.

한데 묵객은 싸우는 도중 강기를 몇 번이고 생성했다.

그것만으로도 경악스러운 일일진대, 방금도 불안정하긴 해도 강기를 뿌렸다.

이는 과거 칠객이나 백대고수 수준을 훨씬 상회하고 있는 내력인 것이다.

"온갖 멋있는 척은 혼자 다 하더니. 뭐야……"

광휘를 밀어낸 묵객은 으르렁거렸다.

"상황이 불리하니까 지금에서야 본색을 드러내는… 뭐 그런 거냐? 그게 본색이었냐!"

역시나 이번에도 그의 공격은 통하지 않는 걸로 보였다. 대체 어떻게 강기를 정통으로 맞고도 일어설 수 있는 것인가.

"그러려면 지금까지 왜 장씨세가에 붙어 있었어! 맘에 들지 않았다면 석가장 일만 끝내고 가면 됐을 게 아니냐! 왜 굳이 여기에 남아서 이런 밑바닥까지 다 드러내고 있는 거냐고!"

다만 뭔가 변화는 있어 보였다.

고함치는 묵객을, 광휘는 그저 무표정하게 바라보고만 있었다.

"그래… 이제 와 형장, 아니, 네 마음이 어떤지 알겠다. 애초에 무슨 이유가 있어서 광마가 된 게 아냐."

꾸욱.

묵객의 손에 힘이 들어갔다.

"스스로 미치고 싶었던 거지? 네가 미치는 데 그저 변명이 필요했던 거지?!"

"……."

그의 말에 별다른 표정 없이 서 있는 광휘.

묵객은 그 무표정을 향해 다시 외쳤다.

"왜? 잘난 체하려는데 일이 술술 안 풀려서 기분이 나빴냐? 사람들의 눈을 피해 숨어 사니 힘들고! 사람들이 인정해 주지 않으니 서럽고! 사람을 구하지 못하니 열받고! 그래서 그냥 다 쓸어버리고 싶었던 거다. 이거 아니냐!"

"맞아. 그래서 그랬다."

광휘가 선뜻 대답했다.

"…허!"

"이런!"

그랬기에 사람들은 충격에 빠졌다.

"대체 왜……."

"이거 뭡니까? 광 대협이 미친 게 아니었습니까?"

"광마가 된 게 아니었다는 겁니까?"

구파일방의 장문인들도 느끼는 감정은 같았다.

지금까지 일부러 했다는 말.

이 미친 짓을 일부러 했다는 인정을 모두가 똑똑히 들었다.

대체 왜?

아연함에 입이 벌어진 좌중에게 광휘의 말이 이어졌다.

"그냥 다 귀찮아졌어. 도움도 안 되는 놈들. 어차피 안 보면 그만이니까. 차라리 내 손으로 다 쓸어버리는 게 낫지."

"미친… 자식!"

묵객의 얼굴이 일그러졌다.

매도하고 욕했지만 그는 광휘가 부정해 주기를 진심으로 바랐다.

한때 광휘는 장련을 사이에 둔 연적이었다.

그렇지만 상대는 항상 자신보다 무엇이든 앞서 있었다.

무의 기량도, 인맥도, 앞선 자가 가진 고독도.

때때로 그 뒷모습을 보며 아련한 경의와 존경 또한 느꼈다.

언젠가는 자신도 저런 모습이 되고 싶다고.

"그럼 그동안 네가 했던 일들을 다 놀이였던 거냐? 사람들을 구하고! 목숨을 던져가며 했던 수많은 일들은……."

그 모든 아름다운 조각들이 산산이 부서지고 있었다.

다름 아닌 그의 입으로.

"목숨은 건 적 없다."

광휘가 무표정하게 말했다.

"말은 바로 해야지. 난 목숨을 건 적 없어. 영웅 놀이 좀 했을 뿐이야."

"광— 휘이이이!"

묵객은 목청이 터져라 고함질렀다.

존경하고 인정했던 자.

그랬던 남자를 향해 지금, 그는 온몸의 털이 올올이 설 만큼 분노하고 있었다.

"너도 그렇지 않나, 묵객? 약자를 돕는 척만 해도 사람들이 칭송하는 것에서 오는 성취감, 나보다 약한 상대를 밟고 일어설 때 드는 우월감, 그런 것들 말이야. 장씨세가 정도면 내가 영웅

놀이를 하기엔 최적의 장소였어."

"네놈의 그 놀이에……."

어깨를 들썩이며 축축이 젖은 눈을 감고, 묵객이 말했다.

"그 놀이에 명호가 죽었다."

"……."

"네놈이 말하는 그 놀이에 명호가 죽었어! 너를 목숨처럼 따르던 명호가 우리들을 지키기 위해서 목숨을 버렸다! 네가 그러고도 무인이냐! 동료의 목숨을 이용해 연기를 펼쳤던 것이냐!"

묵객은 기억했다.

당명호. 그가 마지막 모습을 지켜보았던 사람의 모습을.

그는 마지막의 마지막까지 광휘를 걱정했다.

그런데 그 마음을 광휘는.

"좋은 놈이니까 뒈진 거지."

"……!"

간단하게 폄하했다.

"알지 않나. 세상에 좋은 놈은 오래 살지 못한다는 걸. 심지어 꽤 멍청한 놈이기도 했어. 결과적으로 녀석은 주제도 모르고 설치다 죽은 게다."

"이― 노― 옴!"

"단장!"

"너무 말이 심하신 것 아닙니까!"

결국 듣다못해 염악과 방호마저 나뒹군 모습으로 고성을 내질렀다.

웅산군, 구문중, 맹주 역시 상처를 받은 얼굴이었다.

내상보다 더 지독한 광휘의 말로 인해.

"하! 하하… 하하하."

묵객은 이제 어이가 없어 헛웃음만 지었다.

분노가 극에 달하면 웃음이 터진다는 것이 이런 것일까.

그는 허탈한 얼굴로 한 인물을 떠올렸다.

"그럼 황 노인은?"

"……."

고개를 까닥이는 광휘를 향해 묵객이 재차 소리쳤다.

"황 노인도 그런 거냐? 그에게 보여왔던 그 마음들은 전부 거짓이었던 것이냐!"

"그 오지랖 넓은 늙은이……."

광휘의 얼굴에 조금 표정이 돌아왔다.

실로 인간적인 표정. 은빛의 동공. 그러나 그 얼굴에 떠오른 인간적인 표정은.

'짜증 난다'였다.

"빚을 졌지. 그래서 끝끝내 은거 생활을 청산하고 도왔다. 그래도 제법 열심히 도왔다. 그 정도면 내가 그에게 진 빚, 이미 갚고도 남았을 것 같은데. 안 그런가?"

"하아, 그럼……."

묵객은 광휘의 무신경에 멈칫멈칫하다 겨우 말했다.

"장련 소저도 마찬가지겠지?"

이것만은 그 자신도 묻기가 두려울 정도였다.

여기서 아니라는, 그녀조차 아니라는 말을 듣게 되면.

광휘가 아니라 자신이 먼저 무너져 버릴 것 같았기에.

"그럴 거야. 딱한 상황에 처한 가문의 여식 하나. 어떻게든 무너져 가는 가문을 살리려고 애쓰는 여인을 가지고 놀기엔 아주 최적의 상황이었을 테지."

그래도 물었다. 이걸 묻지 않는다면 그 자신이 완전히 미쳐 버릴 것 같았기에.

묵객이 광휘를 노려보며 더욱 거칠게 쏘아붙였다.

"하하… 자네 연기는 정말이지 훌륭하다고밖에 말 못 하겠군. 무공을 가르쳐 준다고 나섰을 때, 독에 중독된 장련을 살리겠다고 했을 때, 의원을 잡고 외치는 자네를 보며 잠시나마 울컥하긴 했거든."

"……"

"하기야 그 정도 연기였으니 자넬 좋아하게 되었겠지. 자네 때문에 목숨도 버렸고. 평생 이용만 당했어. 대성공이야. 한 여자의 마음을 움켜쥐고 비참하게 버렸으니."

처억.

묵객이 이를 악물었다.

그리고 도를 세우며 말을 이었다.

패액!

"네놈의 그 놀이 때문에. 안 그런가? 안 그러냐고 묻잖아, 이 개 같은 자식아!"

쩌렁쩌렁.

묵객의 좌중을 울리는 목소리.

그 숨죽인 분위기 속.

주위를 힐끗 돌아보던 광휘가 나긋하게 대답했다.

"당연한 얘길 시끄럽게도 떠드는군. 혹시 내가 아니라고 말하
길 바랐나?"

묵객의 얼굴이 일그러졌다.

광휘의 무표정에 인간의 표정이 담겼다.

대단히 기분 나쁜.

비웃음이.

"맞아. 흥미 있는 계집애였어. 적이 강하면 포기하는 법도 배
우지 못한 건지… 저 하나 살기도 힘든 처지인데, 어떻게든 주
변 사람을, 아랫사람을, 심지어 알지도 못하는 사람들을 지키려
고 아등바등했지. 그러면서 나에게 매달렸다."

"……."

"귀찮았지. 결국 자신도 지켜주지 못한 나만 바라보고… 죽
을 때 뭐라고 했는지 아느냐? 기도… 한댄다… 비가 올 때나 눈
이 올 때나… 매일 기도한다고… 아프지 않기를… 맘 편히 살기
를… 칼 쓰지 말라고……."

'……?'

지켜보던 묵객의 눈이 커졌다.

찌직, 하고 소리가 난 듯했다.

무표정한 석상 같은 대리석의 얼굴에 점점 표정이 생겨나기
시작했다.

처음엔 비웃음이었지만… 자조처럼 보였고.

냉소처럼도 느껴졌다.

"하늘이 한 번만… 기회를 허락해 주신다면… 나도 할 말이… 연기가 아니라 정말 할 말이……."

광휘는 무너지고 있었다.

깨진 무표정은 제멋대로 일그러지다가 하나가 되어 무너져 내렸다.

추욱.

광휘의 어깨가 늘어졌다.

뭐라 말을 하려다 멈추고, 다시 뭐라 말을 하려다 멈춘 끝에 그는 결국 한마디를 토해냈다.

"좋아하오… 소저."

"……."

"그 한마디를 하지 못했소… 그리 많은 시간이 있었는데… 그 말을 못 했소."

지지직. 지지지직.

표정이 다시 깨어졌다가 되돌아가기를 계속했다.

그 와중에 묵객은 보았다.

주르르륵.

"……!"

긴 눈물 한 줄기가 볼을 타고 흘러내리고 있었다.

그리고 그 눈은.

분명히 비인간적인 금속의 색이 아닌, 사람의 검은 눈이었다.

흔들. 흔들. 풀썩.

중심을 잃은 듯 광휘가 땅에 주저앉았다.

툭. 툭. 주르륵.

한 줄기, 두 줄기, 그리고 점점 계속 흐르는 눈물이 옷섶을 적셔가고 있었다.

"미안해……."

"……."

"다들 지켜주지 못해서… 너무 미안해."

무슨 이유인지 갑자기 태도가 변한 모습에 다들 의아해하며 그를 바라보았다.

"내가 많이 부족해서… 정말 미안하다……."

잠깐의 침묵.

그리고 침묵은 사람이 아닌 다른 것에 의해 깨졌다.

더더덕. 더더더덕덕.

바닥에 널브러진 검 하나가 요동치기 시작했다.

묵객의 당혹스러운 시선이 검에서 광휘에게 이동하고.

지켜보던 구파일방 사람들이 겁에 질려 뒤로 주춤거렸다.

"맹주……?!"

검의 공명은 곧 이기어검술의 전조다.

갑작스러운 변화를 주시하던 맹주 옆으로 구문중이 말을 걸었다.

이 반응은 광휘가 이전처럼 발작을 일으키는 증상인 것인가.

"아니다."

"…하면, 아!"

맹주의 말에 뭔가 깨달은 구문중.

쉬이이잉.

때마침 요동치던 칼이 멈추고 공중으로 올라가는 것이 포착되었다. 한순간 검이 멎자 모두가 긴장한 시선으로 바라보았고.

"저 공격의 대상은."

쇄애애애액!

맹주의 말과 함께 검이 점차 빠르게 떨어졌다.

놀랍게도 검이 향하는 방향은.

"광휘 그 자신이야."

第二章

지켜줄 사람

"어어?"

"저걸 보시오!"

콰가가가!

검 하나가 허공으로 솟아오르자 사람들이 바짝 긴장했다.

검술의 극이라 부르는 이기어검술. 광휘가 이번엔 또 무슨 공격을 퍼부을지 두려움이 엄습한 것이다.

카가가각! 채앵!

"이건?"

"무슨……."

그런데 상황은 전혀 엉뚱한 방향으로 흐르고 있었다. 날아든 검을 광휘가 손수 쳐낸 것이다.

"맹주!"

다들 얼떨떨해하는 가운데 구문중이 단리형을 불렀다.

이기어검으로 날아가는 검이 광휘를 공격하고, 광휘가 그걸 방어한다.

이게 무슨 영문인지 알려줄 수 있는 이는 이 중에 단 하나, 단리형뿐.

"신검합일에… 균열이 일어났다."

"예?"

쉬이이익!

광휘가 받아친 검은 바닥에 떨어지지 않고 저 멀리 튕겨 나가더니 재차 공중에 솟구쳤다.

챙!

광휘가 그걸 다시 쳐냈다. 맹주는 그 장면을 잡아먹을 듯한 눈으로 바라보며 말을 이었다.

"자신을 죽여서라도 폭주를 막으려는 게 광휘의 의지였다. 그리고 그게 억울하다고 막아서는 것 또한 광휘다. 이기어검은 온전히 사용자의 의지에 반응하는 검. 그런데 그 의지가 반으로 갈린 거야."

챙! 챙! 챙!

허공을 자유자재로 날아다니는 검과, 은빛 눈의 광휘는 치열한 격전을 벌이고 있었다. 말이 안 되지만 맹주의 말을 듣고 보니 그게 또 그렇게도 보였다.

"그럼 검을 막아서는 단장은……."

구문중이 침음하며 맹주에게 물었다.

"몰라. 어느 쪽이 진짜인지."

맹주가 씁쓸하게 입꼬리를 비틀어 올렸다.

그건 웃음인 것도 같았고, 비통한 울음 같기도 했다.

"왜 나만, 왜 우리만, 하는 억울함이 한 번에 터져 나온 느낌. 그래서 보이는 대로, 닥치는 대로 다 죽여 버리고 싶은 광기. 동시에 그래선 안 된다고 스스로를 막아서는 마지막 벽. 둘 다 그 자신이지. 그게 어떤 건지 자네들도 알지 않나?"

"……."

"……."

맹주의 말에 구문중, 그리고 천중단원들은 뭔가를 느끼는 듯 입을 다물었다.

덕분에 혼자만 소외된 묵객은 헉헉거리며 주변을 돌아보았다.

"그럼 이제 어떻게 되는 겁니까?"

"글쎄… 지금으로선 알 수 없다. 다만 하나 확실한 건 있지."

맹주가 검을 계속 쳐내는 광휘를 보며 탄식했다.

스스로 검을 끌어들이고 막아서는 우스꽝스러운 모습에서.

과거 그의 한(恨) 서린 고통이 올올이 전해져 왔다.

"더 강한 자아가 모든 걸 가질 거다."

*   *   *

"이게 뭐 하는 짓이야!"

광휘가 고성을 토해냈다.

쉐애애액!

쏟아진 검은 독사의 영활한 혀처럼 굽이굽이 비틀리며 그를 공격해 왔다.

광휘는 검을 들어 이기어검을 정확히 쳐냈다.

부르르르.

캉! 카카캉!

튕겨 나간 검은 재차 별개의 생물처럼 다시금 날아 들어왔다.

눈 깜짝할 사이 광휘는 스스로 움직이는 검과 무려 수십 번의 공세를 주고받았다.

파앗! 치잇!

그러나 전부 막아내지 못했는지 대처하는 팔목과 무릎에 피가 튀었다.

그도 그럴 것이 어느새 또 한 자루의 검이 그를 공격해 왔기 때문이다.

"이노오옴!"

스스슥! 스스슥!

몇 자루의 검이 더 솟아올랐다.

참으로 신묘한 현상이다.

검강이니 신검합일이니 하는 무공이 전대미문의 경지라 일컬어지지만, 어검술은 그보다 더한 평가를 받는다.

사용자의 의지 그 자체로 검이 반응하는 경지.

즉, '이런 공격을 하겠다'라고 생각하면 그 즉시 검이 화살처럼 날아들어 베고 찌른다.

이런 측면에서 이기어검은 '심검(心劍)'의 묘리와도 닿아 있는 것이다.

"그렇게나… 죽고 싶은 거냐?"

싸늘하게 신음하는 광휘.

단 한 자루의 검에도 혈투 중인 광휘 앞에, 세 자루의 검이 솟아올라 빙글빙글 돌고 있었다.

그걸 본 묵객이 중얼거렸다.

"죽고 싶어 한다고?"

챙! 챙! 챙!

말이 끝나기 무섭게 받아치는 검.

손에 든 검과, 아직 허공에 떠 있는 검.

그리고 주변에서 휙휙 떠오른 검들. 이 모두가 상궤를 벗어난 광경이었다.

화산파고, 무당파고, 검문이라 할 수 있는 검문들은 전부 입을 쩌억 벌리고 그 신기막측한 경우를 보고 있어야만 했다.

"멍청한 놈! 네가 죽으면 이 싸움이 다 끝날 것 같으냐? 아니! 그때부터가 시작이다. 구파일방의 오만함도! 장씨세가의 불행도 전부!"

캉! 카가— 캉!

세 개의 검을 또다시 쳐낸 광휘.

그러나 이번엔 쉽지 않았는지, 검을 쳐낸 손이 바르르 떨어 댔다.

쓰으으윽.

허공에 떠오르는 검은 계속 늘어나고 있었다.

세 자루에 두 자루가 더해져 다섯 개의 검이 광휘를 포위하듯 빙글빙글 돌며 일제히 쏘아졌다.

카카카캉!

"저게… 무슨 말씀입니까, 맹주? 자신이 죽으면 모든 게 시작이라는 말이."

속도가 얼마나 빠른지 묵객의 눈엔 검영 수십 개가 늘어난 듯한 환영으로 보였다.

저 모든 검영이 광휘 주위에서 휘몰아쳤다.

이건 이미 인간의 눈으로 좇을 수 없는 속도였다.

"정치질이지."

"…네?"

묵객의 되물음에 단리형이 탄식했다.

"칠객 중에 하나인 묵객. 자네는 강호에서 풍찬노숙하며 억울한 사람들을 돕는 일만 해왔네. 무인의 도리와 권위를 위해서. 하지만 같은 취지로 세워진 맹도 결국은 사람 사는 곳이네. 어찌 보면 강호보다 더 끈덕지고, 더 지독한 아귀다툼이 있지."

카카캉!

받아치는 광휘의 검에서 번갯불이 튀었고.

촤아악!

몸으로 피가 뿌려졌다. 그리고 신음이 들렸다.

"크윽."

광휘가 주춤거리며 숨을 몰아쉬었다.

눈 깜짝할 사이 여기저기에 베이고 찔린 흔적들이 여실히 드러났다.

치명적인 상처는 없었다.

아직까지는.

스르륵. 스르륵.

숨 돌릴 틈을 주지 않고 허공에 검들이 솟고 있었다.

다섯 개로도 부족한지 이번엔 열 자루가 솟아올랐다. 거기서 다시 다섯 자루가 추가되었다.

"그리고 광휘는 그걸 가장 중앙에서 목도했지. 그가 한때 무림맹주로 추도되었다는 사실은 아는가?"

"듣긴 했습니다. 뭐, 일일천하라고……."

"그래. 절정기의 광휘는 나보다도 더 강했지. 그런데 왜 그가 아닌, 내가 무림맹주가 된 것 같은가?"

"그건……."

묵객은 살짝 갸웃했다.

문득 떠오르는 것은 아까 서기종이 쏘아댄 매도였다.

묵객 자신도 은근히 그게 말이 된다고 믿기도 했다. 왜냐하면.

그 외에는, 천하제일고수를 무림맹주로 올리지 않을 이유가 없기 때문이다.

"첫째로 그가 대문파 출신이 아니기 때문이야. 그를 지지해 줄 세력도 없었고, 그나마 타협하자며 손 내미는 이들은 광휘가 가장 질색하는 이들이었지."

"…그럼 둘째는요?"

"그건 그의 출신의 문제인데……."

"맹주! 도와야 하지 않겠습니까!"

구문중이 두 사람 사이에 끼어들며 다급히 말했다.

스스스스스스스—

어느새 공터에 있는 모든 검들이 일제히 솟아오르고 있었다.

상황은 일촉즉발.

마치 이번에 승부를 보려는 듯 수많은 검이 하늘을 덮은 것이다.

그리고 그 검들은 광휘를 노리고 있었다.

정작 이기어검의 주인이면서도 광휘는.

수많은 칼날에 정조준당하고 있었다.

"막다니 무슨 수로 막을 게냐. 저건 어검술이다. 우리가 십 할의 진력을 지닌 만전 상태라도 감당하기 힘들거늘, 더구나 지금 이 몸으로는……."

단리형이 탄식했다.

그가 검을 들어 올리는 손이 가늘게 떨리고 있었다.

혈맥이 뒤틀리고 내공이 바닥났다. 이미 근육과 힘줄은 진작부터 한계를 호소하고 있었다.

구문중이 이제 비통하게 말했다.

"하지만 가만히 놔두면 단장은 죽을 겁니다. 어떻게든 끼어들어서……."

"끼어들어서. 그래서? 둘 다 죽자고?"

"……!"

구문중은 멈칫했다.

그런 그에게 맹주의 말이 떨어져 내렸다.

"지금 광휘는 자기 자신과 싸우는 중이다. 그간 그가 쌓아온 억울함, 분노, 불합리함, 그리고 자기를 괴롭혔던 또 다른 자아와."

"……."

"여기서 우리가 개입하게 되면… 그는 죽거나, 혹은 폐인이 될 터야. 앞으로 우리가 알던 광휘는 영영 볼 수 없게 될 것이고."

구문중의 이가 '아득!' 깨물렸다.

"미안해. 다들 지켜주지 못해 너무 미안하다."

"단장……."

신음하던 구문중은 결국 바닥에 주저앉아 버렸다.

겁이 너무나 많다. 그리고 저 모든 것이 광휘의 의지다.

이번 공격이 서로 부딪치게 된다면, 결국 광휘의 의지는 남을 것이다. 그리고.

그 몸은 산산조각 나서 죽을 터였다.

"크흑……."

슬펐다. 그리고 억울했다.

강호를 위해 모든 걸 내던진 사내가 결국 이렇게 되어야 한다는 것이.

그러고도 별것 아닌 것처럼 무덤덤하게 버티는 그 얼굴이 너무도 슬펐다.

생각해 보면… 과거 흑우단 구표 시절부터 광휘는 그랬다.

"흑우단 칠조 조장, 광휘라고 한다. 별로 마주칠 일이 없을 것 같다만… 잘 부탁한다."

조장의 책무는 흑우단의 구표였다. 미끼로 중요 직책의 인물을 내걸고 은자림의 살수를 끌어내어, 그들을 요격하는 일이었다.

그 결과 광휘는 항상 성공했다.

대신, 미끼로 내밀어진 이들은 대부분 죽음을 맞이했다.

성공한 임무.

하지만 반드시 발생하는 희생자.

말하기 힘들 정도로 끔찍했다는 얘길 소문으로만 들었다.

그리고 그를 다시 만났다.

단장으로 추대되고 난 이후.

"저들은 어찌해야 합니까."

"글쎄……."

구문중은 싸움이 끝난 후 맹과 신병 처리에 관해 얘길 나눈 적이 있었다.

죽지도 살지도 못하는, 심각한 부상자들은 더욱 문제였다.

산 채로 죽일 수도 없으니까.

그들은 맹을 위한 일에 몸을 던졌지만, 그들에 대해 맹은.

잊히기를 바랐다.

부상자도, 유족들의 문제에 대해서도.

맹은… 무시했다.

믿고 일을 맡긴 맹주, 단리형조차 옛 전쟁의 희생자들을 돌보지 못했다.

죽은 사람은 죽은 사람이고 산 사람은 산 사람. 구대문파와 각종 중소문파의 이권 다툼은 그만큼 지독했다.

"숨어라. 누구도 알아볼 수 없는 곳으로. 그래야 산다."

그렇게 잊으려야 잊을 수 없는 한(恨)이 쌓여갔다. 그리고 그 한이 운 각사와의 싸움을 통해 터지고.

진정한 신검합일, 깨달음의 극을 얻었다.

동시에 사상 최악의 심마가 나타났다.

과거의 고통을 잊지 못하는 자아는 무인이란 무인은 이참에 다 죽이려고 들고 있었고, 그래도 이성적인 사고를 하는 또 하나의 자아는 이를 막으려고 하고 있었다.

"장 소저를……."

모두가 동감하며 침음하고 있던 그때였다.

내력이 다했는지 바닥에 뻗어 있던 묵객이 '꿈틀!' 몸을 일으켜 버럭 소리를 질렀다.

"장 소저를 데려옵시다. 그녀라면 저 형장, 정신을 차리게 해줄지도 몰라요!"

"무슨……!"

"뭐?"

그 말에 맹주와 구문중이 어리둥절했다.

싸움에 몰두해 있느라 그들이 본 것은 당연히 장련이 운 각사의 고독에 죽은 것뿐이었다.

그런데 살아 있다니.

운 각사의 술수를 해독했단 말인가?

"당문 사람!"

구문중이 화색이 돌아온 얼굴로 외쳤다.

생각해 보면 장련이 당한 건 독이다. 그리고 독의 명문, 당가의 당고호가 있으니 그가 어떻게 해줬을지도 모르겠다는 생각이 들었다.

"…살아 있다면 일단 불러오게."

맹주도 그 말에는 고개를 끄덕였다.

하지만 표정만큼은 지독하게 회의적이었다.

'그녀가 과연 광휘의 저 발작을 멈출 수 있을 것 같지는 않지만.'

심마의 영역에 들어서면 그는 오직 자신과 대화를 할 뿐.

그러나 그 말은 그저 속으로 삼킬 뿐이었다.

*　　　*　　　*

쉭! 쉬쉬쉭!

카캉! 카카캉!

"어어어……."

"이게 대체 무엇인가……."

좌중에 두려움 섞인 목소리가 간헐적으로 흘러나왔다.

허공에 떠올라 서로 공격해 대는 검의 숫자는 이제 자그마치 백여 자루.

번뜩번뜩 화살처럼 서로를 노리고 부러뜨리는 칼날의 광채는 쳐다보기만 해도 위압감이 들었다.

그나마 다행스러운 건, 광휘와 광휘의 싸움이라는 것이다.

하지만 저 칼날의 일부라도 자신들을 향하게 되면 대체 어떻게 될까.

"모자란… 놈!"

울컥!

광휘는 시뻘건 선혈을 토해냈다.

허공에 뜬 수십 자루의 칼날을 간신히 막아냈다. 그야말로 방어술의 극한을 보이는 면모였다.

하지만 같은 이기어검끼리 부딪치는 충격은 피할 수 없었던 모양이다.

더군다나 수는 어느덧 일(一) 대 십사(十四).

"네가, 그리고 내가 죽으면 모든 게 깔끔하게 끝날 것 같나? 저길 봐라. 맹주와 천중단 대원들을!"

광휘는 은빛의, 강철 같은 예리한 눈으로 호통쳤다.

쉬익!

그리고 허공에서 자신을 겨눈 검에 말을 걸듯, 맹주와 대원들 쪽으로 눈을 돌렸다.

"우리가 죽으면 저들은 어떻게 될 것 같은가? 은자림을 없앴다는 공을 인정받아? 빼어난 활약도 보였으니 무림맹에서 두둑이 포상도 해줄 테고?"

움찔!

갑자기 자신들이 지목되자 구문중을 제외한 대원들은 어깨만 움츠렸다.

"웃기지 마라. 그런 건 없다! 이미 보지 않았나. 구파일방의 수뇌부가! 중소문파의 대변자라는 놈들이 어떤 놈들인지 말이야!"

촤르르르르르륵!

번뜩번뜩.

허공에 뜬 검들이 광휘의 말에 출렁거리는 듯했다. 신기막측한 싸움은 이제 과거와 현재를 논하는 논쟁으로 변해가고 있었다.

"비급들… 구파일방의 유산, 그리고 맹에 참여했다 사라진 수많은 이들의 심득. 그건… 우리 거야. 강호를 지키기 위해! 살기 위해! 허망하게 죽기 싫어서 필사적으로 만든 거다. 결국 문파에서 비참하게 버려진! 맹에서 칼받이로 내밀어진 죽은 수하들 것이다! 그런데!"

처억.

광휘가 검을 들어 구파일방 장문인 쪽을 가리켰다.

"저놈들이 그걸 이해할 것 같으냐! 이것이 전부라고 내민들 그걸로 만족할 것 같으냐! 비급도 심득도 돌려받지 못한 문파들은 또 어떨 것 같으냐! 고작해야 서기종의! 뻔한 감언이설에도 팩팩 돌아가는 저 눈깔들을 봐라!"

움찔!

구파일방의 장문인과 장로들은 정곡을 찔린 듯 흠칫했다. 실제로 그들은 서기종의 말에 모두 일시적으로 격동했다.

어찌 무심할 수 있겠는가. 천중단의 유산, 각 파의 숨겨진 비급과 심득, 그리고 그와 관련된 파훼법들을 찾는다면…….

먼저 갖는 파가 강호 주유에서 선두를 달릴 것이 당연한 것을.

차르륵. 차르르륵.

효과가 있었던 것일까.

공중에 떠 있던 검들의 번뜩임이 멎었다.

"내가 죽으면… 제일 먼저 표적이 되는 건 단리형, 그다."

쿨럭.

광휘의 냉랭한 입가에서 비릿한 핏물이 흘렀다.

단리형의 얼굴 또한 딱딱하게 굳었다.

"다음으로 이제껏 죽은 척 살아 있던… 네 동료 천중단원들이 사냥당하겠지."

움찔!

구문중, 염악, 방호, 모두가 몸을 떨었다.

그리고 그제야 그들도 문제의 심각성을 통감했다.

광휘가 저리 미친 이유가 그저 자기 자신의 문제만이 아니란 걸 깨달은 것이다.

서기종이 언급했던 비급.

그리고 광휘가 보인 전대미문의 신위.

여기 있는 구파일방 사람들 모두가 보았다.

당연히 경외한 모습을 보였지만… 다른 한편으로는 탐욕을 불러일으킬 동기가 되었을 것이다.

오늘 이 일이 소문으로 퍼져 나가면 구파일방, 아니, 그들뿐만 아니라 모든 무림인들이 자신들을 털끝 하나까지 조사할 터였다.

전대 천중단의 유산을 가진 자가 또 없는지.

없다면 왜 없는지.

혹여나 숨기고 있는건 아닌지.

그건 끝도 없는 의심과 탐욕의 무저갱이다.

쓰윽.

"그리고 네가 지키려는 장씨세가는 어찌 될까? 전쟁의 소용돌이에 휘말린 죄밖에 없는 저들과… 너는 함께 있었다. 몇 달을. 그런데 저들이 무사할까? 정말 그렇게 생각하나?"

차르륵. 차르르륵.

광휘를 포위한 십여 개의 검들에 흔들림이 일었다.

"아미타불……."

침묵하는 장문인들 속에서 소림사 방혜 대사의 불호가 낮게 깔렸다.

그가 보기에도 광휘가 말하는 바에는 틀린 것이 없었다. 세상이 사필귀정으로 흘러간다면 오죽이나 좋으랴.

그러나 비급 하나에 피바람이 불고, 보검 하나에 일가가 몰살당하는 것이 강호다.

더군다나 무림문파도 아닌 상계인 장씨세가는 광휘라는 보호막이 사라진 이후, 황금 알을 낳는 거위로 비칠 것이다.

그 안에 든 것이 살점일 뿐이라도, '혹여' 하는 욕심을 그치지 못하고 배를 가르고 마는 것이 무림인이다.

"나밖에 없다. 나밖에 없어. 다른 누구도 믿을 수 있는 놈이 없어. 그렇지 않나?"

장씨세가는… 갈가리 찢길 터였다.

그 경지를 짐작도 할 수 없는 최고수 광휘.

그가 그동안 남겨놓은 심득, 혹은 비급에 대한 단서가 없는지.

광휘와 일면식이라도 있었던 이들은 모두 취조당하고 감시당하며, 혹은 붙잡혀서 고문당할지도 모른다.

지금 광휘가 목숨을 살려준 저들에 의해서.

쭈욱!

광휘가 눈앞에 일렁대는 십여 자루의 검에 손을 내밀었다. 그 말에 웅성거리듯 차락차락, 은빛의 검광들이 출렁거렸다.

그리고.

촤라라락.

"어어……."

"검의 방향이 바뀌었어."

"갑자기 왜 저러는 거지?"

허공에 뜬 칼날들이 방향을 돌리고 있었다.

이기어검이 이제 광휘가 아닌 구파일방 쪽을 겨냥한 것이다.

"맹주, 저건……."

"이거 어떻게 된 일입니까?"

구문중과 묵객이 다급히 물어왔다. 그 말에 맹주가 굳은 표정으로 말했다.

"도망쳐야 한다."

"예?"

"도망쳐야 해. 저들을 데리고 되도록 빨리… 이곳에서 도망쳐!"

맹주의 다급한 목소리에 묵객과 천중단 대원뿐만 아니라, 구파일방 사람들도 동요했다.

"도망치라고?"

"공격한다는 거야?"

불안감은 곧 공포로 변했다.

스아아아악!

허공에 떠오른 검은 근 백여 자루에 달했다.

죽은 이들, 주인을 잃은 검들이 광휘의 이기에 포섭당해 허공에서 흉맹하게 이빨을 드러내고 있었다.

광휘 본인마저 그토록 애를 먹인 이기어검.

저런 것이 쏟아진다면, 이 중에선 그 누구도 막아낼 자가 없었다.

"어서 빨리……."

맹주가 주위를 훑던 그때였다.

찰박. 찰박.

그의 눈에 파리한 안색으로 걸어오는 여인이 보였다.

그녀는 회오리치는 검무 속에서 광휘를 향해 비척대며 다가 가고 있었다.

"장 소저?"

*　　　*　　　*

"그래, 그거다."

큭큭큭큭.

칼날의 방향이 바뀌자 광휘의 금속적인 눈빛이 만족스레 바 뀌었다.

이겼다. 완전히 잡아먹었다. 광휘 자신이 가장 두려워하던 바 를 짚어, 드디어 검의 의지가 광휘 자신이 된 것이었다.

또 다른 의미의 진실한 신검합일.

"사람을 믿지 마라, 어느 누구도. 그리고 죽은 자는 아무 말 도 하지 못한다. 후환도 없어. 죽이자. 나와 함께 당장……!"

"그만하세요, 무사님."

그 순간.

덜컥.

광휘가 멈췄다.

시선이, 짓고 있는 표정이, 움직이던 동작이.

그리고 뛰고 있던 심장까지도.

"이럴… 수가……."

차라라락!

광휘의 눈이 불신에 가득 찬 채로 장련을 보았다.

"분명… 맥이 멎고 숨이 멎었거늘. 이미 진원지기를 다 소모하여 다시 살아나려야 살아날 수 없었는데… 어찌……."

말을 더듬었다. 그리고 이제껏 딱딱하고 명료하던 목소리가 흔들렸다.

광휘의 광기, 살육에 대한 바람.

그걸 지탱하고 있는 가장 큰 기둥은 바로 장련의 죽음이었다.

"하늘이 제 기도를 들어줬나 봐요."

그런데 그 장련이… 살아서 눈앞에 와 있었다. 그녀 뒤에서 다급히 외치는 목소리. 맹주 단리형의 외침이 있었다.

"소저! 어서 벗어나시오!"

차르르륵. 차르르륵!

하지만 이미 늦었다.

검 끝의 일단이 일제히 그녀를 향해 달려들고 있었다.

백여 자루의 날이 시퍼런 검 중 오십여 자루가 그녀를 향했다. 흉악한 살기를 머금으며.

자박.

그 와중에도 장련은 광휘를 향해 한 걸음을 내디뎠다.

눈앞, 칼날의 파도가 전혀 무섭지 않은 듯이.

"무사님, 한 번만 더 사람들을 믿어봐요. 저도 이렇게 살아서 왔잖아요."

"……."

스스스스―

그리고 그와 함께.

허공에 치솟았던 검들이.

촤라라락. 촤라라락. 촤라라락. 촤라라락.

마치 그녀를 수호하듯 일제히 주변을 맴돌았다.

수십여 자루의 검과 검의 대치.

한쪽은 광휘 위에서 사방을 경계하고 있었고, 또 한쪽은 장련을.

무슨 일이 있어도 이 여자만은 내줄 수 없다는 듯 시퍼런 칼날을 드러내고 대치했다.

"정말… 살아난 거요?"

언뜻, 광휘의 은빛 눈동자가 살짝 검은 눈으로 변했다가 다시 돌아왔다.

"네."

"다행이오. 그러나… 달라질 건 없소."

그리고 찰나간에 다시 은빛의, 금속성의 눈동자로 돌아갔다.

광휘는 이제 스산하게 장련에게 말했다.

"지금 살아났다 해도, 다시 죽을 게요. 나는 무림의, 그리고 천하의 공적이 될 테고 소저는 그런 나와 관계된 바람에 결국 죽을 테지. 이번보다 더 끔찍하게. 산산이 찢겨 나가서."

광휘의 얼굴은 삭막했다. 그건 슬픔도 아픔도 모두 깎여 나간, 석상처럼 무표정한 얼굴이었다.

"…이제껏 내가 지키려 한 사람들처럼. 그 결과는 변하지 않을 거요."

"아뇨, 변해요."

낙심한 듯, 혹은 피로한 듯, 아무런 의지도 떠올리지 못하는 광휘에게 장련은 웃어 보였다.

"이번에는 제가… 무사님을 지켜줄 거니까요."

第三章

대원들의 꿈

쥐 죽은 듯 고요하게 퍼지는 정적.

그 틈을 비집고 나오는 한 줄기 의문.

"죽었던 사람이 어떻게……."

"지금 내가 보고 있는 게 맞긴 한 건가?"

장련의 등장은 일대제자들과 장로들, 심지어는 장문인까지도 충격으로 몰아넣었다.

오늘 하루 몇 번이나 충격적인 장면을 봤던 그들로서도 이번 광경만큼은 기함할 정도였다.

"거 뭐랬습니까. 제 말이 맞지 않습니까. 장련 소저가 돌아오면 다 끝난다고… 하핫!"

장련이 나타나자 대(大) 자로 뻗은 묵객이 자랑스럽게 떠들어

댔다.

얼굴을 일그러뜨리는 대원들. 그들 사이에 있던 단리형의 표정도 다르지 않았다.

'광휘가… 반응을 했어.'

분명 광휘는 심마에 빠져 있는 상황이었다.

원래라면 있을 수 없는, 두 개의 인격체가 자아를 가지고 서로 충돌하는 현상.

심마 중에서도 지극히 드문 현상이다. 대개는 한쪽의 충동이 다른 이성을 잡아먹는 현상이 심마다.

그런데도 광휘는, 마치 이성을 지닌 두 개의 자아가 나타난 듯한 모양이었다.

'충동. 또 하나의 충동. 저 여인의 존재가……'

단리형은 이해가 되지 않았다.

사람을 죽이고 찢어발겨도 아무런 감정을 느끼지 못하는 게 심마다.

그런데 아무리 연모했던 여인이 돌아왔다고 해도 이런 관심을 보일 수가 있는 것일까?

"맹주, 단장께서 정신을 차리신 겁니까?"

어느새 기력을 차린 염악이 옆으로 다가와 물어왔다. 방호와 웅산군도 응급처치를 마쳤는지 자리에 일어서 있었다.

"나도 모르겠구나."

그들의 반짝거리는 눈에 단리형은 모호한 답변을 내놓았다.

"장 소저가 대단히 큰일을 한 건 맞지만 광휘의 상태는 여전히 정상적이지가 않아."

"그럼 앞으로 어떻게 되는 겁니까?"

"글쎄……."

잠시 뜸을 들인 맹주.

그는 입술을 살짝 깨물며 짧게 말을 이었다.

"모르겠구나, 나도……."

＊　　＊　　＊

사락. 차라락.

검날의 흔들림이 바람을 일으켰다. 조용한 모래바람 속에서 사내가 물었다.

"소저가… 어떻게… 날 지켜준다는 거요?"

"할 수 있는 모든 노력을 다해서요."

"하… 장 소저, 당신은 정말……."

광휘가 탄식을 토했다.

껌뻑.

살짝 검게 돌아왔던 동공이, 눈을 다시 뜨자 금속성의 그것으로 돌아왔다.

"그러니 철부지 아가씨라는 말을 듣는 거요."

그러자 말투와 목소리가 확 바뀌었다.

차가운 비난.

이제껏 격려해 주고 그래도 괜찮다고 토닥여 주던 광휘가, 마치 엄한 스승인 양 냉랭하게 비아냥거렸다.

"상황이 이렇게 돼도 모르겠소? 장 소저, 지금 그대가 가진 게 대체… 대체 뭐가 있소."

껌뻑.

다시 눈을 감았다 뜨면 홍채 안에 동공이 덧씌워졌고.

껌뻑.

다시 눈을 깜빡인 광휘의 눈이 금속의 광채로 돌아왔다.

한 사람이자 두 사람. 두 개의 인격이 번갈아 장련을 상대하는 것처럼 보였다.

"장씨세가의 금력이 솔직히 적은 것은 아니오. 적어도… 하북 이남을 상당히 쓸어 담을 정도는 되지. 그러나 과연 그게 가능하겠소? 약한 상단과 상인들을 쥐어짜서 규모를 확장할 수 있겠소?"

다른 사람도 아닌 자신을 지켜준 호위무사 광휘의 입에서 나온 그것은.

그건 비웃음이었다.

"이제껏 그걸 못해서 석가장 따위에게 빈사 상태로 몰렸던 당신네들이?"

"…무사님 말이 맞아요."

장련은 한숨을 내쉬었다.

장씨세가는 이래저래 어중간한, 지역의 민심을 사로잡는 토호도 아니고, 금력으로 전국을 제패할 독한 상단도 아니었다.

"그저 그런, 좋은 게 좋은 거라고 생각한 상계 가문. 그래서 주위 사람들이… 그렇게 무시를 했나 봐요."

장련은 흥분하거나 동요하지 않았다.

한때 누구보다 따스하게 그녀를 도닥여 주던 사람의 말이, 비수보다 더 날카롭게 자신의 가슴에 꽂혔음에도.

"하지만 그런 저를… 누구 하나 거들떠보지 않는 우리를 도와주셨죠. 지금 제 눈앞에 서 있는 무사님이 말이에요."

"……."

껌뻑.

순간 광휘의 눈에 동공이 생겨났다. 그러나 잠깐일 뿐 다시 흰자위로 돌아갔다.

장련이 다시 말했다.

"하늘의 그물은 넓어서 성긴 것처럼 보이나 실은 억울한 이 하나도 놓치지 않는다(天網恢恢 疏而不漏). 저는 이번 일이 그렇다고 생각해요. 그간 아무리 억울해도 참고 버텨온 우리를, 마침 돕겠다고 하는 분이 있으니까요."

그때였다.

때마침 저벅저벅 걸어 나오는 무인.

광휘의 은색 자위에서 한순간 기이한 기광이 번뜩였다.

"팽가……?"

촤라라락.

팽가운이 점점 다가오자 광휘 위에 떠 있던 수십 개의 검이 요란한 소리를 내며 움직였지만.

촤라라락.

장련 주위를 휘감고 있던 수십 개의 검이 또다시 그것을 견제했다.

흠칫.

두 칼 무리의 살벌한 모습에, 팽가운은 더는 다가가지 않고 읍을 해 보였다.

"광 대협, 오랜만에 뵈오. 본 팽가운, 팽가의 가주로서 약속컨대 우리는 앞으로 장씨세가와 광 대협의 일이라면 개와 말의 수고를 마다하지 않으리다."

좌라라락.

강하게 일어나는 칼 울음소리.

마치 믿을 수 없다는 듯한 반응이었다.

광휘 위에 떠 있던 칼의 모습을 본 팽가운은 잠시 숨을 죽였다 말을 이었다.

"기실, 본 가는 예전에 장씨세가와 광 대협에게 크나큰 죄를 저질렀소. 수많은 사람을 죽게 하고, 심지어 그 사실조차 함구했지. 그것이 본 문에 이로웠기 때문이오. 적어도 팽인호는 그렇게 생각했지."

"……."

"그러나 그것이 곧 팽가 전체의 뜻은 아니오. 팽인호는 독선적이었지만, 그만큼 용의주도했던 인물. 그가 남긴 자료에는 그간 서기종과 암약한 부당한 거래와, 주변의 많은 참사와 비화들이 수록되어 있소. 여차하면 팽가는 그 모든 것을 공개하여 귀하를……."

"쓸데없다."

광휘의 눈빛이 계속 바뀌고 있었다.

흑빛 동공으로, 다시 은빛 광채로, 그리고 다시 동공이 생겼다가 사라졌다.

"뜻은 장하군, 팽가운. 하지만 이젠 그것마저 불가능해진 상황이다. 강호가 어떤 곳인지 모르나? 무림인이 어떤 존재인지 모르나? 효력이 있는지 없는지 모를 비급 하나에도 피와 칼이 몰려드는 게 강호다."

"……."

"그런데 각 문파의 절기를 내가 가지고 있다고 맹의 총관, 서기종이 까발렸지. 사람의 탐욕. 어느 문파라도, 심지어 구파일방이라도, 여기서 자유로울 수 있을까?"

"광 대협, 우리는……."

"너희도 똑같다. 지금 우리를 돕겠다 말할 수 있는 건 오호단문도, 그게 돌아왔기 때문이다. 다시 내놓을 수 있겠나? 가문의 미래를 낭떠러지로 밀어넣고 예전의 팽가로 돌아가서도, 그때도 장씨세가를 지원하겠다고 말할 자신이 있나?"

"그, 그건……."

팽가운은 말문이 막혔다.

확실히 광휘의 이번 말은 정곡을 찔렀다.

팽인호가 남긴 사악한 계략. 그중에는 서기종의 약점을 이용해 실리를 챙기는 계략도 들어 있었다.

그중 절반만 활용해도 팽가는 일약 강호의 중추 세력으로 발

돋움할 수 있었다.

하지만 팽가운은 그 모든 것을 폭굉과 함께 불태웠다.

가문을 봉문하고, 잘못을 성찰하는 것을 선택했다. 그것은 자신들의 오랜 소원, 오호단문도의 귀환 때문이었다.

한데 다른 가문들은 어떨까.

'황산이가, 하남의 진가장……'

자신들처럼, 과거와 미래를 모두 단절당한 가문은 맹에 수도 없이 많다.

그들이 천중단의 유산이라는, 이름부터 거창한 비급의 존재를 알게 된 마당에 자제할 수 있다고 누가 말할 수 있을까.

아무것도 가지지 않은 채로.

"평화는… 결코 오래가지 못한다. 우리가 만든 비급에는 절기가 수록되어 있는 것도 있고, 없는 것도 있어. 가진 것을 다 꺼내어 들어도 받지 못한 문파는 있을 것이야."

"……."

"그들은 결코 이 문제에 대해서 좌시하지 않을 것이다. 그리고… 받은 문파인들 역시 얌전할까. 결국 우리는 양쪽 모두에게 찢길 거다."

처연함이 담긴 광휘의 말에 팽가운은 아무 말도 할 수 없었다.

분명 오호단문도의 비급이 그랬다.

오호단문도의 맹점, 오류, 그리고 수련자가 고뇌할 수밖에 없는 부분을 세세히 짚어놓은 비급.

마치 문파가 절멸하고, 여덟 살 어린애를 처음부터 가르쳐도

언젠가는 다시 팽가를 세울 수 있을 정도로 자세하게 기록되어 있었다.

심지어 파훼법까지.

누군가가 가문의 독문절기를 파훼하는 법을 알지도 모른다는 생각은 잠잠하던 강호도 불난 듯 들쑤시게 마련이다.

"아, 진짜! 꼴사나워서 더는 못 들어주겠구먼!"

그때 바닥에 대(大) 자로 드러누워 강하게 소리치는 사내가 있었다.

내공이 다했는지 허옇게 질려 있는 묵객이었다.

"더럭 겁부터 집어먹고 하는 말이! 세상을 다 안다고 하는 투가 맘에 안 드네. 강호엔 그런 놈만 있나? 너 말고 강호에 협객은 다 죽었어?"

그는 손 하나 까딱할 수 없는 몸을 가지고도 고래고래 소리쳤다. 허우적대며 몸을 비틀었다.

"너같이 절망에 빠진 놈도 있으면 나 같은 놈도 있다. 칠객은 왜 생겼을 것 같나? 누가 만들어줘서 생긴 거냐? 천중단은 왜 탄생한 거냐고! 그들의 전신도 구파일방이야!"

부들부들. *끄득끄득.*

제대로 일어서지도 못하면서.

그는 바득바득 기었다.

"난… 두고만 보고 있지 않을 거다. 협(俠)이란 거창한 말 따위 하는 게 아냐. 아무도 막을 수 없다고? 웃기지 마라. 이익만 탐하는 놈들에게 질 만큼……."

겨우겨우 몸을 일으키며 그는 핏대를 올려 소리치고 있었다.

"이 묵객, 나약하게 살아오지 않았다!"

꽥꽥 소리만 지르는 그였지만, 그 눈은… 의분에 가득 차 불타오르고 있었다.

마치 과거에 천중단을 지원했던 그들처럼.

"이런 사람도 있는 거예요, 무사님."

천중단. 그 말에 단단하던 광휘의 눈매가 슬쩍 흔들리자 장련이 끼어들었다.

"사람은 탐욕스러운 것이 맞아요. 누군가는 하루 한 끼를 먹기 위해, 누군가는 하루 세 끼를 먹기 위해, 가족들을 지키기 위해, 자신의 재산을 지키기 위해. 우린 늘 부조리한 현실과 싸워요."

"……."

"싸우지 않으면 달라지는 게 없으니까. 이길 수도 없고 희망도 없으니까. 하지만 그 모든 게 잘못된 건 아니에요. 현실보다 더한 지옥은 없으니까."

"꿈도 적당히 꿔야지."

광휘가 차디찬 냉소를 머금었다.

장련의 말은 분명 사리에 맞았다.

하지만 광휘는… 그 사리가 맞지 않는 경우를 너무도 많이 보고 겪어온 몸이었다.

저런 말 한마디로 세상 모두가 욕심을 접을 만큼 쉬운 일이었다면, 자신이 왜 그토록 은거를 택하고 모두를 버려야 했을까.

"한 사람, 한 사람이 바르게 서더라도 가문을, 문파를 위한다는 대의명분은 사람을 짐승으로 만든다. 구파일방? 오대세가? 그들이 개입하지 않더라도 강호에는 수많은 방파와 조직이 있다."

"······."

"거대한… 파도가 몰려들겠지. 그런 경험들 있나? 마주해야 할 상대가 나보다 적당히 강하다면 호승심도 투지도 생기지. 하지만 끝없는 평원을 빼곡히 메운 인간의 수를 보게 되면, 사람은 무기력해진다. 아끼고 친하던 이가 하나하나 스러져 갈 테고… 아무리 강해도 모두를 구할 순 없을 것이다. 그런 일을 겪고 나면 너희들은 결국 보게 될 것이다. 내가 겪었던 바로 그 지옥을."

"······."

장련은 잠시 침묵했다.

반박할 말이 없어서인지 그녀는 가늘게 고개를 떨며 울먹이는 얼굴이 되었다.

광휘가 다시금 말을 고를 때.

툭, 그녀의 얼굴에서 한 방울 눈물이 떨어졌다.

"그런 지옥을 알면서도 싸우려고 하신 거군요, 무사님은."

"······?"

"꽤 오랫동안 생각해 봤어요. 무사님이 가져오신 그 비급. 처음엔 우리 장씨세가를 돕기 위해, 무사님이 가진 것을 내놓았다고 쉽게 생각했죠. 하지만 이상했어요. 그런 거라면 왜 비급을 곧장 건네주지 않았을까. 왜 굳이 제게 의견을 물었을까."

"······."

"아마 그때가… 당 대협이 돌아가신 비보를 전해 들었을 시점이었죠?"

깜박.

광휘의 눈에 색채가 잠시 돌아왔다.

"그리고 얼마 후, 전국 각지에 흩어진 천중단 무사들을 부르셨지요."

깜박.

장련의 말에 광휘의 눈에 다시 색채가 돌아왔다.

"아마 그때… 결심하신 거겠죠. 이제라도 각지에 흩어진 천중단 무사님들을 세가로, 각 파로 돌아가게 해야겠다고. 전 문파와 세가의 무공을 알고 있을, 혹은 그랬다고 의심받는 천중단 무사님들을 집으로 돌아가게 할 수 있는 유일한 방법은, 바로 비급을 푸는 길밖에 없다고."

깜박. 깜박.

순간적이었다.

광휘의 홍채에 동공이 맺혔다가 사라지던 시간이.

이번엔 눈을 깜빡이지 않았는데도 변화가 생긴 것이다.

'광휘. 광휘. 참, 이 사람아……'

맹주는 씁쓸한 듯 혀를 찼다.

당시 맹에 있던 사람들은 몇몇을 제외하면 저 비급의 실체를 알지 못했다.

천중단의 유산.

말은 거창하지만 그건 그냥 전설에 가까운 것이었다. 본 적도 없고 찾아보려고 하지도 않았던 것이다.

광휘가 갑자기 그걸 드러냈을 때, 맹주는 필사적으로 그 이야기가 퍼져 나가는 것을 막았다.

그러다 보니 서기종이 그 점을 파고들어 명분을 쌓았다.

맹주 역시 속으로 한탄했다.

그토록 위험한 것을 뻔히 아는 광휘가 그걸 왜 꺼냈는지. 그냥 몸담은 장씨세가를 위해 고육지책을 썼다고 생각했다.

그런데.

거기서 그런 생각을 하고 있었던가.

이건 광휘에 대해 누구보다 잘 안다고 생각한 맹주조차 예측하지 못한 일이었다.

장련의 말이 아니라면.

"더 숨지 말고 싸워요, 무사님."

"……."

"돌아가신 천중단 무사님들. 그분들의 마음을 제가 감히 헤아릴 수 없지만 그래도 한 가지는 알 수 있어요. 모두가 함께 싸워 만든 비급. 그걸 건네주던 그분들은 무사님이 포기하기를 바라지 않았을 거예요."

"……."

"결과는 늘 장담할 수 없잖아요. 그러니까… 그럴 때는 그저 동료들을 믿고 나를 믿는 거예요."

"……!"

장련의 말에 광휘의 얼굴이 움찔했다.

눈빛이 아닌 처음으로 보이는 신체적 반응이었다.

"하지만 결과는 늘 장담할 수 없었소. 그렇게 계속 틀어지고 꼬이다 보니 결국에는 임무를 수행하기 힘들 정도로 무서워지더구려."
"그럴 때 극복했던 방법이 바로 동료들을 믿는 거였소. 그러기 위해선 우선 그들이 나를 믿게 하는 것이 필요했소. 그래서 더 당당해져야 했고 대범해져야 했소."

그건 한때 광휘가 장련에게 했던 말이었다. 장련은 그때의 그 말을 고스란히 지금의 광휘에게 돌려주고 있는 것이었다.
"저는 이제 믿어요. 겁내지도 두렵지도 않아요. 어떤 존재가 장씨세가를 부수려고, 해하려고 해도."
장련은 이제 올곧은 시선으로 광휘의 은빛 동공을 바라보았다.
"저 역시 옆에서 무사님을 지킬 테니까."
"……."
그랬다.
그런 적이 있었다.
어떤 존재가 막아선다고 해도 장련 옆을 지키겠다고 얘길 한 적이 있었다.
그 말을 하게 되었던 건.
그건…….

"조장, 정말 믿어도 되는 겁니까?"

"겁이 좀 났습니다. 동료가 죽어나가니까 저도 그리되지 않을까 하고… 하지만 괜찮습니다. 동료들을 믿으니까요."

"저보다 약한 녀석이었습니다. 그런데 그놈이 저를 살리더군요. 그놈 덕분에 살아 있습니다."

"받으십시오, 단장. 어느 날 문득 이런 생각이 들더군요. 내가 죽으면 동료들은 어찌하나. 이건 제가 생을 살아오며 얻은 모든 것을 담은 심득입니다."

"죽어도 상관없습니다. 남은 동료들이 이 전쟁을 끝내줄 거라 믿고 있으니까요."

은자림과의 지독했던 결전.

전투가 종점으로 향할수록 그들은 목숨처럼 여기던 비급들을 거침없이 내놓기 시작했다.

이겨주기를.

누군가가 은자림이란 거대한 적을 쓰러뜨려 주기를.

하지만 광휘는 안다.

비급과 심득을 건네는 그 이면에 담긴 속내는.

누구라도 이 싸움을 결코 포기하지 말자는 마음이 담겨 있었다.

그리고 그중에는.

어느 누구보다 간절했던 수하가 있었다.

"너는 왜 굳이 이곳에 들어왔느냐?"

"질문입니까? 칭찬입니까?"

"질문이다."

"뭐… 그… 글쎄요. 아, 그래. 보수가 꽤 짭짤하잖습니까."

"그래서… 이 지옥에 들어왔다는 게냐?"

"지옥이라니요. 어릴 때가 더 지옥이었습니다. 하루 세 끼 먹고, 두 팔 뻗어 살 수 있는 공간이 있는 이곳은 오히려 천국이지요. 심지어 급료도 후하지 않습니까. 모은 게 꽤 됩니다."

"그럼 이젠 먹고살 만해졌으니, 천중단을 나가도 되지 않느냐?"

"그러려 했습죠. 그런데 그만……."

"…그만?"

"정이 들어버렸습니다."

"…허."

"동료들이, 아니, 내 친우들이 저리 목숨을 걸고 싸우고 있는데 나만 챙기고 돌아가기가 그래서 말입니다."

"고작 그걸로 네 목숨을 걸고 싸우는 것이냐? 협(俠)에 신념이 있었다는 자도 죽음이 두려워 단을 나가는 판국에?"

"협이고 신념이고 뭐고… 전 무식해서 그렇게 거창한 건 잘 모릅니다. 그냥 함께하고 싶습니다."

"……."

"동료들이 바라는 꿈. 그걸 이룰 때 그들 옆에 나도 나란히 서고 싶거든요. 뭐라 하지 마십쇼, 조장! 저도 안다고요. 바보 같다는 걸……."

'삼우식······.'

그는 결국 부러졌다.

동료들을 누구보다 아꼈던 그는 스스로 목숨을 끊었다.

광휘는 그가 자결하는 모습을 눈앞에서 목도했다.

그리고 그가 남긴 마지막 말도 들었다.

"조장은 꼭 오래 사시오."

그는 대원 모두가 오래 살길 원했다.

그리고 자신과 다르길 바랐다.

포기하지 않고.

어떤 적이 막아선대도 나아가기를.

오래오래 살아 행복한 마지막을 맞기를.

"자랑스러운 사람이 되고 싶다 하셨잖아요."

장련이 말했다.

흔들.

광휘의 시선이 움직였다. 죽어간 황 노대. 숨이 끊어지던 그의 마지막 모습을 떠올렸다.

"모르셨습니까, 어르신. 강호란 곳은 그런 곳입니다."

"그러니, 자네가 지켜주지 않겠는가."

"어르신······."

"힘이 없어 죽어야만··· 그래야만 한다면··· 자네가 우리들 곁에···

있어주면 되지 않겠나."

부르르르.
떨림은 눈으로 이어졌다.
그리고 그 떨림은 곧 어깨로, 온몸으로, 삽시간에 격동이 되어 퍼져 나갔다.

"내가 자랑스러워해도 되겠는가……."
"저세상에서도 내가……."
"자넬 만난 것을 자랑스러워해도 되겠는가?"

마지막으로 힘없이 흘린 노인의 말이 광휘의 뇌리에는 경종을 울리듯 크게 들려왔다.
"나는……."
쩌억.
은빛 동공에 천천히 균열이 가고 있었다.
바뀌는 게 아니라.
세세한 실금 사이로 검은, 인간의 동공이 나타나기 시작했다.

"앞으로 그를 본다면 이 말 한마디도 꼭 해주시오."
"무슨 말요?"
"앞으로는 자랑할 일이 많아질 거라고."

그렇게 말했다.

적어도 그때는 진심이었다.

그랬던 그 감정을 이제 장련이 들려주었다.

"무사님은… 과거의 그분들에게도 자랑스러운 사람이 되고 싶지 않으신가요. 그 때문에 그런 결정을 한 것이 아니셨나요."

"나는……."

울컥! 부르르르!

장련의 말이 가슴에 꽂혔다.

잊어버리고 망각했던 것들, 오로지 검으로 모든 것을 베고 부수려 들었던 살기를 끊어내고.

인간이 침잠해 들어오기 시작했다.

"…광휘, 우리가 검을 들었던 그때를 기억하는가?"

이제껏 두 사람의 대화를 듣고 있던 맹주.

나지막이 탄식하며 나섰다.

"사람을 살리기만 하면 상관없다고 하지 않았나. 강호를 구하는 거창한 게 아니라, 우리가 죽더라도, 누군가 살리는 사람이 있다면 그걸로 족하다 하지 않았던가."

"……."

희망.

그건 한때 젊었던 광휘와 맹주가 잔을 부딪치며 호탕하게 웃었던 때였다.

삼우식, 군영왕, 명호, 그리고 지금은 죽어 땅에 묻힌 모두가 했던 말. 희망과 자부심으로 가득 찬 그날.

그 행복하고 즐거움에 가득 찼던 날.

"그래. 그랬던 적이 있었지. 그러나……."

으드득!

광휘의 은빛 동공이 필사적으로 스스로를 유지하려는 듯 냉랭하게 쏘아붙였다.

"그렇게 믿고, 그렇게 움직이고, 그렇게 죽었다. 그래서 뭐가 남았지? 보상도 영예도 없었다. 전쟁의 끝에서 우리가 만난 건……."

"대원들의 꿈이었지."

"……!"

맹주의 말에 광휘의 눈이 공명하듯 떨렸다.

이제는 어떠한 살기도 없는, 그저 한 사람의 당혹스러운 눈이었다.

욕심과 지독한 탐욕.

지독하고 악랄한 이권 다툼을 말하려던 그의 입을 '두 단어'가 막아버린 것이다.

"은자림 같은 위험한 적을 없애고 난 뒤 맹이 어떻게 돌아가든 말든, 신경 쓰지 않는 것. 그게 우리가 바라던 꿈이 아니었나, 광휘? 그거면 됐어. 여기서 더 바라는 건 욕심이야."

"단리형……."

"이젠 미련 없이 보내주게나. 그들의 고향, 그들이 살던 곳으로. 숱하게 싸웠던 대원들의 피를 믿게. 대원들이 남긴 비급. 그 안에 담긴 많은 주석과 절초가 이 비급이 어떤 것인지, 당시의

치열했던 상황이 어땠는지 모두 알려줄 걸세. 만약 그럼에도 불구하고 장씨세가를 중심으로 피바람이 분다면……."

콱.

맹주는 검을 바닥에 내리꽂으며 말했다.

"묵객의 말처럼 강호를 믿어보게. 과거 천중단이 창설될 때 구파일방과 오대세가만 있었나? 잊지 않았겠지? 이름 없이 죽어간 수많은 영웅들이 강호를 구했다는 것을."

"……!"

천중단.

구파일방의 전신이며 오대세가도 한 축이었다.

하지만 잊힌 사실.

영웅 밑에 가려진, 협을 지키기 위해 죽어간 수많은 협사들이 있었다.

특히나 흑우단은.

너무나 많은 대원들이 죽어 도저히 고수들을 구할 수 없는 상황이 되었을 때 스스로 '표적'이 되겠다고 나선 무인들이 있었다.

정작 그들은 구파일방, 오대세가 출신도 아닌 이름도 알기 힘든 중소문파.

혹은 저잣거리에서 볼 법한 삼류 무인이었다.

알려지지도 기록되지도 못한 영정들.

그들이 바로 강호를 구한.

진짜 영웅들이었다.

"아미타불… 외람되오만 소승이 한마디 해도 되겠소이까."

과거 깨어진 조각들이 주마등처럼 흘러 나가는 광휘의 귓가로 말을 건 노인은.

다름 아닌 소림사 방장이었다.

"천중단의 유산, 그리고 그들을 책임졌던 단장의 우려. 소림도 그 뜻과 함께하고 싶습니다. 본 문의 이름을 걸고 약속하건대 만약 강호에 다시 장씨세가를 향해 피바람이 분다면, 소림이 앞장서 막겠습니다."

어스름히 내리깔린 장문인의 눈빛은 어떤 때보다 경건하고 강한 의지가 서려 있었다.

"적어도 소승이 살아 있는 한! 그리고 여기서 이 모든 것을 목도한 일대제자들이 있는 한! 결코 그런 일이 없을 것입니다!"

소림 방장의 한줄기 사자후!

중상을 입은 상황에서도 그는 내공을 이용해 모두에게 자신의 뜻을 알렸다.

그리고 그때.

"따르겠습니다."

장로들이 일제히 반장을 하고.

"명을 받드옵니다."

그 뒤로 호법과 일대제자들이 더욱 자세를 숙여 반장을 했다.

"개방도 그렇습니다."

이번엔 능시걸이 나섰다.

"개방은 천중단의 유산을 절대로 탐하지 않을 것입니다. 만에 하나 본 문에서 누군가 그걸 원한다면 사지를 찢어 죽여 일

벌백계하겠습니다. 오랫동안 천중단과 함께해 온 우리는 그 경건함을 받들 것이외다!"

쿵. 쿵. 쿵. 쿵. 쿵. 쿵. 쿵. 쿵.

이번엔 살아남아 있던 개방의 방도들이 오체투지를 했다. 보다 강력한 의지를 보이기 위해 머리를 박는 것도 서슴지 않았다.

"해남파도 응당 그럴 것이오."

차례로 해남파 문주 진일강이 나섰다.

"그렇지 않아도 우린 장씨세가와 싸운 전우요. 거기다 상계 쪽으로도 협업을 맺었소. 만일! 누군가가 장씨세가에 칼을 들이댄다면! 해남의 이름으로 가차 없이 처단할 것이외다! 그렇지 않은가!"

"그렇습니다."

"물론입니다!"

콱! 콱! 콱! 콱! 콱! 콱!

이번엔 해남파 수십 명이 나섰다. 그들은 쥔 칼을 땅에 박고는 한쪽 무릎을 꿇으며 고개를 숙였다.

그리고 청성파가 나섰다.

"청성도 함께하겠소!"

치잉!

그들의 예식은 조금 달랐다.

검이 없으면 사람이 없다는 비검불인(備劍不人)의 정신처럼.

그들은 검을 하늘로 향하게 하며 예를 표한 것이다.

"화산도 돕겠소."

"무당도 부족하나마 손을 거들리라."

화산, 무당도 차례로 나섰다. 열기에 전염되듯, 광휘의 고민과 천중단의 비사가 그들 가슴의 작은 부분 하나를 열어젖혔다.

"솔직히… 본 문은 잘 모르겠소이다."

연이은 결연한 의지가 터져 나오는 가운데, 점창파 장문인이 크게 한숨을 내쉬었다.

그들은 구대문파 가운데서도 가장 북단에 위치해 있었다. 이번 일에 대한 것도 잘 알지 못했고, 지난 은자림과의 싸움에서도 피해만 입었을 뿐이다.

그럼에도 그는 자신의 소신을 밝혔다.

"천중단의 유산을 감히 우리가 감내할 수 있는 것인지, 혹여나 그 비급 안에 우리의 절기가 없었을 때는 어찌해야 하는 건지. 지금 이 자리에서 말하긴 어렵소이다. 그러나 이 하나는 약속합니다."

그는 눈을 부릅뜨며 목소리를 높였다.

"본 파는 명문의 이름을 지킬 것이오. 사사로운 이익을 탐하지 않고 천중단의 희생을 더럽히지 않을 것입니다!"

"우리도 그렇습니다. 명문의 이름으로, 결코 천중단의 이름을 더럽히지 않겠소."

팽가가 부르짖었다.

"우리도 그렇습니다."

"함께하겠습니다."

아미, 곤륜, 공동의 입장을 들은 광휘가 읊조렸다.

"명가……."

저 말이 그에게는 참으로 공허하게 들렸다.

저 이름 때문에 수많은 이들이 상했다.

저 이름 때문에 수많은 이들이 죽었다.

하지만 역설적으로, 지금은 저 이름이 앞으로의 강호를 막아줄 것이라고 말하고 있다.

이것을 믿어도 될 것인가.

그렇게 속았으면서도 다시 한번 삶의 의미를 찾을 수 있을 것인가…….

"무사님."

그때였다.

끊임없이 스스로에게 질문하던 광휘에게 장련이 물어왔다.

"아직 절 좋아하나요?"

꿈틀.

전혀 생각지도 못한 말에 광휘의 표정에 변화가 생겼다.

"만약 좋아한다면요… 그게 살아갈 이유가 될 수 있지도 않을까요."

"……."

"부족할지 모르지만 그래도 저를 위해 무사님이 한번… 아!"

두두두두둑.

말을 하는 도중에 장련이 흠칫 놀라며 몸을 움츠렸다.

좌르르르르—

허공에서 시퍼렇게 날을 세우고 있던 수십 자루의 검들이.

하나씩. 하나씩.

맥없이 떨어지고 있었다.

"부족하지 않소."

좌르르르륵.

광휘를 지키며, 싸우라고 독려하듯 서 있던 검들도 힘을 잃기 시작했다.

"솔직히 아직도 난 잘 모르겠소. 하지만 내가 살아갈 이유가 그거라면 부족하지 않소."

저벅저벅.

떨어지는 검 사이로 광휘는 힘겹게 몸을 움직였다.

자락. 자락.

한 발 걸을 때마다 광휘 주위의 검들이 떨어져 내렸다.

이제껏 그가 걸어온 검의 길을 상징하듯, 검으로 수놓인 검로가 되어 그 발자국 옆으로 떨어졌다.

"사실 나도 소저를 너무 많이 좋아하오."

"네? 무슨……."

차락.

어느덧 광휘와 장련과의 거리가 지척까지 좁혀졌다.

말끄러미 바라보고 있는 장련에게 광휘가 다가가 말했다.

"이곳에서 한 사십 리쯤 걸으면 교목수라는 곳이 있소. 산수가 수려하고 경치가 아름다워 사람들이 주로 찾는다고 하오."

"……?"

"지금쯤이면 한창 단풍이 붉게 물들어 있을 게요. 얼마 후면

절정일 텐데······."

광휘가 잠시 뜸을 들이다 말했다.

"그때쯤이면 전쟁이 끝나고, 한창 바쁠 시기일 것 같지만. 그래도 말하고 싶소. 천중단의 유산을 돌려주고 난 그날."

"······."

"그 길을 함께 걸읍시다, 소저······."

주르륵.

장련은 대답하지 못했다.

그저 말없이 눈가에 눈물이 흘러내렸다.

기억하고 있다.

광휘와 처음 만난 날 갔던 소동객잔.

그때 묵객과 나누었던 대화였다.

그런데 길을 걷자는 말이.

이렇게 슬프게 들릴 줄은 몰랐다.

"물론 희롱하는 건 아니오. 이건······."

그때 묵객이 이렇게 말했다.

무심한 척했지만 그 말을 기억하고 있으리라곤 생각하지 못했다.

그녀는 가슴에 두 손을 품고 힘겹게 대답했다.

"언제든지요."

광휘가 그녀의 머리를 쓰다듬었다.

"약속했소. 잊지 마시오. 꼭 나와··· 걷는 거요··· 꽃길을······."

투욱.

광휘가 더 버티지 못하고 무너졌다.

지독하고 힘든 싸움을 끝낸 피투성이 사내의 몸이.

"괜찮아요."

장련은 그대로 안았다.

그리고 정신을 잃은 광휘를 향해 그녀는 잔뜩 목이 멘 채로 겨우겨우 말했다.

"무사님과 함께라면 뭐든 괜찮아요."

휘이이이이.

바람이 불어왔다.

피 내. 먼지내. 쇠 비린내가 가득한 바람.

서편의 붉은 노을이 가을빛 단풍처럼 주위를 붉게 물들게 했다.

그간 수많은 살기와 죽음이 오갔던 땅 위에서 드디어 광휘가 편안한 안식을 맞고 있었다.

은자림, 백령귀, 그리고 운 각사 등 수많은 흉수들의 싸움을 막고, 막아온 끝에 가장 무서운 야수가 되었던 광휘.

그를 막아선 것은, 강호에서 별 이름도 없는 작은 세가, 상계 가문의 소저 장련이었다.

第四章

종결, 그 후

"일단 얼추 정리가 되어가는 겐가?"

사박.

먼지와 연기가 자욱한 전장(戰場). 전체가 내려다보이는 민가 지붕 위로 얼굴 하나가 빼꼼 솟아올랐다.

노천. 당문에 있어야 할 그가 여기서 모습을 드러낸 것이다.

"아마… 그렇겠지요?"

빼꼼.

그리고 또 다른 얼굴 하나가 솟아올랐다. 중사당주 당의명. 역시 한동안 장씨세가에서 식객으로 있었던 그였다.

"그럼 이제 슬슬 가볼까?"

"형, 형님! 잠시……!"

노천이 막 굽혔던 허리를 펼 때 당의명이 손짓하며 다급히 외쳤다.

슈슈슈슉!

"……."

노천은 눈만 깜박거렸다.

다 죽어가던 광휘가 손짓 한번 하자, 수십 개의 검이 사방으로 살벌하게 번득였다.

잠시 멍한 표정이 된 노천은 '어쿠!' 하며 배를 부여잡고 쪼그려 앉았다.

"으윽, 갑자기 속이 메슥거리는군. 이래서야……."

"저, 저도 그렇습니다. 오다가 먹은 당과가 걸리기라도 한 겐지……."

당의명도 대뜸 몸을 바짝 낮추며 배를 부여잡았다.

그 모습에 노천이 기막힌 얼굴이 되었다.

"아니, 독도 씹어 먹는 놈이 당과 몇 개 먹고 체했다고?"

"형님도 도착하기 두 식경 전에 뒷간을 가시지 않았습니까?"

당의명의 말에 노천의 얼굴이 더욱 불편해졌다.

장유유서라는 말이 엄연히 있거늘. 어디서 어린놈이 맞먹으려 드는지.

"이놈아! 내 한동안 장염에 걸려서 고생하고 있다는 걸 너도 알지 않느냐!"

"알지요. 근데 장염이라면서 끼니는 꼬박꼬박 챙겨 드시지 않았습니까."

이제 노천의 이마에는 슬며시 핏줄이 돋았다.

"의술 배울 때 졸았느냐? 복통이 있을수록 섭생에 더욱 신경 써야 하는 것을 몰라?"

"그렇지요. 섭생에 신경 써야지요. 저도 그래서 꼬박꼬박 챙겨먹다가 이 사달이 난 거 아닙니까."

"……"

"……"

'한마디도 안 지는 건방진 놈.'

'핑계만 대는 꼰대 늙은이.'

노천과 당의명은 서로를 바라보며 으르렁거렸다.

속내가 빤히 보이는 와중에 하는 변명도 똑같으니, 더더욱 보기 싫었던 것이다.

"…아무래도 안 되겠군."

한참을 그러고 있다가 노천은 갑자기 주먹을 결연하게 불끈 쥐었다.

웬만하면 자신들이 나서기 전에 빨리 끝났으면 하고 바랐지만, 이대로 지붕 위에 끝까지 숨어 있기에는 모양새가 빠졌다.

"그렇지요. 이제는 나서야 할 때라 생각했습니다."

머리 회전이 빠른 당의명이 그걸 놓칠 리 없었다.

노천이 움직일 기세를 보이자, 당장 제가 먼저 뛰어들겠다는 듯 전의를 불태운 것이다.

그때.

우지끈.

"응?"

"엉?"

그들의 눈앞에서 비대한 돼지 하나가 올라왔다. 아까까지 조금 떨어진 귀퉁이 아래에서 우왕좌왕하던 당고호였다.

"사부? 어르신? 두 분께서 왜 이곳에……."

"……."

"……."

들켰다. 일순 얼어붙은 두 노인이 말을 못 하고 있자, 당고호가 안도의 한숨을 내쉬었다.

"뭐, 마침 다행입니다. 빨리 가보셔야 할 것 같습니다."

그러고는 예상치 못하게 한 곳을 가리켰다.

"광 호위가 힘이 다한 모양입니다. 이제야 쓰러졌습니다."

*　　　*　　　*

자라락. 자라락.

모래알은 한참을 떨어져 내렸다.

탁한 공기 속에서 전장의 참상을 바라보는 모산파 이천 대사의 눈은 고요하게 가라앉아 있었다.

"…사라졌구나."

왠지 허탈하기까지 한 신음이었다.

옆에서 그 말을 들은 제자 하나가 의아한 얼굴을 했다.

"무슨 말씀이십니까?"

"영안을 돋워보거라. 운 각사의 악령이 사라졌다. 완전히."

스윽.

길게 늘어뜨린 수염을 손으로 쓸어내리며 이천 대사가 말했다.

"음… 아!"

제자는 태양혈에 손끝을 대고 한참을 집중한 끝에 탄성을 터뜨렸다.

그는 모산파의 제자 중 유달리 도력이 높은 이였다. 이천 대사의 말대로 영안을 돋워보니 흉흉하던 운 각사의 영기가 낌새조차 없이 사라져 있었다.

"악령이… 이게 어떻게 된 겁니까?"

악령(惡靈)은 단순한 영이 아니다. 죽은 혼이 사념과 악념, 세상의 부(腐)의 요소와 엮여서 이뤄지는 존재다.

따라서 반신반령의 괴물이 목숨을 잃으면 혼(魂)이 떠돌며 사방으로 악념을 뿌리는 법인데, 지금의 전장에는 그런 징후가 전혀 보이지 않았다.

바사삭. 바사삭.

그저 자욱한 모래 먼지만 계속해서 떨어져 내릴 뿐.

"아마도… 베었나 보다."

"…베어요?"

"심검(心劍)으로 말이다."

심검. 그 말에 제자들은 귀를 의심했다.

"그게… 가능합니까?"

심검은 다른 말로 심즉살(心卽殺).

마음에 살기가 일면 그 자체로 누구든 죽일 수 있는 전설 속의 절기다.

시정의 이야기꾼들이나 이런 게 있니 저런 게 있니 떠들지, 실제 그런 인물이 나타나는 것은 견문 넓은 모산파의 인물들도 처음 목도하는 일이었다.

"음… 등봉조극(登峯造極) 같은 것으로 보면 되겠습니까? 대원로 같은 분이 무(武)의 경지를 이루면 나타나는 형태라고……."

무예에 생소한 제자 하나가 도가 경전을 인용해서 물었다.

등봉조극은 도인이 오랜 수련과 많은 깨달음을 통해 오르는 지고의 경지다. 흔한 표현으로 우화등선이라 하는데, 도가에서는 이것이 최고의 단계라고 일러진다.

"노부가 뭐라 말할 수 있는 것은 아니다만… 조금 더 높지 않을까 싶다. 대원로께선 아직 등선하지 않으셨지 않느냐."

"…맙소사."

제자들의 얼굴에는 경탄이 가득했다.

구도와 축사벽귀(逐邪壁鬼: 사악함을 물리치고 귀신을 막아내다)에만 전념해 온 그들로선, 모산의 대원로만 해도 감히 올려다보기도 힘든 경지다.

그런데 거기서 한발 더 나간, 더 높은 경지라니. 그것이 방금 쓰러진 광휘가 이룬 경지라니.

"그만큼 현세에 존재할 수 없는 무학인 게다. 그런 심검을 자유자재로 운용할 수 있다면… 이미 사람이 아닌 무엇으로 봐야겠지."

외견은 태연하지만, 아는 만큼 보이는 법.

기실 제자들보다 더욱 놀라고 있는 이가 이천 대사였다.

그의 눈앞에 광휘가 보인 무위는, 호풍환우(呼風喚雨: 바람을 부르고 비를 뿌림)하는 전설의 신선이나 보일 모습이었다.

"그럼 혹, 광휘란 자가 기현 도사께서 말씀하신 그자일 수도 있지 않습니까?"

제자 하나가 바짝 긴장을 한 얼굴로 물어왔다.

"그것도 아니다."

이천 대사는 고개를 절레절레 저었다.

"악귀라면 응당 사이한 기운으로 가득 차 있어야 하는 법. 한데 저자는 그런 기운이 없다. 정확히는 잠시 비틀거리는 듯했으나 다시 사라지지 않았느냐."

"아니, 그럼… 대원로께서 잘못 아셨다는 겁니까?"

또 다른 제자 하나가 묻다가 사방에서 쏟아지는 사나운 눈총에 찔끔했다.

이천 대사는 그에 허허 웃으며 다시 한번 수염을 쓸어내렸다.

"그럴 리가. 대원로께서는 이미 모든 걸 알고 계셨다. 우리 역량으로는 운 각사를 퇴치하지 못한다는 것도 말이지."

"으음……."

"그런데도 왜 우리더러 직접 가서 악귀가 깨어나는 걸 막으라고 하셨을까? 생각해 보니 이제야 알 것 같구나."

절레절레. 끄덕끄덕.

이천이 알았다는 얼굴로 한쪽을 바라보았다. 제자들의 시선도 주욱 한쪽으로 쏠렸다.

그곳에는 장씨세가의 장련.

죽었다가 겨우 살아난 여인 하나가, 초죽음이 된 광휘를 꼬옥 안으며 보살피고 있었다.

"우리는 저 여인을 살렸다."

"…그렇지요."

"그리고 저 여인이 광마로 돌변한 광휘, 저 흉신악살이 되려던 무인을 제어했다. 우리가 할 일은 그거였던 거다."

"아아!"

그제야 하나둘씩 제자들은 이해했다.

대원로는 애초에 자신들더러 악귀를 내치라고 명을 내린 게 아니라, 악귀를 내칠 수 있는 사람을 도우라고 명했다는 것을.

"후우… 부끄럽구나. 지금에서야 하는 말이지만 노부는 저 소저를 구하는 와중에 번뇌가 가득했다."

이천이 몇 번째인지 모를 고개를 내저었다.

신녀인 아영의 도움이 있었다 한들, 죽은 사람을 다시 살려내는 것은 상식적인 일이 아니다.

수십 년간 적공을 쌓아온 도력이 한순간에 고갈되어 갈 때, 이천 대사는 정말로 고민과 절망의 기로에 있었다.

불가에 이르기를, 한 생명을 구하는 것이 구층탑을 쌓는 것보다 더 크다고 한다.

하지만 당장 전력도 안 되는 여자 한 명을 살리는 것이 옳은 일일까.

그럴 도력으로 운 각사가 퍼뜨릴 사념과 악념을 정화하는 게 더 큰일이 아닐까 하는 고민에.

"뭐, 잘되어서 다행이지. 노부도 아직은 멀었나 보다."

스윽.

이천 대사는 소매를 들어 제자들에게 보이지 않도록 이마를 닦아냈다.

정말이지, 조금 전까지는 진땀 나는 상황이었다.

* * *

"끄으응……."

"윽! 크헉!"

"하아… 하아."

전투의 상흔은 도처에 진하게 새겨져 있었다.

싸움은 승리했지만, 파멸적인 전투 후의 광경은 이기고도 이긴 자들의 모습이 아니었다.

"의술 아는 사람 있나!"

"출혈이 가장 심각한 사람부터 옮겨!"

고통스러운 신음 소리를 뚫고, 좌중을 일깨우는 외침들이 있었다. 부상을 입었지만 그나마 운신이 가능한 무인들이었다.

사해는 동도라는 말이 있듯, 생사투를 함께 겪은 이들은 자기 문파, 남의 문파 할 것 없이 서로를 챙겼다.

그리고 그 와중에서도 유독 눈에 띄는 목소리가 있었다.

"보았는가! 내가 이겼다! 결국 이 묵객이 이겼다고!"

거친 숨소리, 정신없는 외침 속에서도 주위를 쩌렁쩌렁 울릴 만큼 큰 목소리였다.

"허허허허……."

힘겹게 몸을 지탱하며 일어서던 방호가 어이없다는 듯 웃었다.

그동안 쭉 지켜보니 뭔가 한 가닥 모자란 느낌을 받긴 했지만 오늘은 참.

"여러 부분에서 모자란 느낌인데."

"뭐, 그러려니 하게."

툭툭.

때마침 다가와 그의 어깨를 치는 맹인. 구문중이었다.

"적어도 초상집처럼 우중충한 것보다는 낫지 않나."

"뭐……."

입꼬리를 슬쩍 들어 보이는 그를 보자 방호도 웃음이 나왔다.

하긴 생각해 보니 저런 행동이 그저 바보같이 여겨지진 않았다.

'젊은 날의 호기라.'

어떠한 상황에서도 호승심과 긍정적인 마음을 잃지 않는 여유.

그것이 삶의 바탕이 되어주었다. 그렇기에 자신들도 저 지옥 같은 싸움을 견뎌온 것이 아닌가.

"칭찬할 것은 칭찬하자고. 저 애송이가 시간을 끌어주지 않았다면 우리도 생사를 장담할 수 없었어, 끙."

옆으로 다가온 웅산군은 후들거리는 무릎을 짚으며 신음했다.

"그건 그러네. 그럼 나중에 내가 비무를 한번……."

"참아라."

그리고 그때 끼어드는 염악.

초주검이 된 다른 사람들과는 달리 그는 제법 곧은 자세로 서 있었다.

"이제 막 세상을 다 가졌다고 생각하는 놈의 기를 꺾어놓는 건 너무 잔인하지 않냐."

"뭐, 그것도 그렇지."

천중단 대원들의 얼굴에 웃음이 감돌았다.

승리는 이래서 좋았다. 다들 여유를 가지고 관대해질 수 있으니까.

누구보다 큰 역할을 한, 달리 말해 누구보다 더 혹독한 중심에서 버텼던 그들은 얼핏 예전의 주마등까지 볼 정도였다.

"하하하하! 다음에는 이렇게 쓰러지지 않겠다. 광휘! 너뿐만 아니라 천중단도 하나씩 꺾어주겠다, 이 말이다!"

"……."

"……."

한데 훈훈하게 마무리될 것 같던 분위기가 한순간에 싸악 가라앉기 시작했다.

"칭찬은 취소한다."

제일 처음으로 웅산군의 얼굴이 굳었다.

"난 저 녀석과 달랐지."

염악은 빠르게 입장을 전환했고.

"아주 뒈지게 패줘야겠군."

방호가 날카롭게 뒤를 이었으며.

"하긴. 사람 열을 모으면 그중 한두 놈은 꼭 정신줄을 놓더군."

구문중이 멋쩍게 웃으며 마침표를 찍었다.

*　　　*　　　*

"응? 네가 왜 여기 있느냐?"

호호탕탕하게 소리치던 묵객은 눈을 크게 떴다. 문득 낯익은 청년이 자신을 내려다보고 있는 것이다.

"사부님이 여기 계시다는 소식을 듣고 한 손 보태러 왔습니다."

"누가 사부… 아니, 그보다 여기까지 왔으면 내 무위를 보았겠구나. 어떠냐? 이 묵객이 저 흉신악살 같은 놈을 쓰러뜨린 걸 본 감상은?"

찌푸리던 묵객은 대뜸 의기양양해져서 물었다.

"죄송하지만 방금 도착해서……."

모용담명은 땀과 먼지로 잔뜩 뒤엉킨 머리를 긁적였다.

그리고 멀찍이 떨어져 있던 광휘를 보고는 입을 벌렸다.

"정말… 해치우셨군요."

"물론."

"아마도 치열했겠지요?"

"생사를 넘나들었지."

"과연. 제가 직접 보지 못한 게 아쉽군요."

담명의 눈이 신뢰를 가득 담고 비쳐오자 묵객은 고개를 끄덕였다.

"그런 의미에서 말이다만."

"예."

"음… 보는 눈이 많으니 조금 가까이 오거라."

묵객이 말했다. 담명은 일어서지 않고 누운 채로 말하는 사부의 모습에 고개를 갸웃하고는 시키는 대로 귀를 가까이 댔다.

"좀 업혀야겠다."

묵객이 작게 소리 죽여 말했다.

"…예?"

"네가 날 좀 업으란 말이다."

묵객의 얼굴이 이젠 난처함으로 붉어졌다.

그는 황당해하는 담명을 향해 기어들어 가는 소리로 겨우 말을 덧붙였다.

"이기기는 했는데… 워낙 상대가 센 놈이라… 덕분에 손가락 하나 까딱할 힘도 안 남았구나."

"아……!"

그는 급히 묵객을 어깨에 들쳐 메었다. 그리고 주위를 두리번거리다 눈살을 찌푸렸다.

"그런데 사부님."

"…왜?"

"가장 큰 공을 세우신 사부님에게 저 사람들은 왜 저럽니까."

"누구?"

묵객이 간신히 고개를 돌려 담명이 말하는 사람들을 보았다. 그러고는 헛숨을 삼켰다.

"이크!"

웅산군, 염악, 방호, 구문중.

전 천중단원 모두가 담담한 얼굴로 그를 노려보고 있었다. 얼핏 그 뒤에서 무림맹주가 한숨을 쉬며 절레절레 고개를 젓는 것도 보였다.

"…가자."

"예?"

"어서 가자고! 어서!"

"아, 예!"

담명은 갸웃거렸지만 일단 지엄한 사부이자 이 전장의 영웅을 업고 급히 달아났다.

*　　*　　*

'삼대세가라. 서혜가 손을 썼구나.'

타닥. 사사사삭.

맹주는 전장을 흐뭇하게 둘러보았다.

여기저기 다친 사람이 많고 죄다 파괴된 전장에 한 무리의 사람들이 모여들었다.

광휘를 향해 달려가는 노천.

묵객을 데리고 눈치 빠르게 뛰어나간 모용세가의 청년.

선두에 남궁세가의 가주 남궁서군. 그 뒤로는 색 바랜 남색 장포를 휘날리며 달려오는 많은 사람들이 있었다.

'의원들인가?'

싸움이 끝난 후에 도착한 후발대에는, 무인과 무인 못지않게 많은 의원 차림의 사람들이 상당수 섞여 있었다.

운 각사와의 싸움에만 골몰한 자신과 달리, 마침 하오문에서는 싸움 이후까지 바라보고 처리를 준비해 준 것이다.

"맹주님."

"……?"

고개를 돌리자 팽가운이 서 있었다.

"오, 몸은… 무슨 할 말이 있는가?"

괜찮으냐고 물으려던 맹주는 질문을 바꿨다.

신임 팽가 가주의 안색이 어두웠기 때문이다.

"무례가 아니라면 하나 여쭙고 싶은 게 있습니다."

"허, 팽가의 가주가 그리 스스로를 낮출 것은 없지. 말해보게. 뭐든 대답하지."

"그럼 분부대로. 본 팽가에는 대단히 뛰어난 무인이 있었습니다. 팽오운. 사적으로 제게는 대사형이었다가 불운하게 유명을 달리한 인물인데……."

"아, 그 사건에 대해서는 들었네. 황궁에서 잠시 머물 때."

"그럼 애기가 편하겠군요."

팽가운은 잠시 주위를 둘러보았다.

으으윽. 어이쿠!

신음과 비명. 전후 처리의 수습이다.

부산하게 움직이는 통에 이쪽의 말을 들을 사람은 없을 듯했다.

"그는 저주받을 마공을 익혔습니다."

"…알지. 그래서?"

맹주는 고개를 끄덕였다. 처음에 흔쾌히 대답해 주고자 했던 그의 얼굴이 살짝 굳어져 있었다.

"그 마공은 대체 누가 주었을까요?"

"은자림이지 않나."

"저도 조금 전까진 그렇게 생각했습니다."

팽가운의 말에 맹주의 얼굴이 한층 더 굳어졌다.

"조금 전까지? 그게 무슨 의미인가?"

"이 싸움에서 뭔가 좀 이상한 부분이 있었습니다. 너무 급박하게 돌아가서 놓치고 있었는데……."

팽가운의 얼굴은 고민, 번뇌, 그리고 뭐라 말할 수 없는 복잡함이 가득 담겨 있었다. 그 얼굴을 보고 있자니 맹주마저 뭔가 으스스한 기분이 들었다.

"이제야 떠오르는군요. 팽오운 사형이 벌인 혈사. 거기서 그가 보인 마공은 그야말로 무시무시한 것이라고 들었습니다."

"음, 나도 그렇게 들었네."

"한데, 이 싸움에서 운 각사가, 그리고 그를 따르는 수많은 은자림의 교도들, 그중에서 대사형이 썼다는 마공을 시전한 이가 있었습니까?"

"……!"

맹주가 헛숨을 들이마셨다. 잔뜩 굳은 얼굴로 팽가운이 더 소리를 낮춰 말했다.

"팽인호. 그가 죽기 전에 제게 건네준 서신에 이런 내용이 있었습니다. 과거에는 마공을 쓰는 살수들이 있었고, 그것이 때로는 폭굉보다 더욱 무시무시했다. 그리고 은자림은 본래 직급 체계가 뚜렷했다."

"…자네, 하고 싶은 말이 뭔가?"

맹주의 얼굴은 이제 완전히 굳었다. 팽가운은 조심스레, 정말로 누가 들을까 경계하는 기색이 역력한 얼굴로 소리 죽여 말했다.

"은자림은 왜 마공을 전면적으로 사용하지 않았을까요? 아니, 팽오운에게 마공을 건넨 것이 정말 그들이었을까요?"

"……"

맹주의 눈이 꾸욱, 감겼다. 얼핏 그의 기억 속에서 다시는 떠올리고 싶지 않던 몇몇 장면이 떠올랐다.

산불처럼.

겨우겨우 꺼진 숲에서 다시 숨은 불길이 되살아나는 것을 보는 듯 끔찍한 기분이었다.

"역시. 맹주께서는 짚이는 것이 있으시군요?"

"……"

팽가운의 말에 맹주는 대답하지 않았다.

이제껏 매우 급박하게, 그리고 정신없이 처리해야 했던 망령들.

마땅히 죽어서 썩었어야 했을 놈들을 잡느라, 그는 아주 당연한 의문을 이제야 떠올렸다.

'누가.'

기억이 주마등처럼 과거로 흘러가기 시작했다.

싸움. 죽음. 광기. 폭발.

미친 듯이 흘러가던 기억이 일순, 딱 멎었다.

그리고 그 시점은.

'누가 그들을 살려냈단 말인가……'

천중단이 창설되던 그때였다.

＊　　　＊　　　＊

―…잊으신 겝… 니까?

―결… 국 그 끝은 비참한 죽음뿐이라는 걸 잊으신 겝니까아아아!

어둠보다 더 짙게 드리워지는 그림자.

형태만으로 겨우 사람이라 분간할 수 있는 것들이 자신을 향해 소리치고 있었다.

―왜 죽이지 않으셨습니까!

―대체 왜 또 같은 실수를 저지르신 겝니까!

―듣고 있는 거요, 단장!

그런 자들이 한 명이 아니었다.

몇십 명, 아니, 몇백 명이 모여 자신을 향해 괴성을 질러대고 있었다.

너무 많은 외침에 광휘는 무의식적으로.

"실수… 아니다."

한마디가 흘러나왔다.

그리고 그 순간.

―뭐라 하셨습니까!

―뭐요? 뭐라고오!

―지금 우리에게, 아아아아악!

―으아아아악!

얼굴도 표정도 보이지 않았다. 그저 거친 분노와 피 냄새 나는 절규가 광휘를 덮어왔다.

그런 맹렬한 압박에도 광휘는 점점 더 담담해졌다.

무슨 이유인지 저들의 절규가 커져갈수록 마음이 더 누그러져 가는 것이다.

"너희들에겐 미안하지만 이게 내가 할 수 있는 최선의 답이다."

―닫자아아아앙!

"기억해라! 난 너희들이다!"

그리고 광휘는 물러서지 않았다.

오히려 그들에게 말하고 있었다.

"스스로 부족하다고 누구보다 자책하는 자가 나다! 두렵고 무서움을 아는 너희들과 똑같은 사람이란 말이다! 그러니! 나 역시 너희들을 믿었으니 당연히!"

그간의 감정을.

광휘는 외침과 함께 모두 털어냈다.

"다른 사람도 믿을 것이다."

—…….

일순간의 침묵.

집중되는 그림자들의 살벌한 시선이 있었다. 그 시선의 포화 속에서 광휘는 고요한 울림을 담아 말했다.

"다들 경험해 보지 않았나. 결과는 알 수 없지만 그럼에도 다른 사람을 믿어야 한다는 걸. 그 힘으로 우리가 살아간다는 걸."

—…….

"내가 아니라도 다른 자가 나서줄 거란 걸. 우리들이 아니라도 다른 누군가가 지켜줄 것이란 걸."

답이 아닐 수도 있었다.

사실 그 답이란 처음부터 없는 것일 수도 있었다.

그래서 광휘는 그동안 겪고 느낀 경험을 말할 수밖에 없었다.

한없이 길게 느껴지는 침묵 속에서.

문득 반응이 있었다.

―아니야.

스르륵.

그림자 하나가 말을 툭 던지며 돌아섰다.

―당신은 우리가 찾던 사람은 아니었어.

―결국 아니었어.

―이 사람도 아니야.

―우리를 대표할 사람은 대체 누구란 말인가…….

무슨 뜻인지, 알 수 없는 모호한 말을 던지며 하나둘, 제각기 떠나가는 그림자들.

"어, 어딜 가느냐?"

광휘는 저도 모르게 급히 불렀지만 그들은 돌아보지 않았다.

하나. 또 하나.

그렇게 모든 그림자가 눈앞을 떠나갈 때쯤.

―이제야 아셨군요.

"······?"

떠나지 않고 홀로 남은 그림자 하나가 말을 걸어왔다.

―하긴, 큰 짐을 내려놓으셨지요. 맞습니다. 행복해지기 위해선 내가 가진 짐을 내려놓아야 해요.

"너는 누구냐?"

―저요? 글쎄요··· 제가 누굴까요? 단장께서도 생각해 보면 알 수 있지 않을까요?

나긋나긋한 목소리. 묘하게도 부드러운 울림.

그리고 이상하게도 그리웠다.

이 사람이 그리운 것인지, 아니면 함께했던 시간이 그리운 것인지.

알 수 없었다. 그것이 너무 안타까워 광휘는 소리를 질렀다.

"너는―!"

툭.

*　　　*　　　*

"······."

창가가 보였다.

언제부터 이런 자세로 있었던 걸까.

애초에 눈뜬 기억도 없다.

자신의 머릿속에는 장련을 보며 쓰러진 것이 마지막 기억이다.

그렇다면 꿈에서 깨고 눈을 뜬 게 아니라 무의식중에 눈을 뜨고 창가를 보다가 정신을 차린 것이다.

"……."

밖에서 들리는 사람들 목소리에 주위를 자각하기 시작했다.

스무 평 남짓한 방 안.

그리고 침대에 앉아 창가를 바라보고 있는 자신을.

"오! 깨어났느냐!"

"깨어난 거야?"

드르륵.

소란스러운 인기척에 광휘의 고개가 돌아갔다.

문을 여는 개방 방주 능시걸은 약첩 같은 봉투를 한가득 들고 있었다. 그리고 그 옆에 어디 산속이라도 헤집고 왔는지, 나무 잎사귀 몇 개가 머리에 꽂힌 노천이 반색하고 있었다.

"광휘!"

"이놈아!"

"……."

광휘는 대답하지 않았다. 좀 전의 너무 강렬한 꿈, 그리고 지금 이게 어떻게 된 상황인지 아직 감이 오지 않은 탓이다.

그런데 그게 엉뚱하게 보였던 것일까.

"허… 우리 말이 안 들리느냐?"

"서, 설마?!"

능시걸이 광휘의 멍한 얼굴을 바라보고, 노천은 급히 광휘 앞으로 다가가 손을 흔들어댔다.

휘이휘이.

"……."

이건 뭐 하는 짓일까. 막 그렇게 생각하고 있을 무렵, 능시걸이 뒤에서 '버럭!' 고함질렀다.

"어떻게 된 게야!"

"그, 그게 말이야."

"빨리 말해! 뭐가 어떻게 된 거냐니까!"

툭.

노천은 불안한 얼굴로 광휘의 맥을 짚고, 눈동자를 들여다보고, 그러면서 점점 심각한 얼굴로 변하기 시작했다.

"우선, 흠흠, 좀 시간을 두고 경과를 보는 게……."

"야이, 미친 육시랄 놈의 것아!"

능시걸이 얼굴을 와락 구기며 노천의 멱살을 부여잡았다.

"내 그러니 나서지 말라고 했지! 주위에 버젓이 의원들 있는데 함부로 나서다가 이 지경으로 만들어 버렸어!"

"무, 무슨 소리야! 그놈들이 무슨 명의냐! 죄다 반편이에 돌팔이지! 내상이고 외상이고 죄다 빨간 약 먹고 바르는 쓸모없는 놈들인데!"

"그렇다고! 사람 몸에 독을 처붓는 건 어디서 배워먹은 의술이냐! 이 육시랄 독에 미친 것아! 당가에서 실험 대상이 부족해서 광휘를 시술대에 올렸냐! 이 친구가 얼마나 많은 사람들을 구하고 쓰러진 건지 몰라! 돌팔이만도 못한 독쟁이 같으니!"

"뭐, 뭣이라! 염병! 지금 말 다했는가! 이 상거지 놈이!"

돌팔이라는 말에 노천이 '울컥!' 핏대를 올렸다.

"네가 의술을 알아? 오행독법의 기초나 알아! 광휘는 외상에 내상에 선천지기까지 다 고갈됐어! 그래서 그놈들이 어쨌는데? 단전을 폐하자고 했잖아! 그걸 막고! 내공을 살리고! 멀쩡히 원래대로 돌린 게 나야! 그런데 어쩌고 어째!"

"그래서! 광 호위가 이제껏 누워 있었나! 이걸 봐! 여기 이 상판을 보라고!"

능시걸은 광휘, 정확히는 광휘의 얼굴에 새카맣게 때 묻은 검지를 흔들어댔다.

"……"

"이게 어디 산 사람 얼굴로 보이냐? 사람 구실이나 할 꼬라지로 보이냐고!"

쿠욱. 쿡.

"……"

삐죽!

급기야 이마를 쿡쿡 찔린 광휘의 눈이 올라갔다.

면전에서 사람을 병신 취급하는 것도 기분 나빴지만 무엇보다 때가 덕지덕지 낀 시커먼 손톱이.

"어엉! 앞날이 창창한 사람을 아예 상병신으로 만들어놓고 네 놈은 대체 뭐가 당당해서… 아, 끄악!"

능시걸이 비명을 질렀다.

우드득!

막 이마를 찌르고 콧날과 턱을 잡던 손이 그대로 비틀린 것이다.

그리고 살짝 날 선 목소리가 툭, 울렸다.

"나 병신 아니오, 방주."

"허억!"

능시걸은 숨을 들이마셨다.

눈알이 탱 하고 튀어나올 듯, 손이 꺾인 통증도 못 느낀 듯했다.

"허억!"

그리고 따라하듯 노천이 흠칫 놀라 한 발짝 물러섰다.

"과, 광휘, 돌아왔는가?"

"……."

광휘는 대답 대신 인상만 찌푸렸다.

"이제 정신이 드는가? 괜찮은가 이 말이네. 아, 그게 병신이란 말일세… 자네를 보고 병신이라고 한 게 아니라……."

찌릿.

광휘가 노려보았다. 괜히 노천까지 흠칫했다. 그는 재빨리 미간을 찌푸리며 능시걸을 향해 고개를 저어 보였다. 더 건드리지 말라는 의미였다.

"됐고. 그보다 내가 얼마나 누워 있었소?"

광휘는 시커먼 손이 오간 얼굴을 쓱쓱 문질러 닦아냈다.

"한 달이네."

"…한 달? 그럼 곡기(穀氣)는?"

"그게… 자네 입이 마치 철벽처럼 닫혀 있던 터라."

광휘의 말을 능시걸이 재빨리 받았다.

"한 달이라……."

광휘는 침음했다.

자그마치 삼십 일 동안.

사람이 먹지도 마시지도 않고, 그 기간을 어떻게 견뎠단 말인가.

뚜드득.

광휘는 가볍게 손목을 돌려보았다.

조금 쇠약해지긴 했지만 그렇다고 몸을 못 움직이는 정도는 아니다.

오히려 몸에서 느껴지는 기(氣)는 더욱 맹렬하게 경맥을 따라 흐르고 있었다.

이 괴이한 현상을 대체 뭐라 정의할 것인가.

"어, 음. 난 가서 사람들에게 알리겠네. 자네 걱정만 하고 있던 사람들이 이 소식을 기다렸으니……."

덜컥!

괜히 지레 찔린 것인가. 능시걸은 재빨리 방문을 열고 나갔다.

잠시 광휘를 보던 노천이 목소리를 조금 낮춰 조용히 물었다.

"내공은 어떠냐?"

"…줄었소."

"허… 역시 그런가. 어쩔 수 없을 게다. 오행의 독으로 본래의 힘을 돌아오게 하려 했지만 진원지기까지는."

"그게 아니오."

광휘가 말을 끊었다. 그는 고개를 갸웃거리는 노천에게 말을 이었다.

"뭐라고 말해야 할까. 설명하긴 어렵지만… 나쁘지 않은 느낌이오. 오히려 뭔가 자연스러워졌달까."

"음……?"

노천은 눈살을 찌푸렸다.

광휘의 성격상, 저 말은 나빠지긴커녕 오히려 더 좋아졌다는 것일 터.

일단 좋은 소식이긴 하지만 그것이 정확히 뭔지 알 수 없다는 게 문제였다.

신검합일과 심검은 자신으로선 감도 잡히지 않는 지고의 경지니까.

"사람들은… 다들 갔소?"

"다들 여기 있지. 특히 맹주란 놈은 아주 제집인 양 눌러앉았고."

"돈 많이 버는 사람이 양심도 없군."

"…뭐, 그래도 네가 깨어날 때까지 기다린다고 하던데."

괜히 뜨끔한 노천이 에둘러 한마디를 했다. 돈도 안 내고 눌러 있는 놈이 왠지 자신을 돌려 욕하는 건가 싶어서.

그러다 광휘의 얼굴을 보자 그런 의미가 아니란 걸 깨달았다.

'어라……?'

광휘는 미소를 짓고 있었다.

저렇게 표정을 드러내는 모습은 처음인지라 노천은 조금 당황스러웠다.

"아, 그리고 구파일방과 모용, 팽가, 남궁세가는 돌아갔다."

"남궁세가도 왔었소?"

당시 정신을 잃고 있었던 광휘다. 모르는 것이 당연했다.

"서혜가 부른 모양이더군. 아마도 만일의 사태에 대비했던 것 같다."

"……."

광휘는 잠시 생각해 보고 끄덕였다.

젊다고는 하지만 그녀는 차기 하오문주. 싸움이 원하는 방향으로 흘러가지 않았을 경우까지 생각하며 판을 짜는 것이 당연하다.

물론, 그런 그녀도 자신이 폭주할 줄은 예상 못 했을 테지만.

"아, 그리고 재미있는 구경거리가 있다."

"…구경거리?"

"묵객과 방호가 비무를 한다더군. 물론 자네가 일어난 다음이란 조건을 걸었으니 오늘 바로 열릴 수도 있겠군."

"그 둘이 비무를 왜 하오?"

광휘가 그런 일이 왜 일어나냐는 얼굴로 묻고, 노천은 그냥 웃었다.

"그럴 일이 있었네. 궁금하면 직접 듣든가."

"흠……."

"그동안 난 좀 바빠 장씨세가를 몇 번이나 비웠다. 아무리 내가 인체의 조화에 대해 안다 해도 사람의 몸이라는 것이 어디 기관처럼 확신할 수 있는 것이더냐."

노천의 말에서 광휘는 그가 그간 얼마나 고생했는지를 느꼈다.

산발이 된 머리 위로 여전히 걸려 있는 나무 잎사귀들도 그렇고.

"고맙소, 어르신."

"…응? 무슨 소리냐."

광휘는 자리에서 일어났다. 그리고 정중히 고개를 숙였다.

"어르신 덕에 목숨을 몇 번이나 구한지 모르겠소. 그동안 뻔뻔하게도 도움을 받고 고맙다는 애길 못 했소."

"…허, 이놈이 갑자기 실없기는……."

"진심으로 감사하오. 앞으로 당문과 어르신이 도움이 필요하다면 언제든 불러주시오."

"에이 참……."

민망한지 고개를 돌리는 노천. 그러다 괜히 머쓱한지 머리를 긁적였다.

그리고 다시 고개를 돌렸을 때 광휘가 문밖으로 움직이고 있었다.

"몸도 좋지 않은……."

"……?"

"아니다. 내 약효가 통했다면 조금씩 움직이는 게 더 좋을지도 모르겠다."

광휘는 가볍게 고개를 숙이고는 방문을 나갔다. 그 뒷모습을
바라보던 노천은 품속에서 비적비적, 곰방대를 하나 꺼냈다.

"절대고수가 되라 했더니……."

같이 꺼낸 조그마한 함을 열어 꺼지지 않는 불씨로 연초에
불을 댕겼다.

쓰으읍. 푸우우.

하얗게 피어나는 연기와 함께 헛헛한 웃음이 일어났다.

"천하제일고수가 돼버렸구나……."

대견함과 뿌듯함이 가득 찬 그런 웃음이었다.

* * *

오랜만에 편안한 마음으로 길을 걸었다. 도중에 낯익은 얼굴
의 장씨세가 사람들이 반갑게 말을 걸어왔다.

"광 대협!"

"광 호위님!"

꾸벅.

광휘는 가볍게 묵례로 감사함을 표시했다.

"아이고, 일어나셨네!"

"여기 봐요! 다들! 지금 누가 오셨는가!"

"……."

기쁘긴 했지만 조금 성가셔질 것 같았다. 광휘는 잠시 시선이

돌아간 사이 바람같이 몸을 날렸다.

휘익!

그렇게 세가 안을 거의 질러간 끝에, 목책이 둘러쳐진 집 한 채에 다다랐다.

"후우……."

광휘는 잠시 숨을 골랐다.

자주 오던 길인데도, 오늘따라 왠지 모르게 몸에 힘이 들어간다.

광휘는 크게 숨을 한 번 몰아쉬고는 슬쩍 문을 열었다.

"누구……?"

탁자에 턱을 괴고 창가를 바라보던 장련이 고개를 돌렸다.

그러고는 채 말을 잇지 못했다.

서 있는 사람이.

인기척 없이 무례하게 문을 열고 들어온 사람이 그래서.

"나요."

"……."

비스듬히 고개를 돌린 장련의 자세는 고정된 채 움직이지 않았다.

다만 천천히.

눈시울만 젖어들고 있었다.

"언제……."

숨이 가빠져 왔다.

몸은 잔뜩 긴장했는지 턱을 괸 손을 풀던 그녀의 손끝이 잔잔히 떨려왔다.

"지금."

"……."

"……."

"아픈 곳은요?"

절레절레.

광휘가 고개를 저었다.

"식사도 오랫동안 거르셨는데……."

절레절레.

재차 고개를 저었다.

"매일 누워 있어서 갑자기 걷기도 힘을 텐데… 상처도 너무 깊어서 쉽게 회복이 안 될 텐데요……."

장련의 목소리가 갈라졌다. 애써 감정을 다잡으려고 하지만, 도저히 되지 않는 모양이다.

"어디 큰일이라도 난 건 아니죠……? 무사님이 아픈데 숨기고 막 괜찮은 척하는 거면, 난 정말… 정말이지… 너무 가슴이 아프고……."

그녀의 목소리가 갈라지고, 떨리다 멎고, 그러다 목이 메일 때쯤 광휘가 불렀다.

"소저."

두 팔을 크게 벌린 채로.

"한번 안아봐도 되겠소?"

"……."

"……."

찰나의 정적.

행복하게 웃음 짓는 광휘와 한 줄기 눈물을 흘리는 장련의 시선이 교차되었다.

"한번 안아봐도……."

광휘가 다시 입을 떼려 할 때.

와락.

장련은 광휘의 품속으로 푸욱 안겨들었다.

"무사님… 정말 죽는 줄 알았잖아요! 으아아앙, 정말 나빠… 너무 못됐… 어… 으아아아앙!"

장련이 감정을 주체하지 못하고 소녀처럼 울음을 터뜨렸다.

"미안하오. 하지만 그럴 리 있겠소?"

광휘는 그런 장련을 토닥여 줬다.

그리고 울고 있는 그녀의 등을 쓸어주며 나직이 말했다.

"이렇게 당신이 날 지켜주고 있는데 말이오."

한동안 장련의 울음은 그치지 않았다. 그리고 그럴수록 광휘는 그녀를 다시금 포옥 껴안았다.

길었던 전쟁은 끝났다.

그리고 사랑하는 두 남녀는 재회했다.

第五章

일월신교

"조금씩 드세요. 뜨거워요."

투욱.

장련은 금빛 꽃문양이 상감된 찻잔을 내밀었다.

단아하게 피어오르는 차향을 음미하던 광휘는 살짝 눈살을 찌푸렸다.

"왜 그러세요?"

장련의 물음에 광휘가 대답했다.

"특이한 향이구려. 그냥 차인 것 같으면서도 뭔가 다른 것 같은……."

"아, 아마 그럴 거예요. 고정차(苦丁茶)거든요."

"고정차?"

그게 어디서 나는 거던가.

광휘가 기억을 더듬고 있는데 두 손으로 턱을 괸 장련이 웃어 보였다.

"해남에서 유명한 차예요. 상처에 좋고 혈행을 도와 몸의 붓기를 가라앉히는 효능이 있답니다."

"해남이라."

광휘는 흥미를 느낀 듯 차를 한 모금 더 마시고 물었다.

"이 와중에도 교역을 계속하고 있었소?"

"동전 한 닢을 보고 열 길 물속을 긴다. 상인들이 말하는 말이지요. 서탁의 등불이 꺼질 때나, 시린 밤에도 저희는 쉬지 않고 움직여요. 무인들이 무를 단련하는 것만큼, 목숨을 걸고 일한답니다."

"새삼 느끼지만, 세상 어느 일이나 만만한 것은 없구려."

광휘는 혀를 내둘렀다.

한 달 전, 이 근방에 강호 전체가 화마에 휩쓸릴 정도로 큰 사건이 일어났다.

그리고 분란의 중심이었던 장씨세가.

사람들이 적지 않게 다치고 죽었다. 떠나고 흩어진 사람들이 많아 다시는 일어서지 못할 줄 알았다.

하지만 그런 예상을 뒤집고 이들은 다시 교역을 시작했다.

그 먼 해남도에서 들어온 상품.

이는 전쟁을 마친 후에 준비한 것이 아니다. 한참 목숨을 걸고 싸우는 와중에도 차질이 없게 계속해 왔다는 의미다.

'과연, 상계로 대업을 이룬 집안.'

어찌 보면 당연한 일일지도 모른다.

장씨세가는 크게 두각을 드러내지 않았을 뿐, 그 역사는 수백 년까지 거슬러 올라간다고 했다.

최근에 일어난 전란도, 고목에 해묵은 나이테가 늘어나듯 잠깐의 시린 겨울일 뿐이다.

"그나저나 정말 괜찮은 거예요? 고정차가 몸에 좋다고는 하지만 원기가 쇠한 사람이나 허약한 체질에는 좋지 않다고… 아!"

말하던 장련의 얼굴이 붉어졌다. 광휘가 갑자기 소매를 걷어 팔의 맨살을 드러낸 것이다.

불끈!

구릿빛 탄탄한 남자의 근육이다.

"이 정도면 허약한 체질은 아니라 생각하는데."

"뭐, 그게……."

장련은 급히 시선을 돌렸다.

이미 이심전심으로 장래를 약속한 사이건만, 아직 이런 모습에는 얼굴이 확확 달아올랐다.

스읍.

왠지 모르게 흡족해진 광휘는 다시 차를 들어 한 모금을 마셨다.

고정차의 맛은 확실히 중원의 차와 달랐다. 톡 쏘는 쓴맛이 혀끝에 감도는데, 그게 또 시간이 지날수록 묘한 향취로 변해 입안에 번져 나갔다.

"그런데 저건 뭐요?"

문득 차를 음미하고 있던 광휘의 눈에 화려한 상자 하나가 들어왔다.

금을 잔뜩 상감해서 화려한, 원래 담백한 장식을 좋아하는 장련의 방에는 없던 것이었다.

"아! 맞다! 잠시만요."

장련은 뭔가 생각났는지 급히 자리에서 일어났다. 그리고 광휘가 눈여겨본 함을 들고 돌아왔다.

저벅저벅. 투욱. 스으윽.

금박이 박힌 함을 열고, 다시 금실로 사자와 용이 수놓인 비단 주머니를 조심해서 꺼낸다.

광휘의 눈썹이 꿈틀했다. 금을 마구 집어넣은 화려함은 둘째 치고, 사자나 용을 함부로 수놓을 수 있는 곳은 세상에 단 한 곳뿐이다.

"황실이오?"

"네, 날붙이들요."

"날붙이?"

"네."

사박. 사박.

장련은 광휘 앞에서 용이 새겨진 비단 주머니를 열어 보였다.

자그락. 자그락.

그 안에서 거무튀튀한, 혹은 반짝이는 쇠붙이들이 쏟아져 내렸다.

"아……."

광휘는 그제야 그것이 뭔지 깨달았다.

깨져 나간 칼날들.

원래 모양을 알아볼 수 없도록 산산조각이 나 있었지만, 그는 직감적으로 그것이 자신의 칼, 구마도라는 것을 알아보았다.

"황태자 전하께서 호의를 베푸셨어요. 금의위를 시켜 무사님의 구마도로 보이는 것을 모두 모은 거래요."

"그럼 그건 괴구검이요?"

광휘가 사자가 새겨진 주머니를 가리키자 장련이 고개를 끄덕였다.

"네, 이건 천중단의 무사님들께서 회수해서 주셨어요. 무사님이 일어나시면 드리라고 하시면서."

"……."

광휘가 조용히 깨지고 부서진 날붙이들을 바라보았다.

구마도와 괴구검.

수많은 생사대전을 자신과 함께하던 녀석들이 저렇게 산산조각으로 부서진 걸 보자니 참으로 기분이 이상했다.

그것은 애잔함과 동시에 후련함이기도 했다.

"그냥 버려주시오."

"예?"

"지난번에도 말했지만, 전쟁이 끝나면 나는 칼을 잡지 않겠다고 했소. 이제 전쟁은 끝났소. 그러니 다시 쓰고 싶지는 않군."

"……."

한데, 당연히 기뻐할 줄 알았던 장련의 표정이 굳었다.

"…소저?"

광휘가 그녀를 불렀다.

장련은 대답하지 않았다. 그녀는 한참을 침묵하던 끝에 광휘를 보며 물었다.

"무사님, 혹시 무사님은 좋아하는 일이 있었나요?"

"좋아하는 일?"

"네."

"글쎄… 잘 모르겠소. 칼을 너무 오래 쥐어온지라."

광휘는 일단 대답해 주었다.

갑자기 왜 이런 뜬금없는 질문을 하는지 궁금했지만.

"그럼 그 전에는요?"

"어릴 때였지. 뭐, 철없는 시절이긴 하지만, 영웅이 되고 싶었소. 모든 사람에게 추앙받는… 하지만 그건 그냥 허망한 거요. 지금은 딱히 좋아하는 일이 없소. 생각해 본 적도 없고."

"그럼 앞으로 어떻게 살고 싶다고 생각하신 건 있나요?"

"그것도 딱히……."

광휘는 참 뭐라고 말하기가 어려웠다.

무엇을 좋아하는지. 무엇을 하고 싶은지. 어떻게 살고 싶은지.

그런 것들을 고민해 본 적이 없었다.

심지어 그걸 이제야 깨닫게 되니 왠지 장련 앞에서 작아지는 기분이었다.

"모든 사람은 행복해지고 싶어 해요. 저도 그렇고요. 무사님도 그렇죠?"

"…뭐, 할 수 있다면."

조금 불편해지던 차에 장련이 물어온 게 고마웠다.

"그럼 행복해지려면 어떻게 해야 할까요?"

"……."

하지만 곧 더 불편해졌다.

광휘는 이제 자리가 불편한 듯 몸을 꿈지럭거리기 시작했다.

다행히도 장련은 그의 심사를 이해한 듯 차분한 목소리로 말을 이었다.

"돈이 있으면 행복할까요? 맞아요. 행복할 거예요. 하지만 돈이 얼마나 많이 있어야 할까요? 먹고살 만큼? 아니면 사치를 부려도 좋을 만큼?"

"……."

"사람마다 그 기준이 다르죠. 그런데, 묘하게도 있으면 더 갖고 싶은 것이 사람의 욕심이죠."

"그건 돈이 있으면 불행해진다는 말이오?"

"아뇨. 돈만으론 안 된다는 거예요. 더구나 통제할 수 없는 돈은 사람을 불행하게 만들죠. 당장 저희 장씨세가처럼요."

"흠."

광휘는 이제 생각이 복잡해졌다.

확실히 돈이 없어도, 그리고 지나쳐도 문제가 생기게 마련이다.

벌기도 어렵지만 관리하기는 더더욱 어려운 것. 그게 바로 돈 아니던가.

"그럼 어떻게 행복해지는 것이오?"

광휘는 물었다.

"제가 생각하기엔 갖춰야 할 세 가지가 있어요."

장련은 손가락을 펼치며 말했다.

"첫 번째는 먹고살 수 있는 돈. 가난하고 궁핍한 삶은 행복하지 못해요. 그러니 최소한의 돈은 필요하죠. 두 번째는 관계. 내가까운 사람들이 건강하고 편안할 것. 그리고 힘들 때나 슬플 때 얘기 나눌 사람들이 있어야 행복할 수 있어요. 그리고……."

장련은 광휘를 보며 말을 이었다.

"셋째, 자기가 좋아하는 일을 하면서 인정받는 것. 내가 왜사는지에 대한 이유나 만족이라 할 수 있겠네요."

"…그럼 난 앞으로 행복해지지 못하겠구려."

광휘는 왠지 힘이 쭉 빠지는 기분이 들었다.

자신은 돈도 없고 사람도 없다. 칼을 들고 싸우는 일은 잘하는 것일 뿐 좋아하는 일이 아니다.

그리고 그마저도 이제는 놓아버렸지 않은가.

"으응, 좋아하는 일이 없다면 하는 일을 좋아하도록 하는 건요?"

장련은 비단 주머니를 들어 보이며 말했다.

"이걸로 다시 검을 만드세요, 무사님."

"소저, 내가 몇 번을 말했지만……."

"예전처럼 싸우고 누굴 지키기 위해서가 아니라, 무사님을 위해서 검을 만드세요."

"……."

"검을 들었다고 꼭 살생해야 하는 건 아니에요. 그런 말도 있죠? 전가의 보검은 검집에 들어 있을 때, 뽑기 전에 제일 강하다고."

"소저."

광휘는 목소리를 높였다. 그리고 시선을 내리며 미간을 찌푸렸다.

"그건 좋아하는 일이 아니오."

"알아요. 무사님이 여러 번 말씀하셨으니까."

"한데, 왜 계속 강권하는 거요?"

광휘가 얼굴을 찡그렸다. 장련은 살포시 성마른 동생을 타이르는 누이처럼 미소 지었다.

"좋아하는 일이 없으면 자신이 잘하는 일을 찾는 것도 방편이에요."

"잘하지 못하오."

"그럼 잘하려고 노력해야지요."

"……."

광휘는 기가 막혔다.

하기 싫어서 잘하지 못한다 했을 뿐, 그의 무위는 사실 강호에서 짝을 찾기 어려운 절대의 경지였다.

그런데 그걸 아는지 모르는지, 장련은 그의 말을 받아서 할 말 없게 만드는 것이다.

"좋아하는 일도 없고, 잘하는 일도 없고. 그럼 노력이라도 열심히 해봐야 하지 않겠어요?"

"소저, 나는."

"무사님, 행복은 그냥 오지 않아요."

광휘는 반박하려다 멈칫했다.

두 눈을 똑바로 뜨고 바라보는 장련. 그 눈에 어느새 맺힌 작은 물방울 때문이었다.

"정말로 그냥 오지 않아요. 이를 악물고 노력하지 않으면… 그리고 그리한다 해도 쉽게 잡지 못해요. 아시잖아요, 무사님. 얼마나 어려운지."

"……."

광휘는 침묵했다.

이 말에 항변할 수 있는 말은 수도 없이 많지만, 기실 그것이 답이 아님은 자신도 잘 알고 있었다.

행복하기란 어렵다.

그리 어려운 것이기 때문에 자신도 아직 답을 찾지 못하고 있는 것 아닌가.

무로서 절대의 경지를 이루면 뭣 하는가. 강해지는 것과 행복한 것은 전혀 다른 이야기인데.

'괴구검……'

광휘는 깨어진 날붙이 쪽으로 시선을 돌렸다.

조각난 칼날들. 깨어진 과거의 잔재들.

조금 전만 해도 다시 보고 싶지 않은 것들이었는데… 불행만 가져다주던 것들이었는데. 장련은 이것이야말로 그에게 행복을 가져다줄 것이라고 말한다.

"안에 계시오?"

대답도 하기 힘든 곤란한 상황에 문밖에서 목소리가 들렸다.

장련은 헛 하고 급히 문을 열었다.

"맹주님?"

"오, 장련 소저. 그간 잘 계셨소?"

왠지 풍채가 좋아진 맹주가 그녀를 보고 웃음 짓고 있었다. 그러다 피식 미소 지었다.

광휘가 그녀와 함께 일어난 것을 본 것이다.

"일어났다고 들었네만… 몸은 좀 괜찮은가?"

"보다시피."

"다행이구먼. 자네를 믿긴 하지만 만에 하나란 것도 있어서 걱정했었네."

"고맙네."

광휘는 고개를 끄덕였다. 장련이 빼꼼 맹주의 주위를 둘러보곤 물었다.

"혼자 오셨나요?"

"그렇소."

"어찌……."

장련이 말을 잇지 못하자 맹주는 고개를 끄덕였다.

"다른 사람들에겐 오지 말라고 했소. 따로 둘이서 할 말도 있고, 무엇보다 광휘 이 친구 성격상 그게 나을 것 같았소. 나 역시 번잡한 걸 싫어하기도 하고……."

"그건 그래요……."

장련이 배시시 웃고 광휘가 툭 던지듯 물었다.

"따로 할 말이라니?"

"일단 좀 걸으세."

살짝 진중해진 맹주의 얼굴에, 장련은 곧장 광휘의 등을 떠밀었다.

광휘는 떨떠름한 얼굴이었다.

일단 가시방석에서 벗어나기는 했는데, 자기 의사와 상관없이 휘말릴 것 같은 예감이 든 것이다.

"한데……."

몇 걸음 가지 않아 광휘가 물었다.

"평소보다 사람이 유독 없는 것 같은데?"

"아, 깜빡하고 말 안 했군."

"뭐?"

맹주는 웃으며 대답했다.

"대전에서 묵객과 방호가 비무 대련을 하는 것 같더군. 다들 그걸 구경하러 갔지."

*   *   *

"우오오오오!"

"와아아아아!"

대전 안은 무려 백여 명이 넘게 운집해 있었다.

자리에서 몸을 뺄 수 없는 최소한의 인력만이 빠지고, 장씨세가 사람들, 구룡표국 사람들, 심지어 이래저래 엉덩이를 붙이고 있던 식객까지도 전부 나온 것 같았다.

그만큼 지금 모두는 이 싸움에 집중되어 있었다.

"훗, 간만에 피가 끓는군."

뚜뚝뚜뚝.

대전 위에 올라선 묵객이 두 손을 마주 잡고 뼈마디를 눌렀다.

그의 허리춤에는 목검 하나가 대롱 매달려 있었다. 살상을 위한 승부가 아니라서 진검을 쓰진 않는 것이다.

"흥분은 무슨. 그냥 동네 마실 나온 느낌인데."

"뭐?"

묵객을 보고 웃는 맞은편의 파계승.

천중단원 방호가 긴 봉을 어깨에 메고 까닥까닥 흔들고 있었다. 자기 말처럼 마실이라도 나온 듯이.

"그래? 그럼 집으로 가긴 글렀겠구면."

묵객이 입꼬리를 올리자.

방호가 피식했다.

"당연히 좀 걸릴 거야. 범 무서운 줄 모르는 강아지 한 마리 몽둥이로 후려갈겨 주려면."

"뭐, 뭐라고!"

"모두 조용히!"

그렇게 둘이 티격태격하던 사이.

그들 가운데 선 구문중이 소리쳤다.

그는 중재를 위해 대표로 나선 상황이었다.

"규칙을 설명한다. 내공은 사용 금지. 그리고 치명적인 실수를 쓰거나 살상의 의도를 보이면 즉시 패배. 전에 말했지만 이건 기본기를 겨루는 승부다."

"아무렴요."

그의 말에 방호가 말을 받았다.

"제가 저런 놈에게 살초를 쓸 상황이 오기나 하겠습니까."

"핫! 행각승이 동냥질하느라 입심만 늘었군. 듣자 하니 천중단에서 가장 약골이 바로 그쪽이라던데?"

"뭣이여!"

정곡을 찔린 방호가 갑자기 예리한 기운을 뿜어냈다.

"어허, 내공, 내공."

"큼……!"

하지만 그는 곧 기운을 누그러뜨렸다.

뒤에서 염악이 놀리는 건지 말려들지 말라고 응원하는 건지 한마디 했기 때문이다.

"방호, 내공 쓰면 진다?"

"안다."

두두두둥.

"와아아아아!"

북소리가 울리자 다시금 함성 소리가 일어났다.

한 명은 전설의 천중단 고수.

다른 한 명은 강호의 칠객 중 하나라는 묵객.

강호고수들이 자나 깨나 그릴 비무 장면을, 장씨세가 사람들은 엉겁결에 눈앞에서 보게 되었다.

"시작한다. 다들 자리에 준비하라."

두두두둥.

구문중이 손을 들자 다시 한번 북소리가 울리고, 두 사내의 눈빛이 변했다.

"흡!"

"차앗!"

그리고 누구 할 것 없이.

서로를 향해 달려들었다.

*　　　*　　　*

저벅저벅.

"괜히 자네에게 미안하네. 한창 좋을 때 내가 시간을 뺏었으니까."

"알긴 아는가?"

맹주 단리형과 광휘는 장씨세가 내원을 걷고 있었다.

완연한 봄이었다. 아름드리 심어진 나무와 꽃에서 기분 좋은 향기가 났다.

"허허허… 자네, 그래도 말은 좀 부드럽게 해줄 수 없겠나? 그래도 내가 명색이 무림맹주인데 말이야."

"맹주가 이렇게 태평이어도 되는가? 맹이 그렇게 일이 없던

가. 한동안 비웠으면……."

"오, 그리 말하는 건 자네가 맡거나 도와준다는 거고?"

"…생각해 보니 내가 실수한 것 같군. 휴식은 중요하지."

피식!

재빨리 말을 바꾸는 광휘를 보고 맹주는 웃었다.

아는 것이다.

서로 퉁명하게 말을 해도 그 이면에는 걱정과 따스한 위로가 담겨 있다는 것을.

사박.

"이제 말해보게."

광휘가 걸음을 멈추며 말하자 맹주도 잠시 침묵했다.

두 사람은 한가롭게 산책하는 척하며 주변 십 장을 둘러 경계를 계속했다. 그리고 아무도 없는 것을 몇 번이고 확인한 터다.

"자넨 생각해 본 적 있나?"

맹주가 뜬금없이 입을 열었다.

"뭘?"

"누가 그들을 살려냈나를."

광휘가 한동안 맹주를 바라보았다.

난데없이 갑작스러운 질문이었다. 하지만 그럼에도 광휘는 무슨 말인지 바로 알아들었다.

피와 죽음과 칼날이 다시 떠올랐다.

"맞아. 우리에게 죽은 운 각사, 그리고 백령귀. 단순히 그냥 부활하지 않았을 것 아닌가."

맹주가 말했다.

"…짚이는 게 있나?"

광휘의 시선이 천천히 예전의 날카로운 기세를 띠기 시작했다.

맹주는 먼 곳으로 시선을 돌리고 길게 한숨을 내쉬었다.

"자네, 기억하고 있는가?"

그 한숨이 광휘에겐 무거운 짐처럼 느껴졌다.

"뭘?"

한참을 침묵하던 맹주가 꺼낸 말에, 스멀스멀 불안감이 솟아올랐다.

"광림총주 대살성."

"이봐, 지금……."

그리고 그 불안감은 현실이 되었다. 반사적으로 광휘의 얼굴이 확 일그러졌다.

"그 사람 말이야……."

하지만 맹주는 그걸 보고도 그만할 생각이 없었다. 반드시 이 말을 꺼내야 했다.

그 기억을 떠올리지 않으면.

"자네 사형이었지?"

이 모든 것들을 설명할 수 없으니까.

*　　　*　　　*

사혼대귀공(死魂大鬼功).

그것은 술법에 가까운 마공이었다.

영혼을 불러들여 내공, 혹은 선천지기로 변환하는 기이막측한 마공.

마인들 중에서도 마기를 완벽히 갈무리할 수 있는, 절대고수들만 가능하다는 그것을.

"사형 같은 소리 마. 그놈은 악마였다."

광휘는 맹주의 말을 간단하게 평가절하했다.

기억하고 싶지 않은… 하지만 잠시 떠올린 것만으로도 너무도 끔찍한 과거.

"글쎄, 무재만 놓고 보면 불세출의 천재이기도 했지. 개량된 벽력탄을 알고도 신외지물이라 무시할 만큼. 그 오만을 오만이라 할 수 없는 게, 천중단을 대표하는 고수들이 하나하나 그에게 격파당했지."

마공의 절대고수.

'그'는 묵빛의 강기를 원하는 만큼 사용했다. 그리고 순수 무공으로 보자면 자신들이 겪은 인물 중 누구보다 강했다.

그 오만한 십대고수 백중건도 광림총주라 불리는 대살성이라면 말을 아낄 정도였으니까.

"단리형, 사람 같지도 않은 비인외도에게 평가가 너무 후하군."

"글쎄, 지금 생각해 보면 서로 다른 길을 걸었다고 생각해. 그는 최소한 운 각사나 백령귀처럼 필요 이상의 살상을 즐기지는 않았으니까."

"단리형!"

광휘가 이를 악물었다.

하지만 단리형은 눈 하나 깜짝하지 않았다. 오히려 더욱 진지하게 말을 이었다.

"광휘, 내가 왜 이 얘기를 꺼낸 줄 아는가?"

"몰라. 알고 싶지도 않아."

"운 각사와 백령귀, 그들이 진정 비인외도지. 은자림의 신재와 술법가들이 죽은 사람을 살리는 신묘함을 종종 부렸지만, 그들 수준의 흉악한 혼을 되살리진 못해. 더구나 이번에 은자림을 처리하는 중에 술법가는 보이지도 않았다."

"⋯⋯!"

은자림의 술법가.

구천한 혼을 불러들이고 신재가 백(魄: 넋)을 안으로 안착할 수 있게 돕는 역할을 한다.

하지만 그건 고작 마공이 없는, 그것도 정상적이지 않은 일반 사람들이었다.

마공의 절대적인 힘이 없다면 애초에 시도할 수도 없었다.

"그래서 그놈이라고? 단리형, 이번엔 자네가 잘못 짚었네. 놈은 죽었어. 시신 조각 하나 남기지 못했다."

"그건 나도 보았지. 내 눈으로 직접."

"그럼 여기서 왜 그놈 이름을 꺼내는 건가!"

광휘의 표정엔 짜증과 피곤함이 잔뜩 묻어 있었다.

"그의 출신. 그게 걸려."

"⋯⋯!"

그리고 맹주의 말에 그 복잡한 감정이 한 번에 날아갔다.

부릅뜬 눈으로 광휘가 말했다.

"일월신교?"

보통은 마교, 그리 불리는 이들의 옛 이름을.

"다른 짚이는 곳이 없잖나. 은자림, 그 중추인 마교를 움직였던 힘. 아마도 그들 중 누군가 그 힘을 전해줬겠지. 죽다 살아난 팽오운에게도."

"……."

"어떤가. 자네는 혹 짚이는 것이 있나?"

광휘는 침묵했다.

그는 복잡한 감정을 숨기느라 안색이 잔뜩 굳어져 있었다.

그렇게 잠시 시간이 흘렀을 때쯤.

"짐작 가는 바가 없진 않아."

광휘가 한숨을 쉬며 말했다.

"하지만 그리 걱정 안 해도 돼. 일월신교가 나설 수 있으려면 적어도 백 년은 걸린다는 말일 테니까."

"백 년……."

묘한 어감이다.

단리형은 왜 광휘가 그렇게 장담하는지, 그 백 년의 의미가 궁금했지만 더는 묻지 않았다.

'여기까지 물었으면 이미 지나칠 정도지.'

이 일은 무덤까지 묻고 가야 할 일.

광휘의 쓰라린 과거와 연관된 일이니까.

사박. 사박.

둘은 다시 걷기 시작했다.

불편한 주제를 꺼낸 직후라, 맹주도 광휘도 서로 말이 없었다.

그렇게 한참을 한쪽으로 정처 없이 걷던 중에.

"우오오오오!"

문득 함성이 들려왔다.

이제 보니 대전까지 다다른 모양이었다.

*　　　*　　　*

"헉… 헉……."

격돌이 지난 후의 짧은 소강상태였다.

어깨가 축 늘어진 묵객은 목검에 의지하며 숨을 몰아쉬고 있었다.

상대는 이제껏 싸워온 적들과 달랐다.

내공을 억누르고 있는 점은 서로 같았다. 그렇다면 초식과 기민함의 승부.

환골탈태를 겪은 묵객은 이 점에서 누구에게도 지지 않을 자신이 있었으나, 상대는 너무나 유연하게 대처했다.

'재수 없게도 봉술이 특기라니!'

분명 피할 수 없는 공격을 먹였다.

그런데 상대는 단순히 막고, 찌르고, 피하고를 넘어서 공수일체의 유연한 응용법을 선보였다.

"흐음, 고작 이 정도였나? 자칭 천하제일?"

붕! 부웅!

봉을 휘두르는 방호는 여유로워 보였다.

그의 얼굴에 가벼운 생채기가 몇 개 남아 있었다. 나름 묵객이 필살의 변초라고 날린 공격이다.

하지만 상대는 그걸 정통으로 먹고도 오히려 즐기고 있어 보였다.

묵객은 이제 좀 억울했다.

'치사하잖아! 이거!'

사실 자신이 쓰는 단월도는 도(刀) 중에서도 조금 특이한 기형병기다.

그런데 지금 너무도 평범한 목검을 들고 있었고, 반면 상대는 자신의 주 병기인 봉을 들고 있었다.

이건 애초에 대등하지 않은 조건이었다.

'따질까? 아냐, 그러면 내 격이 떨어지는데……'

차라리 처음이면 모를까, 누가 봐도 패색이 역력한 상황에서 그런 시비는 오히려 더 없어 보인다.

'그렇다고 이렇게 지면 정말 억울한데……'

"뭘 그리 구시렁대냐? 좋은 주먹 두고 말로 하리?"

까닥까닥.

방호가 도발하듯 손짓하자 묵객의 얼굴이 일그러졌다.

"이 자식……."

그는 이를 악물고는 목검에 힘을 주며 말했다.

"이 한 방으로 끝낸다."

내공은 쓰지 못하지만 잠력은 쓸 수 있다. 순수하게 근골의 강인함만 끌어내어 휘두르면 저 빼질한 면상은 시퍼렇게 멍들게 해줄 수 있다.

대신, 자신은 한 주 정도 몸살을 앓겠지만 말이다.

"언제든지."

파팟.

한 호흡을 몰아쉬고 묵객이 달려들자, 방호가 빠르게 봉을 돌렸다.

슈슈슈슈슈슉!

방호는 슬쩍 손목을 비트는 동작만으로 수십 방위를 만들어 내는 듯했다.

무화봉(舞花棒).

본래는 곤법에서 유래된 것으로 봉을 잡고 단순히 돌리는 것이다.

하지만 방호쯤 되는 고수가 속도를 높여 돌려대면, 상대에게는 봉의 길이만큼 위협이 된다.

팟.

그런데 묵객은 그를 향해 거침없이 파고들었다.

퍼벅!

한순간 둔탁한 소리와 함께 방호와 묵객이 스쳐 지나갔다.

일격이 있었는지 방호는 봉을 멈추고 있었고 묵객 역시 반쯤 무릎을 굽힌 채로 동작을 멈췄다.

툭.

장봉이 두 동강이 나서 땅을 굴렀다.

스윽.

동시에 방호의 목 끝에 그어지는 희미한 실선.

"큽!"

투욱.

하지만 무릎을 꿇은 건 묵객이었다.

그는 비명이 나오려고 하는 것을 간신히 이를 악물고 버텨냈다. 하지만 하체에 힘이 완전히 풀려 바닥에 주저앉아 버린 것이다.

"너무 치사하다고 생각하지 마라."

댕그랑.

방호가 씩 웃으며 남은 봉 반절을 바닥에 던졌다.

"무기는 어디까지나 수단이다. 이기기 위해서는 부러뜨려 휘두르는 것도 하나의 방법이야."

"제기랄……."

"우오오오오오!"

쿵쿵쿵.

북소리가 울리며 비무가 끝났음을 알렸다.

방호는 만족스러운 얼굴로 슬쩍 주위를 둘러보았다.

한쪽에 떨어져 지켜보던 천중단 사람들과 능자진, 곡전풍과 황진수.

그리고 정면에 익숙한 얼굴이 눈에 들어왔다.

"단장……?"

맹주와 함께 선 광휘였다.

일순간, 다들 조용해지고 광휘에게 시선이 쏠리자.

"이 싸움, 묵객에게 불리했다. 방호."

광휘는 쯧, 짧게 혀를 차고는 뒤돌아섰다.

그 옆에 선 맹주도 팔짱을 낀 채 고개를 젓고 있었다.

*　　　*　　　*

"대협! 일어났다는 얘길 들었는데… 몸은 좀 괜찮으세요?"

대전을 빠져나오자 서혜가 달려왔다.

아마도 멀리서 묵객의 비무를 응원하고 있다가 맹주와 함께 있는 광휘를 본 모양이었다.

"괜찮소. 오늘 이 말 여러 번 하는군."

"그만큼 사람들이 많이 걱정했었어요."

"그랬소? 고맙소."

광휘가 슬쩍 미소를 보이자 놀란 건 오히려 서혜였다.

단 한 번도 광휘의 웃는 모습을 본 적이 없어서 그런지 조금 당황한 것이다.

"왜 그러시오?"

그러기도 잠시, 서혜는 곧 소매를 들어 광휘에게 예를 갖췄다.

"체면을 보아주시어 감사합니다."

"뭐가 말이오?"

"조금 전의 싸움을 보았는데, 묵객께서 이길 수 있는 상대가 아니셨습니다. 과연 천중단 고수분들······."

"아니, 난 체면을 세워주려 거짓말을 한 게 아니오."

광휘는 서혜의 말에 고개를 저었다.

"진짜 비무란, 서로 최대의 역량을 끌어내 대결해야 하는 것이지. 실제로 이번 비무는 묵객 그에게 불리한 점이 있었소. 그러니 자신감을 가지시오. 당신의 남자는 그리 약하지 않소."

"아······."

광휘의 말에 서혜는 얼굴이 붉어졌다.

진심이었다. 본인 말대로, 광휘는 없는 것을 있다고 말을 만드는 성격이 아니었다.

무엇보다 다른 사람도 아닌 천중단 단장, 그의 옛 위상이 그 말에 더욱 설득력을 더해주었다.

그렇기에 더욱 고마움이 컸다.

"아, 서 소저."

서혜가 발그레한 얼굴로 있다가 화들짝 놀라 대답했다.

"네, 무사님."

"광 노사는 지금 어디에 있소?"

"광 노사라면··· 혹시 빛 광(光) 자를 쓰시고 과거 곡현(谷現) 출신에, 명검 장인이라 불리는 그분을 말씀하시는 건가요?"

"명검은 무슨. 그냥 허풍쟁이 늙은이요."

"아······."

허풍쟁이란 말에 잠시 주저하던 서혜가 슬쩍 미소를 띠었다.

"얼핏 듣기로는 항주에 있다고 알고 있어요. 정확한 위치가 어딘지 조사해 드릴까요?"

"그렇게 해주면 고맙겠소."

"어렵지 않은 일인데요. 그보다 그분은 어째서?"

"볼일이 생겼소."

서혜는 잠시 주위를 두리번거리다 목소리를 낮췄다.

"검을 만드시려는 거군요?"

"그것도 있고, 다른 이유도 있고."

"알겠어요. 바로 자료를 모아 오겠습니다."

타닥!

서혜는 칙명이라도 받은 관인처럼, 재빠르게 달려갔다. 광휘는 그런 그녀의 뒷모습을 보고 훗 하고 웃었다.

"…기분이 참."

아무래도 장련 소저의 말이 맞는 듯했다.

그저 검을 다시 맞추려고만 하는데도 이리저리 좋은 일이 생길 것 같은 분위기다.

왠지 조금은 행복해질 것도 같았다.

＊　　　＊　　　＊

"룰루… 룰루……."

장련은 탁자에 앉아 서류를 펼치고 있었다.

자신도 모르게 흥얼거릴 정도로 기분이 좋았다.

그렇게 몇 가지 서류 검토를 끝내고 자신의 등을 토닥일 때였다.

"소저."

문밖의 인기척에 장련은 재빨리 방문을 열었다.

"아, 무사님."

밝게 웃는 장련.

광휘는 그런 그녀를 향해 미소를 지어 보였다.

"왠지 기분이 좋아 보이는구려."

"그럼요. 무사님도 깨어나셨고, 상계 쪽 일도 잘 풀리고 있으니까요."

"그럼 내 두 가지 부탁이 있는데 한번 들어주겠소?"

"네?"

갑작스러운 청에 장련이 눈을 껌뻑거렸다.

광휘는 그녀를 향해 다시 한번 웃으며 말을 이었다.

"첫째는 한 보름 뒤에 장씨세가 연회를 열자는 거요."

"연회요? 안 그래도 오늘 밤에 연회를 열기 위해서 이것저것 알아보고 있었는데……."

"보름 뒤가 좋겠소. 아무래도 그때가 사람들이 많이 올 것 같아서 말이오."

"아, 뭐. 그래요, 그럼."

장련은 고개를 끄덕이며 말을 이었다.

"다른 한 가지는요?"

"보름 정도, 개인적인 일로 잠시 밖에 나가 있겠소."

"어디를요? 무사님 몸 상태가 아직……."

"난 괜찮소. 아까 보지 않았소. 내가 얼마나 괜찮은지."

"그건 그렇지만……."

순간 광휘가 손목에 힘을 주는 그 장면이 떠올랐는지 장련의 얼굴이 붉어졌다.

"걱정하지 마시오. 그리고 이건 생각보다 매우 중요한 일이오."

"……."

"우리 둘과 관계된 일이니까."

광휘는 확신에 찬 얼굴로 활짝 웃어 보였다.

"찾았습니다!"

화다닥!

그런데, 그런 훈훈한 분위기는 갑자기 들이닥친 서혜 때문에 정지되었다.

"서, 서 소저?"

장련은 발갛게 달아오른 얼굴로 지레 광휘와의 거리를 벌렸고.

"음, 흠. 실례했네요. 항주가 확실해요. 광 노사는 그곳에 있다고 확인했습니다."

서혜도 왠지 붉어진 얼굴로 재빠르게 보고를 마쳤다.

"벌써?"

광휘는 시간을 가늠해 보고 고개를 갸웃했다.

끽해야 이각(30분).

아무리 하오문에서 조사를 한다고 해도, 자신이 말하기 무섭게 어찌 그리 빨리 파악이 되는가 싶어서.

"조사할 필요가 없어서지요. 마침 운이 좋았는지 본 문의 문도가 그의 출현 행적을 확인한 보고를 올려왔습니다. 사흘 전, 항주의 현우각에 모습을 보였다고 합니다."

서혜는 서류 한 장을 광휘에게 건네며 읍을 해 보였다.

"그럼 더 하실 분부가 없으시면 소녀는 이만……."

"잠깐. 하나가 더 있소."

"네?"

자리를 피하려는 그녀를 광휘의 목소리가 붙잡았다.

"사실 이게 가장 중요한 부탁이오."

"…어떤?"

"개방의 능시걸에게 전해주시오. 광휘가… 아니, 전대 천중단장, 그리고 단 하루였지만……."

흠칫.

서혜는 저도 모르게 몸가짐을 바로 했다.

잠깐이지만 광휘의 목소리에서 굉장한 위엄을 느낀 것이다.

"무림맹주였던 유역진이, 보름 뒤에 운수산에서 구파의 장문인들과 직접 보고자 한다고."

그 말에 장련은 그제야 깨달았다.

광휘가 말한 보름이 어떤 의미인지를.

第六章

허풍쟁이 광노사

덜컹덜컹.

비탈길에 들어서자 마차가 요란한 소리를 내기 시작했다.

하북에서 오랫동안 달려온 마차는 작은 요동에도 심하게 흔들렸다.

"워, 워."

능숙한 마부가 말들을 달래자 덜컹거리던 들림이 눈에 띄게 줄어들었다.

다각다각.

그렇게 완만한 경사길에 오를 때쯤, 마차는 언제 그랬냐는 듯 부드럽게 나아갔다.

"와… 저길 봐요."

열린 창가를 내다보던 장련이 상기된 얼굴로 목소리를 높였다.

언덕 아래로 흐드러지게 피어 있는 유채꽃들.

바람이 불 때마다 유채의 노란 색채가 파도를 탄다.

끝도 없이 펼쳐진 유채꽃의 무리는 흐르는 바람을 고스란히 그려내고 있었다.

"어때요? 예쁘죠? 하나하나 봐도 예쁜 꽃들이 이렇게 끝도 없이 피어 있는 광경이라니… 무사님, 어때요?"

거듭 외치는 장련의 소리에 광휘는 살짝 인상을 찌푸렸다.

"뭐… 대단하긴 한 것 같소."

특히나 냄새가, 라는 말은 속으로만 삼켰다.

유채꽃은 본래 그 향이 강하다. 그리고 광휘처럼 오감이 예민한 이에게, 이런 강렬한 꽃향기는 고역이었다.

"그렇죠? 본 가 주변에다 이것들을 얻어서 키워보면 어떨까 싶어요. 이런 광활한 꽃밭 속을 무사님과 함께 걸어보기도 하고요!"

"나는 싫… 지는 않지만 곤란한 문제가 있을 것 같소."

광휘는 간신히 싫다는 말을 참아냈다.

장련이 허리에 두 손을 올린 채 앙큼하게 노려보고 있었기 때문이다.

"먹지도 못할 꽃을 이렇게 많이 기르는 건 땅 낭비잖소. 차라리 작물을 키우는 게……."

"아, 그런 이야기라면 문제없어요."

상업적인 이야기가 들어가자 장련은 금방 표정이 풀렸다.

"저 꽃이 유채꽃이라는 건 알고 계시죠? 왜 유채(油菜)라는 이름이 붙었을까요?"

"…기름(油) 때문이오?"

"맞아요. 유채는 종자에서 기름을 뽑아내요. 잎은 쌈채소로 먹고, 꽃은 향이 특이해서 해충들이 접근하지도 않고요."

장원태의 공식적인 발표 이래, 장련은 자타공인 장씨세가의 가주였다.

꽃을 보고 감탄하는 감성이 있다 해도, 그게 대부분은 돈과 연관된다는 이야기다.

"그런 이유가 있었구려."

광휘는 고개를 끄덕였다.

그도 다른 건 몰라도 기름의 쓰임새가 무궁무진하다는 건 잘 안다.

"그런데 무사님, 괜찮으세요?"

"뭐가 말이오?"

광휘가 되물었다.

"사실 좀… 걱정하고 계신 거죠? 광 노사, 그분 말이에요."

"……."

다각다각.

바람 방향이 바뀐 걸까, 유채꽃밭 지대를 벗어난 걸까, 지릿하던 냄새가 조금 희미해졌다.

"오전에 하오문의 보고를 전해 듣고 난 뒤로부터 뭐랄까… 조금 예민해 보이세요."

"……."

광휘는 대답하지 않았다.

펄럭.

그래서 묵묵히 서신만 펼쳐 보였다.

두 시진 전쯤.

객잔에서 식사를 마치고 나오던 장련에게 하오문이 건네준 서류였다.

이름: 광필헌(光弼獻)

나이: 예순여덟

고향 / 사는 곳: 하북 곡현 / 항주 소읍현

가족관계: 본인, 서른 중반의 아들

근황:

1. 5년 전, 항주 소읍현에 철방을 차림.

―현판은 유화철방(柳和鐵房).

2. 처음엔 그런대로 장사가 잘되었으나 시간이 갈수록 손님이 줄어듦.

―인근에 맹화철방이 들어선 영향 때문.

3. 아들이 가업을 이어가려 하고 있지만, 불화가 있음.

―가세가 기운 것이 가장 큰 요인으로 분석.

4. 최근 들어서 문을 닫는 일이 잦음.

―연장 생산을 중단한 듯.

"딱히 걱정은 하지 않소. 워낙에 성미가 딱딱하니, 사람들이 오지 않는 게 당연하지."

광휘는 대수롭지 않게 말했다.

장련은 말없이 미묘한 시선으로 그를 응시했다.

"혹 말이오."

그래도 조금 주저하는 기색을 보이던 광휘가 입을 열었다.

"네, 말씀하세요."

"내가 장사를 잘 몰라서 묻는 것이니… 오해 말고 들어주시오."

"그러겠어요."

장련의 똑 부러진 대답 때문이었을까.

광휘가 다시 입을 열었다.

"대장장이가 칼 만드는 실력이 뛰어나도 장사가 안 될 수가 있소?"

"…물론이죠."

"왜 그런지 자세히 말해줄 수 있겠소?"

"으음……."

장련은 느릿하게 눈을 감았다 뜨더니 창가로 시선을 돌렸다.

그러고는 잠시 뒤.

그녀는 부드럽게 말을 이었다.

"예컨대, 사람이 찾지 않는 경우예요. 아무리 물건이 좋아도 오는 사람이 적으면 장사에 어려움이 있지요."

"병기나 농기구 같은 것들은 수요가 늘 있지 않소?"

"맞아요. 수요가 있지요. 그런데도 어려움을 겪는다면 바로 인근에 생겨난 경쟁 철방 때문이겠지요."

"광 노사가 일개 철방보다 칼을 못 만들 리는 없소."

"저도 그렇게 생각해요. 하지만 잘 만드는 것과 잘 팔리는 것
은 조금 달라요."

장련은 거기서 고개를 저었다.

"철방을 찾는 대다수 사람들은 돈이 많지 않은 분들. 보통 농
사를 하는 사람들이죠. 그들에게 신병이기급 연장은 의미가 없
어요. 값싸고 한철 날 수 있는 적당한 물품이면 되죠."

"흠."

"광 노사의 철방이 농기구 하나에 은 열 냥을 받고, 다른 업
체가 농기구 하나에 은 한 냥을 받는다면, 상단에서는 그걸 완
전히 의미가 없는 싸움이라고 불러요."

광휘는 그 말을 이해했다.

광 노사는 본인 실력에 대해 자부심이 높은 자이다.

당연히 가격 역시 그만큼 받아내려고 할 것이다.

그리고 조금의 양보도 하지 않을 것이다.

그는 장사치가 아니라 흔히 말하는 장인(匠人)이었다.

"그 외에도 몇 가지 이유가 있어요."

장련은 상단주답게 계속 설명을 이어나갔다.

"장사는 목이 좋아야 해요. 많은 사람이 몰리는 곳에 있어야
하죠. 입소문을 타서 유명해지는 곳도 있긴 하지만 실상 가장
큰 매출을 올리는 곳은 사람들이 밀집된 곳에서 장사를 하는
곳이죠."

"음."

"그리고 좋은 자리를 잡기 위해서는 당연히 시장조사와 때론 인맥도 필요하고요."

"장사란 건 꽤나… 어려운 것이구려."

"물론이죠. 무사님 말씀대로라면 그분은 연장을 만드는 기술자이지 장사치가 아니니까요."

장사치가 아니다.

그 말이 광휘의 가슴을 울렸다.

과거엔 심혈을 기울여서 만든 병기가 있었기에 천중단 대원들이 숱한 임무 속에서 살아남을 수 있었다.

다 광 노사의 덕이었다.

하지만 이제는 환경이 달라졌다.

그는 장사치가 아니기에 이렇게 박한 평가를 받는 것이다.

"우선 직접 가서 정보를 얻어요. 하오문도들이 방대한 정보를 다루긴 하지만, 그분이 활발하게 활동하신 것은 이미 십여 년 전. 진가를 잘못 판단하는 것도 무리는 아니에요. 직접 대면하고 시장도 조사해 본다면 분명 개선할 수 있는 점이 있을 거예요."

"알겠소."

광휘는 고개를 끄덕였다.

그녀의 말대로 직접 가서 둘러보는 것만큼 좋은 것이 없었다.

"장련 소저……."

"네, 무사님."

"…오늘따라 소저가 참 든든하오."

"그걸 이제 알았어요?"

장련이 당당하게 되묻자 광휘는 잠시 당황한 듯 고개를 돌렸다. 그리고 반쯤 열린 창가를 보며 눈살을 찌푸렸다.

"또 유채로군."

"어머, 그러게요. 향기가 좋죠?"

"……."

이번에는 광휘도, 아무 말도 하지 않았다.

*　　　*　　　*

항주의 소읍현 저잣거리에는 관광도시답게 사람들이 북적였다.

골목 한 어귀에 춤추고 있는 광대를 따라 아이들이 몰려 있었고.

또 다른 어귀에는 나이 든 어른들이 작은 도박판을 벌이고 있었다.

길가에 좌판을 벌이고 장신구를 파는 여인.

나무 막대로 구역을 정해 음식을 파는 간이식당.

큰 대로를 따라 이어지는 여섯 개의 길목 쪽에는 사람들로 발 디딜 틈이 없을 정도였다.

덜컥.

어느새 광휘와 장련이 탄 마차도 저잣거리에 도착했다.

그리고 그들 앞에 기다렸다는 듯 젊은 두 청년이 인사를 건넸다.

"먼 길을 오느라 수고 많으셨습니다."

하오문도다.

길 안내를 위해 서혜가 보낸 사람이었다.

"유화철방은 어디 있는가?"

광휘가 묻자 청년 하나가 퀴퀴한 골목 한 곳을 가리키며 말했다.

"안으로 조금 들어가서야 합니다."

"음."

광휘는 굳은 얼굴로 주위를 돌아보았다.

마차는 여기서 멈춰 있었다.

사람들이나 기껏 다니는 작은 소로. 큰 대로가 있는 번화가가 아니었다.

"무사님, 저는 숙소를 먼저 알아볼게요. 조사해 볼 것도 있고… 하오문을 통해 따로 연락을 드리겠어요."

"굳이 그럴 필요는 없소만……."

"아니에요. 뭐든지 하는 이상 자세히 알 필요가 있죠. 그럼."

장련은 인사를 하곤 청년 하나와 함께 자연스럽게 빠졌다.

"후우."

광휘는 저도 모르게 한숨을 내쉬었다.

광 노사는 한때 생사고락을 함께했던 그 시절, 누구보다도 열렬하고 빛났던 사람이다.

그런 인물이 지금 완전히 몰락해 있는 입장이다.

좋은 일로 만나는 것도 아니니 장련에게 소개시켜 주기 조금 껄끄러웠다.

그런 광휘의 마음을 읽었는지 장련이 재빠르게 빠져준 것이다.

촤르르륵.

마차에서 내릴 때 들고 온 가죽 보자기를 들었다.

두꺼운 가죽으로 된 주머니 안에는 한때 생사를 함께한 병기의 잔해들이 한가득하였다.

"그럼 저를 따라오시지요."

청년이 앞서자.

잘그락.

광휘가 생각을 접고 그를 따랐다.

*　　*　　*

청년이 들어선 길은 가면 갈수록 좁아졌다.

사람들의 수는 줄어들었고, 미미하게 악취가 나기까지 했다.

도무지 이런 곳에 철방이 있기나 할까 의심이 갈 무렵.

"저깁니다."

청년이 한 건물을 가리켰다. 조금 경사가 있는 곳에 지어진 남루한 집이 눈에 띈다.

"수고했소. 그럼 가보시오."

"옙."

청년은 예의 있게 고개를 숙이며 사라졌다.

광휘는 고개를 들어 처마 위를 바라보았다.

〈유화철방〉

강한 바람에 곧장 떨어져 나갈 것 같은 허름한 편액이 눈에 들어왔다.

광휘는 씁쓸한 표정으로 고개를 젓고는 가게 문을 열었다.

한낮인데도 가게 안은 어두웠다.

한쪽에 진열된 병기들, 그리고 다른 쪽에 아무렇게나 놓여 있는 농기구들.

그리고 정면 구석에 사람의 인기척이 있었다.

"뭐 사러 오셨소?"

앉아 있던 사내가 벌떡 일어나 광휘를 맞이했다.

젊은 얼굴이었는데 덥수룩한 수염 때문에 나이를 가늠하기 힘들었다.

"필요한 것 있으면 말씀만 하시오! 뭐든 좋게 값을 쳐드릴 테니!"

"……"

광휘는 사내의 말에 대답하지 않고, 주위를 둘러보았다.

오래 방치된 풀무.

쇠를 달구어 녹이는 화로나, 뜨거운 철을 두드리는 망치, 담금질을 하는 데 쓰이는 물통은 바짝 말라 있었다.

'엉망이군.'

단조(鍛造)나 판금(板金) 작업에 쓰이는 모루도, 포대기에 방치된 목탄도 그랬다.

뭐 하나 제대로 쓰임새를 갖추지 못하고 있었다.

"어, 음. 뭐 필요한 게 있으면 거기 진열대에서 하나 집어 가시오."

쪼르륵.

광휘의 차가운 얼굴에 김이 빠졌는지, 사내는 곧 흥미를 잃고 술병을 집어 들었다.

"…나는 사러 온 것이 아니오."

광휘의 말에 그는 피식 웃으며 말했다.

"그럼 뭐 하러 왔수?"

"수리를 의뢰하러 왔소."

"수리? 뭐 어떤 병기요?"

자그락.

광휘는 그 말에 가져온 자루를 열어 보였다.

안을 들여다본 사내는 '허!' 하고 혀를 찼다.

"허… 형장, 이 정도면 그냥 괜찮은 물건으로 새로 하나 만드는 게 낫지 않겠소? 이런 엉망진창이 된 걸 무슨 수로……."

사내는 혀를 찼다. 그리고 고개를 절레절레 저었다.

스윽.

그나마 철을 보아서 생기가 돈 것인가, 그는 느릿하게 탁자 위 술병을 한쪽에 밀어 치웠다.

"이리 앉으시오."

투욱.

광휘가 식은 화로에 앉자 사내는 취기가 달아오른 얼굴을 내보이며 말했다.

"고집이 있으시군. 아무래도 새 병기가 필요하신 모양인데… 좋소. 이 광가가 뭘 만들어 드릴까?"

"……."

"참고로 난 말이오. 재주가 아주 좋소. 그런 만큼 값도 비싸지."

"정말 실력이 뛰어난 게 확실하오?"

"물론이오."

광휘가 주위를 둘러보며 말했다.

"그런데 여긴 왜 이 모양이오?"

"…무슨 말이오?"

"실력이 뛰어나면 가게가 사람으로 북적일 것이 아니오. 한데 왜 여긴 파리만 날리는지 묻는 것이오."

"뭐? 이 사람이……."

갑자기 사내가 눈을 부라리더니.

쾅!

탁자를 내려쳤다.

"믿지 못하겠거든 다른 철방을 가든가! 어디서 간을 보러 왔어!"

흥분하는 그의 모습을 보며 광휘는 별다른 대답이 없었다.

잘그락.

그저 들고 온 자루를 탁자 위에 올렸다.

"재료는 여기 있소."

"…큼, 큼."

승낙이라고 받아들였던 것일까.

사내는 표정을 지우고 입꼬리를 올렸다.

"재료까지 들고 왔소? 말마따나 아주 대단한 물건을 들고 왔는가 보군."

"대단한 건 모르겠고… 검 하나를 만들어주시오. 사 척 이촌의 길이로. 조금 날렵한 검이었으면 좋겠군."

"뭐 그거야 어렵지 않지. 또 있소?"

"남은 재료를 녹여 반지 두 개를 만들어주시오. 그거면 되오."

"간단하군."

사내는 별것 아니라는 듯 고개를 끄덕였다. 그 모습에 광휘가 미간을 찌푸리며 말했다.

"확실히 만들 수 있다고 하셨소."

"물론, 단."

사내는 광휘를 향해 손가락 세 개를 들어 보였다.

"무슨 의미요?"

"은으로 삼백 냥."

"……"

"불만 있으면 그냥 가든가."

그는 보란 듯이 팔짱을 끼며 능청스럽게 말했다.

광휘가 보기엔 진심 같았다.

시선도 저리 돌리고 등은 기둥에 턱 기댄 것이, 그 값 못 받을 거면 어림도 없다는 투였다.

그런데.

"그 정도로 되겠소?"

"…뭐?"

"너무 싸지 않느냐는 말이오. 내 칼값으로."

싸악 하고.

처음으로 사내의 표정이 변했다.

광휘는 처음으로 미소를 지으며 품속에서 뭔가를 꺼냈다.

촤라락.

"선금으로 은 오백 냥. 완성되면 그 두 배를 추가로 더 드리지."

"……!"

사내의 표정이 바뀌었다.

광휘가 내민 것은 은을 배 모양으로 주조한 은원보였다.

그것도 하나가 아니라 다섯 개.

처음에는 눈이 휘둥그레 변한 그가 광휘를 보더니 씰룩씰룩 입가가 움직였다.

"크하하하! 좋소. 아주 잘 오셨소이다. 남자가 이 정도 배포는 있어야지. 하하하!"

사내는 기쁨을 주체하지 못하고 연신 웃어댔다.

그러고는 광휘가 올려둔 가죽 보자기를 보며 물었다.

"이거 큰 건수를 물었군. 그런데 형장, 가져온 재료가 뭐요? 설마 전설의 만년 한철이라도 가져온 거요?"

그는 그제서야 가죽 주머니 안을 열어 부서진 철편들을 조심스레 살폈다.

"운철이오."

광휘의 말이 끝나던 순간.

대장장이 사내의 표정이 삽시간에 굳었다.

"방금 뭐라고……."

"운철 모르오? 하늘에서 떨어진 운석이 응축되어 만들어진 철 말이오."

"……."

"왜 갑자기 말이 없어지셨소? 조금 전에는 뭐든 자신 있다고 하지 않았소. 한데 운철은 안 되는 거요?"

"그게 아니라……."

그는 식은땀을 흘렸다.

조금 전까지 자신감이 하늘을 찌를 듯하던 그가 말을 잇지 못하고 있었다.

운철은 그런 것이다.

귀하디귀해 이런 쇳조각 하나만으로도 큰돈이 될 만한.

어떤 이들에게는 황금보다 귀한 취급을 받는다.

"못해! 이 날도둑놈 같으니라고……."

"……?"

그때였다.

길게 늘어선 대장간 저 안쪽 구석에서 강렬한 노성이 터져 나왔다.

"금광석보다 단단한 운철을 깨먹고 와서! 고작 은 천오백? 어디 그딴 돈 몇 푼에 수리해 달라는 거야!"

머리고 수염이고 시커멓게 그을린, 하지만 팔뚝만은 40대 장한 같은 노인이 서 있었다.

"광 노사……."

어둠 속으로 광휘의 목소리가 작게 잦아들었다.

✳   ✳   ✳

"열네 곳… 많기도 하네요?"

서류 한 장을 집어 든 장련이 입을 열었다.

그녀가 조사를 의뢰한 것은 항주 소읍현 내 모든 철방의 숫자.

그리고 저잣거리의 전반적인 시장조사였다.

"예, 그리고 최근에 천하철방의 분점 하나가 더 생겼습니다."

"소읍현에만 이미 분점이 셋인데, 거기서 또 늘어요?"

"그렇습니다."

"후우……."

장련은 짧은 한숨과 함께 의자 등받이에 몸을 기댔다.

여독이 풀리지 않은 상태로 서류를 검토하느라 피곤했다. 그리고 답이 보이지 않는 문제를 해결하려니 그 피곤함이 더했다.

사박.

다시 자세를 잡은 장련은 책상에 펼쳐진 서류 하나를 집어 들었다.

"아무리 봐도 유화철방은 경쟁력이 없군요."

"예, 모든 면에서요. 당장 천하철방은 관에도 무기를 납품하는 곳입니다. 그래서 안정적으로 철을 공급받고, 흑탄 또한 그러니……."

"독점적인 구입으로 인해 가격 우위를 점했지요."

"그렇습니다."

청년은 짤막히 대답했다.

솔직히 그는 이 상황이 답답했다.

장씨세가의 여가주 장련.

그녀는 이즈음 똑같은 것을 몇 번이나 조사해 오길 요구했다. 그 때문에 똑같은 서류 작업을, 또 뭔가 빠졌나 싶어 두 번, 세 번 고쳐 조사해야 했다.

할 일을 다 했는데도 뭔가 부족하다는 시선이라니.

'이걸 어쩌라는 건가' 하는 불만도 들었다.

거기다가.

"사실 유화철방의 문제는 높은 가격이 아니에요."

상식을 벗어난 말을 해오니 얼굴이 찌푸려질 수밖에 없었다.

"소저? 보통 상거래를 할 때 가장 중요한 것은 가격이지 않습니까?"

"원래라면 그렇죠. 하지만 항주는 대도시예요. 비싼 물품이라도 원하는 수요는 얼마든지 있지요."

"…소인은 무슨 말씀인지 모르겠습니다. 조금 알기 쉽게 설명해 주시겠습니까."

"간단히 말해 입소문이죠."

"입소문?"

청년은 눈을 껌뻑였다.

그 모습에 장련은 미묘한 미소를 지으며 말했다.

"전가의 보도가 있어도 그것이 동굴 속에 숨겨져 있다면 아무도 모르겠지요. 하지만 그 보도를 드러내어 시정에 올려둔다면 어떨까요? 오는 이, 가는 이 모두 그 보광(寶光)을 한번 눈에 담게 된다면 어떨까요?"

"……."

"유화철방의 광 노사는 장사의 방법을 잘못 택했어요. 그는 잘 만든 것을 적정한 값에 파는 게 아니라, 아주 잘 만든 것을 미치도록 비싸게 팔아야 했어요."

"그, 그런 방식이 가능합니까?"

"가능해요. 경성에서만 해도 소수의, 지극한 명품을 찾는 세도가는 많으니까. 항주처럼 사람과 물자가 많이 모이는 곳에 그런 이들이 없을 리가 없죠."

장련은 단호했다.

하오문이 이제껏 가져온 정보는 헛되지 않았다.

그녀는 한 무더기나 되는 서류를 통해, 광 노사가 어떤 사람인지 알 수 있었다.

그는 한마디로 장인이었다.

고작해야 쟁기, 낫 같은 간단한 철구를 만들어 주는데도, 수십 년은 써먹을 명품 농기구를 내놓았다.

그리고 그렇게 품을 들인 만큼 적절한 가격.

다시 말해 일반 양민들이 사기에는 너무 비싼 값을 쳤다.

이러니 사람들이 알아주지 않는다.

철방에서 가장 주력으로 팔아먹는 물품은, 칼이나 창 같은 병기가 아닌, 쟁기, 호미, 낫 등의 농기구다.

그것이 전체 매출의 칠 할을 차지한다.

촤라락.

장련이 관자놀이를 누르며 다시 서류를 살폈다.

한 번 봤던 내용일 터인데 무엇을 확인하려는지 흩어진 서류를 검토하고 있었다.

"…상황이 그렇다면 그냥 금전적으로 도움을 주시는 게 쉽고 빠르지 않습니까?"

고뇌에 빠진 장련의 뒤에서 청년이 물었다.

장씨세가. 하북에서 최고라 불리는 상단.

그들이 땅 마지기나 좀 내주고, 약간의 재물을 풀어주면 유화철방의 사람들은 평생 먹을 걱정 없이 살 수 있을 터였다.

"그건 가장 최악이에요."

하지만 장련은 거기서 즉각 고개를 저었다.

"어째서입니까?"

"일거리란 단순히 먹고사는 것만을 위한 게 아니기 때문이죠. 광 노사는 이유 없이 베풀어지는 금전을 버티지 못할 거예요."

장인은 돈이 아니라 일의 성취감을 위해서 사는 사람이다.

어설프게 건네준 돈은 오히려 그의 자존심을 바닥까지 부숴

버릴 터.

그러니 본인 스스로가 일어나도록 만들어야 한다.

"문제는 그런 판을 어떻게 까느냐인데……."

터억.

장련이 자리에서 일어나 창가로 걸어갔다.

이 층 건물.

세 갈래 길로 이어지는 대로변 중심에 위치해 있었다.

"생각해 보니 되게 간단한 방법이 있네요."

"예?"

장련은 미소를 지으며 돌아보았다.

어느새 여독이 사라진 생기 있는 표정이었다.

"아, 수훈장군이 마침 항주에 요양 와 계신다고 했죠?"

*　　　*　　　*

철썩. 촤아악.

처마 밑에서 은은하게 빛나는 연등.

길게 들어선 강을 중심으로 크고 작은 집들이 옹기종기 모여 있었다.

항주에서 볼 수 있는 수상 가옥이다. 절경이 빼어나 민박을 하는 사람들이 주로 묵는 곳이기도 했다.

꼴꼴꼴꼴.

"다 쓰러져 가는 철방에 뭐 먹을 것 있다고 기어들어 왔어?"

광 노사가 거칠게 병나발을 불었다.

출렁출렁 물살에 흔들리는 교각, 그 가운데 난간을 짚고 있는 광 노사의 모습은 당장에라도 넘어질 듯 위태로워 보였다.

"부자 삼대 간다고, 원래 폐업하는 곳에 쓸 만한 것 하나쯤은 있는 법이라길래."

광휘는 난간에 등을 기대며 말을 받았다.

그는 길게 뻗은 반대편의 강줄기를 바라보고 있었다.

"망할… 이놈의 천중단 놈들은 세월이 지나도 하나도 변함없구먼. 이 늙은이 남은 골수까지 쪽쪽 빨아먹으려 찾아오다니."

"물건이 성치 않으니 찾아오는 게 당연한 것 아니겠소."

"이놈아, 네가 가져간 건 운철을 통째로 집어넣은 괴물이야. 그게 성치 않으면 뭐가 성한 물건인데?"

"어쨌든 부러졌잖소."

"어떻게 하면 그게 부러지냐? 이젠 궁금하기까지 하다."

"폭굉을 서른 번 정도 맞았소."

"하……."

어이없다는 듯 광휘를 바라보는 광 노사.

이후, 고개를 절레절레 젓고는 말을 이었다.

"…내가 말을 잘못했다. 애초에 넌 미친놈이었지."

벌컥벌컥!

광 노사가 욕을 하며 다시 병나발을 불고, 광휘도 피식 입꼬리를 올렸다.

"그 괴물이 또 기어 나왔나… 그래서 정리는 했고?"

"물론."

"하긴 네놈을 적으로 돌리고 성한 놈이 있었냐."

푸하! 꺼르륵!

광 노사가 한숨과 함께 진한 술기운을 뿜어냈다.

좌르륵. 좌륵.

두 사람은 잠시 말이 없었다. 빛과 파도, 호수의 물결이 이뤄내는 자잘한 빛 무리를 감상하고 있었다.

"보기 좋지?"

"그렇군요."

"우린 이걸 위해서 싸웠던 거야. 그만한 가치가 있었어. 그런데……."

광 노사의 말끝은 조금 소리가 줄어들었다.

격세지감이라 했던가.

피와 혈투가 난무하던 전장의 참혹함이 엊그제 같은데.

생각해 보면 참 오래되었다.

환경도, 주위 사람들도.

그리고 삶도.

"솔직히 좀 놀랐다. 난 네놈을 영영 볼 수 없을 줄 알았거든."

"다들 그리 말하더구려."

"다들……."

말의 의미를 되짚던 광 노사는 쓰게 웃었다.

사실 부러진 검의 철편을 들고 왔을 때부터 짐작했다.

칼의 상태만 봐도 안다.

구마도와 괴구검은 자신의 생을 통틀어 다섯 손가락 안에 드는 최고의 명검과 명도였다.

그것이 그리 부러졌다는 건…….

은퇴하고도 어떤 끔찍한 싸움에 휘말렸다는 것을 뜻하리라.

"…하긴, 누군들 아니겠나. 그 단체에 소속된 자들이라면."

그는 고개를 돌리며 광휘를 바라보았다.

"그래. 어떻게 극복한 건가?"

"……."

"……."

철썩.

때마침 교각 사이로 배 하나가 통과했다.

하지만 광 노사와 광휘는 서로 입을 열지 않았다.

"극복하지 못했소."

"그래?"

광휘의 말에 광 노사는 어깨를 으쓱해 보였다.

괜히 말실수를 해버렸다.

오랜만에 보는 얼굴이 생각지도 못하게 밝아 보여서, 자신은 아니지만 이 녀석은 그 수라장의 악몽을 이겨낸 줄 알았더니.

"하지만 다른 걸 얻었소."

"…응?"

"극복할 수 있는 것이 아니더이다. 그저 다른 것으로 채우고, 살아가고, 그리고… 사랑하는 것. 그런 거였소."

"…허."

광 노사는 귀를 후비며 뭔가 잘못 들은 것 같은데, 라는 얼굴을 했다.

"농담이냐?"

"아니오."

"너 광휘 맞지?"

"맞소."

"컬컬컬컬컬!"

갑자기 광 노사가 배를 잡고 웃었다. 그는 한참을 숨도 못 쉬고 뒹굴다가, 겨우겨우 헉헉대며 입을 열었다.

"네가… 그 유역진이 사랑을 해? 진짜로?"

"그리되더이다."

"이야~ 진짜인가 보네. 가만, 이놈아. 근데 네놈 나이가 올해로……."

"내 나이가 어쨌든, 광 노사는 어떠시오?"

"……."

철썩. 촤르륵.

또다시 두 사람 사이에 대화가 멈췄다.

광 노사는 다시 강물 위로 길게 늘어선 등불과, 불을 밝힌 수상 가옥을 바라보고 있었고.

이번엔 광휘가 그를 주시했다.

천중단의 모든 병기를 총괄한 대장장이.

그때의 그와 지금은 그는.

많은 차이가 있었다.

철썩철썩.

바람에 잔잔하던 호수가 크게 요동쳤다. 밤의 차가움이 물살을 강하게 만드는 것이다.

"사는 게 뭐 그렇지."

광 노사는 피식 웃었다.

"……."

광휘는 아무 말 없이 그의 말을 기다렸다.

광 노사가 처마 밑으로 이어지는 붉은 연등을 한동안 바라보더니 말을 이었다.

"너무 자만했어. 과신이었지. 어디든 철방을 차리면 나를 찾아올 줄 알았지."

"……."

"하지만 세상이라는 게 만만치 않더군. 내가 생각했던 것과는… 많이 달랐네."

광휘에게는 광 노사 역시 많이 달라져 보였다.

그는 원래 허풍이 강했고, 대신에 허풍 못지않은 손재주도 있었다. 무엇보다 한번 매달렸다 하면 오공에서 피를 흘리면서도 망치를 놓지 않던 끈질긴 투지가 사라져 있었다.

"좋은 검을 만들어도 사람들이 사질 않네. 손님이 없으니 수입도 줄어들고. 이런 박복한 일을 아들 녀석에게 물려줘 봐야 뭐 하겠나."

"……."

"나도 아네. 자존심을 조금 내려놓으면 나아진다는 걸. 그런데… 그게 안 돼. 하려고 노력은 해보았네만… 그냥 이렇게 태어난 걸. 고친다고 고쳐질 게 아니야."

그 뒷말을 말하지 않아도 광휘는 알 것 같았다.

완벽주의자.

다른 말로 하면 결벽주의.

병기 하나하나를 '전가의 보도' 수준으로 만드니 시간은 오래 걸리고 값도 비싼 상품이 만들어지는 것이다.

광 노사는 그런 물품이 아니면 만들지 못한다.

그는 한때 천중단 제일의 대장장이었으나, 애초에 천중단은 역사 속으로 사라진 이들.

천중단의 이름을 간판에 새긴다면 장사는 흥할 터이나, 수많은 대원의 죽음을 싸구려로 매도하는 일이 될 터.

그건 광 노사가 할 수 있는 일이 아니다. 그는 철과 불을 다루며 정직만을 쌓아온 사람이다.

그랬기에 그는 온 힘을 다해 지킨 평화로운 세계에서.

쓰임새를 잃은 검처럼 녹슬어가고 있었다.

"여차저차해서. 그렇게 손을 뗐네."

"……?"

잠시 감상에 빠져 있던 광휘의 눈꼬리가 올라갔다.

손을 뗐다니.

그게 무슨 말인가?

"그래서 자네 운철도 더는 못 만들어. 감각도 많이 잃었고. 열정도 잃었고."

"…광 노사."

"그렇다고 아들 녀석이 해줄 리도 없네. 딴에는 애비를 닮아 제법 쓸 만한 녀석이지만… 운철은 턱도 없지. 더군다나 제조도 아닌 수리라면 더욱."

"……."

단호한 거절에 광휘는 몸을 돌렸다. 그리고 그가 바라보는 강쪽으로 시선을 돌리며 느릿하게 말을 받았다.

"그래도 만들어줘야겠소."

"이봐, 지금 내 상황을 보고서도 그런 말을 하는 게야?"

광 노사의 말에도 광휘는 그를 쳐다보지 않았다. 그저 은은하고 화려한 강물과 건물을 볼 뿐이었다.

"청혼할 생각이오."

"뭐?"

기겁하며 돌아보는 광 노사.

광휘는 느릿한 자세로 그제야 그를 마주 보았다.

"…자네 설마?"

광 노사의 경악한 얼굴에 대고 광휘가 심드렁하게 물었다.

"아무리 녹슬었다 해도… 좋은 반지 하나 정도는 만들어줄 수 있지 않소?"

第七章

전국 대 장장이 대회

"…해서 그리되었소."

인근 단출한 객점 삼 층.

저녁이 되어 돌아온 광휘는, 장련에게 광 노사와 있었던 얘기를 털어놓았다.

그에게는 마음의 빚이 있었다.

광 노사가 아니었으면 광휘 또한 이날 이때까지 살아남지 못했을 것이다.

괴구검과 구마도는 평생 그를 지켜준 병기였다.

그런 고마움과, 뛰어난 장인이 초야에 묻혀 있는 것에 대한 안타까움이 함께했다.

반지에 대한 얘기를 비밀로 하는 바람에 이야기가 조금 꼬였지만. 어쨌든.

"잘하셨어요."

"……?"

장련이 밝게 웃자 광휘가 고개를 갸웃했다.

"내가 뭘 잘한 거요?"

조금 다르게 살라며 그를 설득하지도, 그렇다고 위로하지도 않았다. 친우로서 부족했다고 생각했다.

그런데 장련은 오히려 잘했다고 한다.

"장사를 하다 보면요. 질책이나 충고를 하는 건 누구나 할 수 있어요. 그리고 때때론 그것이 효과적이죠. 하지만 광 노사 같은 분은 달라요. 무사님도 이미 알고 계실 거예요."

장련은 미소를 지으며 말을 이었다.

"그분은 철을 다루는 데 온 생을 바친 분이에요. 값이 비싼 게 어떤 의미인지. 사람들을 상대하는 것이 어떤 것인지는 다음의 문제예요. 오직 좋은 상품, 제품을 만들지요."

"소저의 말이 맞소. 하지만……"

장련이 광 노사를 옹호하는 발언에 오히려 광휘가 반문했다.

"계속 그렇게 살면 지금과 달라지는 게 없지 않소."

"맞아요. 달라지지 않죠. 그러니 저희가 달라질 필요가 없게 만들어야죠."

"그건 또 무슨 소리요?"

눈을 크게 뜨고 묻는 광휘를 향해 장련은 밝게 웃어 보였다.

"대회를 열어볼까 해요."

"대회?"

"네, 대장장이들의 대회요. 무림인들의 무림 대회처럼, 항주 일대의 모든 철방이 참여하여 어느 검이 가장 **빼어난가**를 겨루는 대회."

"아."

순간 광휘의 눈이 크게 뜨였다.

장련의 말의 의중을 그제야 알아챈 것이다.

광 노사의 솜씨는 말할 필요도 없이 뛰어나다. 하지만 세상 사람들은 그걸 모른다.

일단 값이 비싸 사람들이 사주지 않았다.

사서 쓰는 사람이 없으니 제품의 질을 알리지 못한다.

아는 사람이 없으니 천하제일의 대장장이라 해도 과언이 아닌, 광 노사 같은 보배가 항주 소읍현의 구석진 철방에서 썩어 가고 있는 것이다.

"구슬이 서 말이라도 꿰어야 보배라 하지요? 송곳이 주머니를 뚫고 나오게 흔들어주면 돼요."

장련이 낭중지추를 말하자 광휘의 얼굴이 밝아졌다.

"…쉽지 않을 거요."

하지만 그의 표정이 다시 어두워졌다. 장련은 의아해서 물었다.

"왜죠?"

"오늘 만나본 광 노사는… 더 이상 뭘 만들 생각이 없어 보였소."

"…그래요?"

"그렇소. 거기다가 그는 본시 누군가를 꺾고 올라서기를 즐기는 사람이 아니오. 설득해 보겠지만 오히려 그런 자리에 나서는 걸 수치라 여길 수 있소."

광휘는 말을 하면서 한숨을 토했다.

광 노사가 차라리 남에게 지기 싫어하는, 경쟁심 강한 사람이라면 경연은 좋은 기회일 것이다.

하지만 광휘가 알기로 그는 묵묵히 불과 철을 다루며 자기 자신을 가다듬던 사람.

혼신을 담은 병기 그 자체로 만족하는 이다. 괜히 남과 비교하는 것을 샀되다 여기는 사람이다. 애초에 저런 솜씨를 가지고 왜 저리되어 있었겠는가.

"뭐, 걱정 마세요. 광 노사께서 나서지 않아도 유화철방이 나서면 되니."

"그건 또… 무슨 말이오?"

광 노사가 곧 유화철방이다.

그렇게 생각하던 광휘에게 장련은 살포시 입가를 가리며 웃어 보였다.

"광 노사분의 아들. 그분도 있잖아요?"

*　　　*　　　*

쨍쨍한 햇빛이 창가 사이를 스며들었다.

미미하게 움직이던 광휘의 눈꺼풀이 자연스럽게 말려 올라왔다.

침상에 누운 그는 한동안 그렇게 눈을 감았다가 뜨기를 반복
했다.

"그래, 어떻게 극복한 건가?"

어젯밤 기억들이 새록새록 떠오른다.

광 노사와의 만남. 지난 과거의 추억. 대화.

그리고 헤어진 후 하오문도의 도움으로 장련과 만났다.

만나서······.

"일어나셨어요?"

발걸음 소리와 함께 여인의 따스한 목소리가 들렸다. 반쯤 열
린 문으로 장련이 차를 가지고 들어오고 있었다.

"내가 몇 시진이나 이러고 있었던 게요?"

"한 다섯 시진(열 시간)쯤."

"다섯 시진? 내가 그렇게나 많이 졸았다고?"

투욱.

어이가 없어서 물어오는 광휘.

장련은 싱긋 웃으며 한쪽에 쟁반을 내려놓았다.

"그러게요. 명색이 무인이신데 저보다 체력이 부족하시던걸요."

"······."

광휘의 표정이 확 변했다. 난처함이 역력한 표정이었다.

"그럴 수 있죠. 무사님은 그동안 참 많은 일을 하셨잖아요."

장련은 광휘를 놀리는 걸 그만두고 침상 옆에 살짝 앉았다.

그러고는 밝은 미소를 보이며 찻잔을 내밀었다.

"조금 드셔보세요. 용정이에요."

"아, 고맙소."

건네는 차를 천천히 받아 드는 광휘.

그는 괜히 장련의 눈치를 한번 보고선 차를 들이켰다.

쓰읍.

"생각해 보셨어요?"

"무얼 말이오?"

"어제 제가 말씀드렸던 거요."

"아……."

광휘는 그제야 어제 나눴던 대화를 떠올렸다.

꿀꺽.

광휘가 차를 한 모금 더 삼켰다.

장련이 대회를 연다는 말에 그냥 그러려니 하고 넘어갔다.

하지만 항주의 모든 대장장이들이 나서게 되는, 그래서 유화철방이 이름을 날리는 대회가, 그냥 만들어질 리가 없지 않은가.

"음, 그보다 대회를 열면 정말 달라지겠소?"

"아주 많은 것이 달라질 거예요."

장련은 배시시 웃으며 몇 마디로 간단히 설명했다.

광휘는 듣고 나서 입이 턱 벌어졌다.

확실히 그녀는 그와 달랐다.

명확한 계획이 있고, 그걸 판으로 짜낼 수 있었다.

"그래도 그분을 마지막으로 움직이는 것만은 무사님이 해주셔야지요. 아드님의 이야기를 잊지 마시고요."

"알겠소. 그럼 지금 가서……."

벌떡.

마음이 급해서 바로 일어나는 광휘에게 장련이 살풋 웃으며 말했다.

"아, 이미 밑에서 기다리고 계세요. 제가 전갈을 넣었거든요. 무사님 이름으로."

"……."

"화내지 않으실 거죠?"

"…설마."

광휘는 헛헛 웃으며 고개를 내저었다.

화는 무슨 화인가. 그저 이 여인이 자신에게 너무 과분하다는 생각만 들었다.

*   *   *

객점은 잠을 청하는 숙소.

반점은 식사를 하는 곳과 객점을 포함한 곳을 가리킨다.

장련이 잡은 이곳은 총 삼 층으로 된 반점이었다.

이 층부터 삼 층은 십여 개의 방이 있고 일 층은 식사를 할 수 있었다.

"흐음."

의자에 앉아 주위를 둘러보는 광 노사.

항주에 꽤 오래 머물렀지만 이리 화려한 객잔은 처음이었다.

거기다 조금 생경한 것이, 아침 시간인데도 사람이 한 명도 보이지 않았다.

"오셨습니까."

고개를 다시 정면으로 돌리던 그때.

맞은편에서 광휘가 인사를 건넸다.

"그럼 왔지. 갔냐?"

광휘는 광 노사의 심술을 흘러 넘겼다.

드르륵.

그가 자리에 앉자 광 노사가 먼저 선수를 쳤다.

"반지만 만들어줄 거야. 검은 못 만들어."

"······."

"불평해도 소용없어. 네 칼은… 피를 너무 많이 먹었다. 저걸 억지로 되살리면 마검이나 귀검이 되어버릴 거다."

"…확실히."

광휘는 끄덕였다.

그는 구마도와 괴구검으로 수천을 넘는 피를 보았다. 지금 부러진 칼을 살려봐야 마검, 혹은 귀검.

예리하지만 원한을 너무 많이 품어, 주인마저 불행하게 만드는 불길한 병기가 될 뿐이다.

그럼에도 광휘는 조용히 광 노사를 응시하고 있었다.

"그래도 노사께서는 할 수 있는 일 아니오."

"난 안 해. 이미 어제 말했잖나."

그 말에 광 노사는 절레절레 고개를 저었다.

"하고 싶어도 못해. 솔직히 말하자면."

그의 얼굴은 피로와 수심으로 얼룩져 있었다.

한때 광휘가 그랬듯, 지금의 그 역시 많이 바스러져 있었다. 세상을 구하기 위해 싸웠지만, 그 대가를 받지 못했다.

애초에 대가를 바라고 한 일은 아니지만, 의욕을 사그라지게 만들기에는 충분한 시련이다.

그걸 잘 알기에 광휘는 끄덕였다.

"금으로 삼백 냥."

"…금?"

"그 정도는 내야지. 천하제일의 대장장이에게 일을 맡겼으니."

간단하게 말하는 광휘. 그 말에 광 노사의 얼굴이 흉악해졌다.

금과 은의 교환비는 대략 일 대 십이.

지역마다 시대마다 조금 다르긴 하나, 금자 삼십 냥이면 은자로 대략 삼천육백 냥에 달한다.

"이놈아! 지금 나를 돈으로 사려는 게냐! 뭐? 이 기회에 한몫 잡으라고? 내가 그런 걸 원하더냐!"

벌컥 하고, 예상했던 대로 광 노사가 폭발했다.

그런 그에게 광휘는 무겁게 기세를 돋워 말했다.

"광 노사, 어리광 그만 부리시오."

"뭐라? 어리광?"

"당신은 아버지요. 아들을 보고 느끼는 것이 없소? 정말로 아무것도 없소?"

"······."

거기서 덜컥. 급소를 맞은 듯 광 노사는 얼굴이 굳었다.

"노사야 타고난 고집을 못 꺾어 시들어가더라도 만족하시겠지. 하지만 자제분은? 노사 때문에 피지도 못하고 꺾이는 것을 모르는 게요?"

"······."

푸욱 하고 광 노사가 주저앉았다.

광휘가 뭘 말하는지는 그가 가장 잘 알았다. 딱히 잘 키워주지도 못한 아들놈은, 하필이면 못난 애비의 기질을 고스란히 물려받았다.

불과 철에 대한 기질.

피는 속일 수 없는 것인지, 녀석은 스스로 망치를 잡고 모루를 두들겼다. 괜히 자신처럼 고생하는 것이 보기 싫어 호통으로 매번 꺾어왔지만······.

"값이 좀 적나. 그럼 금으로 오백 냥."

뒤이은 광휘의 말에 광 노사는 욕이 튀어나왔다.

"야, 이 미친놈아! 어디서 돈줄을 잡았어?"

"대신 조건이 있소."

"···뭔데?"

광휘의 말에 그는 표정이 풀렸다.

대가 없이 거금을 준다고 하면 오히려 동정하느냐고, 화내는 것이 그의 성품이다. 그렇기에 거금에는 그만한 어려움이 따라야 한다고 보는 괴짜이기도 했다.

"조만간에 무슨 경연 대회인가 열린다고 하던데, 절강의 철방 사람들도 모인다고 하더구려."

"경연?"

갑자기 뭐 씁은 표정으로 변한 광 노사가 사납게 웃었다.

"나 보고 거길 가라고? 애들 재롱 잔치에?"

"당신이 가겠소?"

"그럼 왜 물어?"

의아하게 바라보는 그를 향해, 광휘는 말을 이었다.

"아까 말했던 자제분."

"……."

"어떠시오. 해보시겠소?"

광 노사는 광휘를 노려보았다.

복잡한 심정이 보였다.

전혀 생각지도 못한 제안이 아닌가.

"이번엔 고집 좀 부리지 말고 생각해 보시오."

주저하는 그를 향해.

광휘가 한마디를 덧붙였다.

"우리 자식들은, 우리와 다른 삶을 살아야 하지 않소."

*　　　*　　　*

캉! 캉! 캉!

하루가 지났다.

요란한 굉음에 바닥에 널브러져 있던 광 노사의 눈이 뜨였다.

방 안에는 술병들이 나뒹굴고 있었고.

취기가 여전히 가시지 않았는지 코는 벌겋게 달아올라 있었다.

캉! 캉! 캉!

금속음이 계속 커지자 광 노사의 눈도 점점 커지기 시작했다.

결국, 느린 움직임으로 그가 무릎을 짚고 일어나 방문을 열었다.

"아, 일어나셨어요?"

시꺼멓게 코를 그을린 광칠(光漆)이 히죽 웃었다.

그 옆으로는 한동안 사용하지 않던 화로에서 활활 타오르는 불이 보였다.

"뭐 하냐?"

"아, 그게⋯⋯."

광칠이 머리를 긁적였다.

쌍심지를 켠 광 노사의 시선에 그는 고개를 돌리며 말했다.

"⋯한번 손질해 보려고."

그제야 초점이 잡힌 광 노사의 눈에 광칠의 주변이 보였다.

모루에 올려놓은 칼날.

한쪽 대야에 받아놓은 물.

그리고 모루 위에 칼의 파편들.

"압니다, 아버지. 제 실력에 감히 수리를 할 수 있겠습니까. 그런데요."

광칠은 머쓱한지 머리를 긁적이며 말했다.

"한동안 손을 놨더니 굳는 것 같기도 하고. 돈은 못 받는다고 해도 그냥 재미 삼아라도 해보고 싶어서……."

눈치를 볼 수밖에 없었다.

손님의 발길이 잦아든 지도 벌써 반년째다.

그나마 가끔 찾아오는 이들은 진열되어 있는 가격을 보고서는 곧장 뒤돌아선다.

하루하루 그냥 맥없이 사는 게 지금의 현실이었다.

"아버님이 하지 말라고 하시면……."

매서운 광 노사의 눈빛에 잔뜩 겁을 집어먹은 광칠이 입을 열었다.

"해봐."

"예?"

그런데 갑자기 허락이 떨어졌다.

쓸데없는 일에, 특히나 과욕을 부리는 일에는 더더욱 매정하게 쏘아붙이는 아버지가.

이번엔 승낙을 한 것이다.

뿐만 아니었다.

"참고로 운철을 접하는 건 단순히 망치질로는 안 돼. 금속의 혼합도 중요하지만 백의 용선(鎔銑)을 얻어야 한다."

용선은 쇳물이다.

선철이라고도 불리는 이것은 쇠의 순도를 변화시키거나 다른 재료들과 합금할 때 사용되는 방식이다.

"백의 용선은 무엇을 말합니까?"

아들의 물음에 광 노사가 인상을 찌푸렸다.

"그건 네가 알아내. 하나하나 알려주랴?"

"…예."

"참고로."

광 노사는 굽혔던 허리를 펴며 말을 이었다.

"운철의 재질은 다른 금속과 잘 섞이지 않아 온도를 올릴 수 있는 만큼 최대한 올려야 한다. 목탄을 꾸준히 집어넣고 며칠은 손도 대지 마라."

"예."

광 노사는 대답을 듣는 둥 마는 둥 입구 문을 열었다.

날씨는 화창했다. 그런데 코끝이 시큰했다.

괜히 싱글벙글한 아들의 얼굴을 보니.

"대회라……."

"예?"

아들의 물음에 광 노사는 괜히 화를 냈다.

"넌 몰라도 돼! 이놈아!"

광칠은 얼굴을 쏙 집어넣었고, 그런 아들을 보는 광 노사의 얼굴은 천천히 붉어졌다.

* * *

"안에 지부대인 계시느냐?"

군복을 입은 중년인 하나가 거칠게 숨을 내쉬며 말했다.

먼 길을 급하게 말을 몰아온 그는, 차가운 바람에 얼굴이 잔뜩 상기되어 있었다.

"예."

"내가 왔다고… 아니, 직접 말하겠네."

근위대장의 대답이 채 떨어지기도 전에 그는 곧장 안으로 들어갔다.

경계를 위해 쌓은 대문 하나를 지나 창궐한 건물 안으로 향했다.

큰 문 앞에서 옷매무새를 가다듬은 그는 바로 입을 열었다.

"지부대인! 동지(同知: 보좌관) 무열입니다."

"들어오거라."

허락이 떨어지자 무열은 급히 문을 열었다.

사방이 확 트인 넓은 공간 안에서 여유로워 보이는 노인 하나가 그를 맞이했다.

"무열이 네가 여기까지 웬일이냐?"

"대인! 급한 일이 생겼습니다."

"급한 일? 무슨 난이라도 났더냐?"

난(亂). 전쟁이나 반란에 준하는 큰 어지러움을 이름이다.

무열은 곤혹스러운 얼굴이 되었다.

"전쟁은 아닙니다만… 대인 그……."

"그럼 그렇지. 이 태평성대에 전쟁이 날 리가 있겠느냐? 아, 거기. 거기가 시원하다."

찰랑찰랑.

노인은 대수롭지 않게 반응하며 발을 들었다.

의자에 앉은 그의 밑으로 시녀가 그의 발을 씻어주고 있었다.

그 모습에 무열은 질끈 이를 악물며 말했다.

"수훈장군께서 이곳으로 오고 계시다고 합니다."

"뭣이!"

벌떡!

순간 노인, 양평중(梁平重)이 일어섰다.

그 바람에 시녀의 몸에 물이 튀었다.

"장군께서는 서호에서 요양 중이시지 않느냐? 그 양반이 이곳으로 왜?"

"저도 잘 모르겠습니다. 따로 언급도 없이 오늘 갑자기 움직이셔서… 그나마 이것도 급히 파발(신속 전달)을 받아 알게 된 사실입니다."

"혹 아랫것들이 무슨 사달을 낸 것은 아니고?"

양평중의 눈이 불안하게 흔들렸다.

수훈장군, 오현(吳賢).

그는 북방에서 숱한 공을 세운 도독부 인물로서, 옛날 이민족의 난을 진압할 때 입은 상처가 덧나, 얼마 전 이곳에 요양 왔었다.

전형적인 무인으로서, 용맹하고 성격이 드세, 저 절강 도지휘사마저 극진히 모시라고 두세 번 강조했던 인물.

"아니면 군사 정비 상태를 확인하기 위함이실까?"

특히나 전쟁은 병참으로 한다며, 평시의 군사 보급, 정비에 관해 타협이 없는 인물로 알려져 있었다.

"저도 그리 생각합니다. 워낙에 딱딱하신 어르신이니… 이럴 때 한 번 터질 때가 되었다 싶습니다."

무열의 대답에 양평중의 표정이 굳어졌다.

전방도 아닌 항주에, 후방 중에서도 거의 유람지에 가까운 이곳에 북방 같은 정비가 있을 리 만무했다.

"적당히 타협할 방법을……."

무열이 소리 낮춰 말하자 지부대인이 고개를 저었다.

"안 돼. 그분 성정상 어설픈 대우는 오히려 화를 부를 뿐이다."

대우.

간혹 전방에서 내려온 장군들에게 왕왕 뇌물로 좋게 보아달라며 설득을 한다.

관리 감독자는 이득을 챙겨서 좋고, 책임자는 큰 짐을 덜 수 있으니 서로서로 좋고 좋은 실질적인 관례였다.

"그럼… 조정에 계시는 운경장군님의 이름을 빌리는 것이 어떻겠습니까?"

거론된 운경장군 역시 도독부 장군이다.

서열로서는 동급이라 알려져 있다.

"안 된다. 두 분의 친분이 실제로 어떤지는 워낙 말들이 많아서 정확히 알 수 없어. 섣불리 친한 척했다가는 오히려 위세 떤다고 화를 내실지 몰라."

양평중의 얼굴이 더욱 어두워졌다.

그의 뒤를 봐주고 있는 운경장군.

조정의 도독부 장군으로 수훈장군과 같은 급의 직위를 가진 자다.

지부대인이 두 손이 시린지 싹싹 비비며 잠시 생각하다 말했다.

"지휘첨사(指揮僉事)께서는 어디 계시냐?"

병부 소속의 도지휘첨사.

성내의 군사의 관리, 전비, 훈련을 관리하는 책임자다.

"며칠 전, 주변을 한번 시찰하러 가셨으니 아직 이 근방에 계실 겁니다."

"너는 당장 지휘첨사께 이 사실을 알리거라. 어떻게 해서든 빨리 모시고 와야 한다."

사박사박.

그는 급히 한쪽에 내걸린 옷을 입으며 말했다.

"명!"

옷을 입자마자 그는 무열을 지나쳐 급히 문을 열었다.

얼마나 다급했는지. 한 부(府)의 지부대인인 그는 신도 신지 않고 급하게 달려가고 있었다.

*   *   *

"오셨습니까, 수훈장군."

처억!

결국, 올 것이 왔다.

양평중은 정문 앞에서 군복을 입고 수훈장군을 맞이했다.

스윽.

칠 척에 육박하는 늠름한 체구.

오랜 전장 생활로 인해 나이 든 눈매가 예리하게 빛났다.

"음, 그간 잘 있었나? 도정에서 본 이후 보름 만이지?"

"장군님 같은 분이 세국의 평안을 살펴주시니 항상 편안하게 지내고 있습니다."

"나라의 안위는 지엄하신 황제께서 보살피거늘. 쓸데없는 소리는 집어치우게."

"……."

양평중의 눈썹이 미미하게 떨렸다.

일전에 한 번 경험하긴 했지만, 확실히 날카로운 성정이다.

처억. 척.

수훈장군은 전장에나 어울릴 걸음걸이로, 영문 위에 내걸린 군정위소(軍情衛所)를 지나 거대한 공터 안으로 들어섰다.

흡사 중정 비슷한 곳을 한번 훑어보고는, 장군은 길 가장자리에 우뚝 선 단상으로 올라섰다.

"요양 중이시라 들었습니다만… 어찌한 일로 방문을 하시었는지 여쭈어도 될런지요?"

"딱히 이유가 필요한가. 도사위소(都司衛所)를 관장하는 게 내 일인데."

"하하… 어떤 상황에도 국무를 살피시는 걸 보면 존경스럽습니다. 다만 장군의 건강을 해칠까 소인은 염려가 됩니다. 굳이 지금과 같은 태평성대에……."

"전시와 평시가 어디 있나! 언제 어디서든 항시 적의 도발에 준비되어 있어야 하는 것이 군의 자세다. 그리고 내 한 몸 편하자고 하려 들면 끝이 없어."

"예……."

양평중은 난감한 듯 잠시 시선을 내렸다.

하지만 어느 정도 예상했던 바.

속내를 드러내지 않고 자연스럽게 말을 이었다.

"그렇지요. 그럼 군사들을 모두 집결시키겠습니다."

"아, 그리고."

채 양평중이 뒤돌아서기 전, 수훈장군이 그를 불렀다.

"군병들의 개인 소지품과 보급품도 함께 내오게."

"예? 군병들을 훈련 상태를 보는 것이 아닙니까?"

"그건 병부에서 도맡아 할 일이지. 내 일이 아니지 않으냐?"

"그건 그렇습니다."

난처하게 변한 지부대인은 이내 고개를 숙였다.

"이르라 하겠습니다."

＊　　　＊　　　＊

곧 공터에는 수백에 달하는 병사가 집결했다.

지부대인이 명한 대로 그들 앞에는 군수 보급품이 놓여 있었다.

"흠."

수훈장군은 오와 열로 집결된 병사 사이를 지나갔다.

잔뜩 긴장해 있는 그들의 얼굴을 한 번씩 대면하더니 여섯 번째 열에서 멈췄다.

"자넨 이름이 뭔가?"

"황보광(皇甫曠)입니다!"

"그렇군. 여긴 자네가 사용하는 군수품이지?"

"옙!"

수훈장군은 아래에 놓인 대나무 통을 집어 들고 물었다.

"이 수통은 사용해 보았는가?"

"예, 그렇습니다."

잔뜩 얼어 있던 병사가 우렁차게 대답했다.

"언제?"

"한 달 전, 집체 훈련 때 사용했습니다."

"그래?"

그는 수통을 만지작거리더니 말을 이었다.

"구멍이 뚫려 있는데도 잘 사용이 되던가?"

"예?"

"여기 보게. 여기 구멍이 뚫려 있지 않은가?"

"아……."

수훈장군이 눈앞에 대나무 통을 들이밀자 그는 말을 잇지 못했다.

수훈장군은 당황한 병사를 무시하고 이번엔 병기를 집어 들었다.

끼기긱.

검집에서 칼을 뽑는 과정에서 쇳소리가 간헐적으로 들렸다.

"이건 언제 휘둘러 보았는가?"

"아, 이것도 며칠 전에 사용해 보았습니다."

"정비는?"

"그것이……."

노려보는 수훈장군.

병사는 겁에 질렸는지 아무 말 못 했고, 지부대인이 대신 옆에 붙으며 말했다.

"장군, 그것이 말입니다. 훈련은 정기적으로 실시를 합니다. 다만 혹여나 불상사가 생길까 봐……."

"사용하지 않는다 이 말이 하고 싶으신가?"

"……."

오히려 이번엔 지부대인이 난처해졌다.

수훈장군은 검을 그의 손에 쥐여주고선 말했다.

"찔러보게."

"예?"

"불상사가 생기나 찔러보란 말일세."

"장군……."

당황하는 지부대인.

수훈장군은 노려보며 말을 이었다.

"얼마나 정비를 안 했는지 검집에서 칼이 잘 뽑히지도 않아.

그런데 뭐? 불상사가 생길 수 있다고?"

"그게……."

"그리고 이건 단순히 정비 문제가 아닐세. 잘 만든 칼은 크게 관리를 해주지 않아도 예리함이 살아 있지. 이건 불량품이란 말이야."

지부대인은 아무 말 하지 못했다.

그저 당황한 얼굴로 칼과 바닥만 번갈아 볼 뿐이었다.

수훈장군은 양평중을 향해 한 발 더 다가갔다.

그리고 귓가에 대고 속삭였다.

"얼마나 처먹은 건가?"

"예?"

"얼마나 처먹었기에 정비가 이따위 상태인 건가?"

지부대인은 말을 하지 못했다.

받아먹기는 받아먹었다.

하지만 감찰사로 왔었던 어느 군부의 인물도, 이제껏 이토록 노골적인 언사를 던진 적은 없었던 것이다.

"장군님, 오랜만입니다."

그때였다.

멀리서 몇 명의 호위무사를 이끌고 노인 하나가 들어왔다.

도지휘첨사 전욱(全郁)이었다.

"오셨는가?"

"예, 제가 부족하여 미리 주변을 잘 살피지 못했습니다."

재빨리 다가온 전욱은 그를 보자마자 넙죽 자세를 엎드렸다.

그 모습에 수훈장군은 더는 호통치지 않았다. 상대는 직위가 낮긴 해도 성내 군사의 내정을 관장하는 인물.

말단 병사들 앞에서 함부로 깨면 영(令)이 서지 않는다.

거기다 발이 넓어 여러 곳에 인맥을 트고 있는 그에게 앙심을 사면, 수훈장군 또한 피곤하기는 마찬가지였다.

"이보시게, 지휘첨사. 노고는 알고 있소만……."

"실망하셨겠지요. 맞습니다. 태평성대다 뭐다 해도 군병 관리가 제일 중요합니다. 다 제 책임입니다."

"……."

수훈장군이 뭐라 말하려고 하자 잽싸게 전욱이 받는다.

이렇게까지 낮추는 사람은 아무리 독한 사람도 까기가 어려운 법이다.

"장군께서도 아시겠지만 아무리 좋은 군법이 있다고 해도 결국 사람은 변하게 마련이지 않습니까. 군수 물품 역시도 오랜 기간 거래를 하다 보니 조금 느슨해지는 부분이 있었습니다."

능란하게 말을 펴는 전욱에게, 수훈장군은 별다른 대답을 하지 않았다.

그도 알고 있었다.

여기까지 온 것은 그를 책망하고 바로잡기 위함이기보다는.

만약의 사태에 대비해 경각심을 심어주기 위함이었다.

정말로 마음먹고 여길 뒤집어엎는다 해도 결국에는 똑같은 상황으로 흘러간다.

전방에서 굴러먹을 대로 굴러먹은 수훈장군이, 이런 뻔한 사실을 모를 리 없었다.

"마침 이 문제에 대해 저도 고심하고 있었습니다. 해서 말인데 장비가 부실한 것은 군수물자를 조달하는 방식이 문제가 아닐까 합니다."

전욱이 말을 잇자, 수훈장군의 눈매가 가늘어졌다.

"지휘첨사, 하고 싶은 말이 뭔가?"

칼칼한 목소리였지만 조금 전보다는 훨씬 유하게 누그러져 있었다.

"이참에 대회를 열까 합니다."

"대회?"

"그렇습니다. 군수 물품에 중요한 것들, 특히나 가장 핵심적인 이런 병기들이 제대로 되어 있는지 확인하는 것입니다. 그러려면 오래된 거래처가 아닌, 나라에서 공인한, 제대로 된 물품을 구입하는 것이 중요하지 않겠습니까."

"그렇지."

노회한 장군은 맹수의 눈에 느른한 웃음을 띠며 물었다.

"그래서 이참에 대회를 열겠다?"

"그렇습니다."

"그대의 뒤를 봐주는 곳은 어디신가."

"무슨 말씀이신지……."

"두 번 말하게 하지 말게."

맹수가 미묘하게 웃어 보였다.

수훈장군 오현.

그는 단순히 전방에서 오래 굴러먹기만 한 군인이 아니었다.

그저 전공을 열심히 쌓는 것만으로는 결코 장군이 될 수 없다.

"가뜩이나 **빡빡한** 군부 예산을 굳이 더 쥐어짤 여력이 없을 터. 대회를 열려면 돈이 필요하고 사람과 알림이 필요하지. 그래서. 어느 철방인가."

그는 다 알고 있었다.

알고도 모른 척하고, 그러다가 어느 순간 와 하고 다 뒤집어엎어 버린다.

그렇기에 장군까지 오를 수 있었고, 요양을 하면서도 아직 군직을 유지할 수 있는 것이다.

"이것 참… 장군께는 뭘 감출 수 없군요."

노회한 정객의 앞에서 결국 전욱은 머리를 긁었다.

"대놓고 말씀드릴 수는 없습니다만… 철방은 아닙니다."

"철방이 아냐?"

"예, 하지만 나라의 공인된… 아니, 미래의 어심(御心)이 따르는 곳이지요."

"미래의 어심?"

장군의 눈매가 휘어졌다.

그는 또닥또닥 손가락을 두드리더니 조용히 소리를 낮춰 물었다.

"혹 장씨세가인가?"

"말씀드렸다시피."

그에 전욱은 다시 머리를 긁어 보였다.

"대놓고 말씀드릴 수는 없습니다."

"그렇군."

장군은 끄덕였다.

그는 알았고, 그럼에도 용인했다.

서늘한 노장군의 눈매가 조용히 군영을 지났다.

"준비한 게 있다면 해보게. 하나 단단히 해야 할 것이야. 이왕 하려면."

말끝에 그르렁거리는 듯한 맹수의 경고가 울렸다.

분명히 알아들은 전욱이 고개를 낮췄다.

"어련한 말씀이시옵니까."

그 끝에 미묘한 의미의 사족을 붙이며.

第八章

심사를 받다

〈성시(城市)에는 운집한 군중이, 가내(家內)에는 행복한 가족들이, 명승지에는 위대한 유산이 존재한다. 대저 저잣거리가 번창하면 수공업이 발전하고, 안민(安民)을 위해 나라는 농경과 건설을 권장하는 바…….〉

대문짝만 하게 쓰인 통보다.

두 장의 공고(公告)는 저잣거리, 도청, 명승지, 관내 표문 어디에나 걸려 오가는 사람 누구나가 볼 수 있게 되어 있었다.

"공고네. 무슨 내용이오?"

"또 무슨 일이 생겼소?"

바쁜 길을 재촉하던 사람들이 하나둘씩 모여들었다.

태반이 글을 모르는 사람들이라 공고 앞에 모여들어 묻자, 마침 지나가던 유생 하나가 '어흠!' 헛기침하며 읽어주었다.

"…요약하면 천자의 크신 뜻 아래 나라가 태평성대하단 말이오. 그리고……."

본시 이런 공문은 천자의 위엄을 설파하는 것과, 세상이 평안하니 살림에 힘쓰라는 말이다.

그는 대충 훑으며 이야기를 이어나갔다.

〈…작금이 태평성대이나, 이럴 때일수록 도정은 내정을 소홀히 하지 않고 양곡과 물자의 내실을 다지는 법이다. 때마침 절강 지역의 군병의 장비를 새롭게 하고자 하니 …(중략)… 이를 위하여 항주에서 도성 대회를 열자고 한다.〉

"…나라에서 뛰어난 철부(鐵夫)를 모집하니, 능력 있고 뜻 있는 이는 참여하라는 말씀이시네."

"철부? 대장장이요?"

머리에 바구니를 인 아녀자가 묻자, 사람들이 고개를 갸웃거렸다.

"아니, 향시도 아니고 대장장이도 대회를 치르는가?"

"뭐, 크게 이상할 것은 없지. 왜, 가끔 양곡이나 가축을 대회를 열어 후사하는 경우도 있지 않나."

"아, 그런 거?"

농민 외에도 장사치나 기술 익힌 자가 더러 있어, 이해는 금방 되었다. 그중 복식을 차려입은 청년이 유생에게 되물었다.

"아니, 그럼 천하철방은 어떡합니까. 원래 절강의 군수는 그쪽이 꽉 잡고 있지 않습니까?"

"끌끌, 그게 너무 오래되었지. 그래서 그런 게야."

여기저기서 의문이 흘러나왔다. 그 말에 답한 것은 메기수염을 한 장사치였다.

"천하철방이 절강 인근을 다 잡아먹은 지 벌써 삼십 년이네. 한 장사를 삼십 년 해먹으면 딴 주머니 차는 놈이 나오지 않겠나."

"그 말이 맞네. 평화가 오래 유지되면 관습이 부패하게 마련이거늘."

유생이 끄덕이며 서민들에게 알 듯 말 듯한 어려운 관습, 사람의 심리를 다시 해설해 주었다.

그렇게 하루. 또 하루.

공고는 항주를 넘어 절강성 전체에 두루두루 퍼져 나갔다.

이제껏 천하철방에 눌려 기를 못 폈던, 크고 작은 지역의 철방들에서 연기가 솟아올랐다.

*   *   *

"대체 어떻게 한 거요?"

단 사흘 만에 공고의 내용을 모르는 사람이 없어졌다.

여기저기서 물품을 팔고, 분주하게 철물이나 탄(炭)을 가져다 나르는 사람을 보고 광휘가 기막혀 물었다.

"뭘 말씀인가요?"

장련이 되묻자, 광휘는 주욱, 이리저리 바쁘게 오가는 사람들을 가리켰다.

"일 주도 지나지 않아, 절강성 전체가 뒤집히다니. 소저, 혹이곳에 오기 전에 미리 계획했던 게 있었소? 아니면 왕부에 연통이라도 넣은 거요?"

"설마요. 그냥 서로 계산이 맞아떨어진 거죠."

"…계산?"

풋. 의아해하는 광휘를 향해 장련은 소매로 입을 가린 채 웃으며 말했다.

"천하철방이 세력이 커지자 너무 나태해지고, 덕분에 군의 장비마저 노후화되어 있었어요. 그런데 마침 오군도독부 출신의 장군께서 이곳에 요양을 와 계셨고."

'전방에서 오랫동안 활동한 수훈장군이 군의 물자에 대한 검수를 했고, 도성에서는 이 문제를 대회를 여는 방식으로 해결하려 한 것이다'라고 장련이 알려주었다.

그 얘기에 광휘가 되물었다.

"군의 장비는 기밀 아니오? 노후된 걸 어찌 알았소?"

단순히 저잣거리에 대회를 여는 것이 아닌 관부를 끼워 대회를 열다니.

그리고 온 지 며칠 되었다고 군부의 정보를 습득했단 말인가.

"하오문이 있잖아요. 그리고 군납 전에는 그저 상품이죠."

"……"

군략 물자는 본시 군부의 일이나, 군에 납품하는 상인들의 정보가 있으면 간단하게 추산할 수 있다.

그리고 그런 정보는 다름 아닌 하오문의 전문이다.

"아무리 그래도 일이 이렇게 일사천리로 진행될 수 있는 거요?"

광휘는 다시 한번 고개를 저었다.

장련은 공고를 보러 모여든 사람들을 잠시 응시하다 말을 이었다.

"서로의 이익이 부합하면 가능하죠. 거기에 하나 더. 대회를 치르는 제반 비용을 저희 장씨세가에서 대기로 했어요."

"아니, 그랬다간……."

장련의 말에 광휘의 얼굴이 어두워졌다.

"장씨세가가 너무 손해를 보는 게 아니오?"

이 일은 따지고 보면 광휘 자신과 광 노사 간의 개인적인 일이다.

그런 상황에 관을 끌어들여 대회를 열게 하고, 절강성 모든 대장장이의 숙식비, 진행 상황의 자잘한 비용까지 댄다고 하면 이건 너무 판이 커지는 것이다.

"설마요, 무사님. 우린 손해를 보려고 대회를 개최하는 게 아니에요."

장련은 이미 그 부분도 짐작했는지 광휘를 보며 말을 이었다.

"무사님이 무인이듯, 저는 상가의 가주예요. 이런 큰 대회를 아무런 이익 없이 도와줄 정도로 돈이 넘치지 않아요. 당연히 우리도 이익을 봐요."

"…어떤 이익이오?"

"한두 가지가 아니죠? 당장 큰돈을 쾌척했으니 항주의 관가와 친분을 쌓게 돼요. 공금 한 푼 쓰지 않고, 노후된 관의 병기를 죄다 새것으로 바꿀 테니 수훈장군도, 지부대인도 저희에게 고마워하겠죠."

장련의 말을 듣고 광휘는 끄덕였다.

"…뇌물 대신 물자를 치르는 거군."

"그렇죠. 그리고 실이익은… 후훗, 대회 그 자체랍니다. 무사님, 장씨세가는 이번 대회를 치르는 와중에 이곳, 항주의 엄청난 물류와 관련 인물들을 알게 될 거예요."

"……."

강에 큰 범람이 있으면, 바닥에 있던 모든 것들이 다 떠오른다.

평소에는 관부에 배정된 상단에 의해 가려져 있지만, 천하철방이 관부에서 퇴장당하고 새로 철방들이 등장하면, 그간 힘을 키우던 수많은 상단, 유력자들이 다시 나오게 된다.

"그리고 이건 다 무사님 덕분이죠."

그런 이들의 정보는 전부 하오문에 잡힌다.

즉 장씨세가는 대회 한 번 치르는 것으로, 항주는 기본이고 절강성에 속한 수많은 상단과 물자의 정보를 다 알아낼 수 있는 것이다.

"…허어."

광휘는 운집한 사람들을 바라보았다.

대단한 여인이다. 자신이 내다보는 그림보다 몇 수는 위였다.

그 여인은 살짝 얼굴에 홍조를 띤 채로 즐겁게 말을 이었다.

"저희는 투자를 하는 거예요. 철은 모든 상거래의 기초지요. 철방의 움직임 다음에는 기름, 포목, 가죽과 목재를 볼 수 있고, 다음에는 기호품, 잡화를 다루는 상점을, 마지막으로는 수공업, 건설까지 뚫을 거예요. 어때요? 근사하죠?"

"…내가 너무 소저를 쉽게 봤구려."

광휘는 혀를 내둘렀다. 그에 장련이 까르르 웃어 보였다.

"제가 뭘요? 저는 무사님이 하신 대단한 말을 따르는 것뿐인데요?"

"내 말? 내가 무슨 말을 했다고?"

"중원제일가요."

장련이 초롱초롱한 얼굴로, 전에 광휘가 했던 말을 입에 담았다.

"저희를 그렇게 만들어주신다고 했잖아요. 기억 안 나세요?"

"……."

광휘는 할 말이 없었다.

기억은 분명 하고 있었다. 하지만 이렇게 직접 이루어 나가는 모습이란.

정말 이색적인 경험이었다.

*　　　*　　　*

깡깡깡! 깡깡깡!

한동안 적적했던 것이 언제일까, 항주의 모든 철방이 그렇듯, 유화철방 역시 생기가 넘쳐흘렀다.

깡깡깡!

화로에는 불길이 타오르며 돌아가고 있었고, 벌겋게 달아오른 쇠를 망치가 끊임없이 두드려 댔다.

"박자가 틀려! 이놈아! 세게! 세게! 강하게! 빠르게!"

푸욱! 푸욱!

풀무질하던 광 노사는, 망치를 내려치는 아들 광칠에게 소리질렀다.

슈욱! 슈욱!

공기가 들어갈 때마다 탄이 벌겋게 열을 내고, 쇳물은 치이익! 치익! 괴성을 질러댔다.

그 옆에서 광칠은 신들린 듯한 눈으로 쇠를 두들겨 댔다.

깡깡깡! 깡깡깡!

"약해! 약해! 이놈아! 고작 접쇠 열 번에 지쳤느냐! 허약해 빠진 놈이 어디 망치를 들겠다고!"

"안 지쳤어요!"

"말대답하지 말고! 쳐!"

쾅! 쾅! 쾅!

광칠의 눈이 섬광을 뿜어냈다.

본격적으로 가르치기 시작하자, 아들놈은 물을 만난 고기처럼 날뛰어댔다.

대체 이걸 그동안 어떻게 참고 있었던 것일까.

아들이 지식과 기술을 흡수하는 속도는 아버지 광 노사마저 놀라게 했다.

"빨리 내려쳐! 말을 하면서도 능숙하게 내려쳐야지!"

속으로는 탄성을 질렀지만, 광 노사의 목소리는 더욱 엄해졌다.

메질은 뜨거운 불과 무거운 쇠의 충돌이다.

흐뭇하다고 잠시만 긴장을 놓았다간, 달아오른 쇠에 몸 한 곳을 구워버리는 경우가 부지기수다.

"망치질은 잡념을 나타내는 흔적이다. 정신이 바르지 못하면 당연히 서툰 망치질로 쇠의 모양도 제대로 나오지 않는다! 조금 있다가 담금질!"

"옙!"

광! 광! 광! 광!

푸지이익!

마지막 손질을 한 광칠이 다듬던 붉은 쇠를 물통에 넣었다.

어마어마한 증기가 피어오르고, 그는 쇠집게를 들고서 아버지를 향해 물었다.

"어떻습니까?"

스윽.

광 노사는 아들이 다듬은 쇠를 신중하게 살폈다. 눈 아래로 칼날을 보고, 혈조를 보고, 그리고 아직 뜨거운 쇠를 들어 검 전체의 중심을 본 후.

"뭐, 나쁘지 않은 정도군."

"아……."

"앞으로 접쇠 다섯 번 반복해!"

까랑!

모루 위에 검을 내려놓자, 광칠은 히히덕거리며 재차 그 검을 화로에 집어넣었다.

나쁘지 않은 정도.

아버지의 입에서 나온 말 중에서는 최상위급의 칭찬이다.

짜릿한 기분 중에 검을 달구고 있자니, 또 한 번 불호령이 터진다.

"불 앞에서 쪼개지 말랬지! 이놈아!"

"아, 예!"

퍼뜩 정신이 들어 다시 집중한다.

똑똑. 쿵쿵! 쾅쾅!

그러고 있자니 대장간의 문짝을 두들기는 소리가 점차 크게 들려왔다.

"어떤 녀석이… 넌 또 왜 왔어?"

끼이익!

문을 열고 막 욕을 하려던 광 노사가 심드렁하게 반응했다.

"잘되어가는지 보려고 왔소."

문을 열고 들어온 광휘가 뒤에서 화로에 쇠를 집어넣던 광칠과 눈이 마주쳤다.

"여어… 안녕하세……."

광칠이 히죽 웃으며 응대를 하다 광 노사와 눈이 마주치자 급히 다시 망치를 휘둘렀다.

피식.

광휘는 웃으며 광 노사에게, 전보다 좀 부드러워진 고집쟁이에게 말했다.

"기일이 정해졌소."

"벌써? 언제?"

"나흘 뒤. 시전 광장에서 진행된다고 하오. 여기 공문……."

광휘가 두루마기 하나를 내밀자 광 노사가 잡아채듯 그것을 펴서 보았다.

(항주 대장장이 대회를 개최한다)

접수 일자: 이달 말

대상: 전국 모든 철방

시험 내용:

一. 철방을 대표하는 칼(검, 도, 창 등) 제출.

주석: 유연성, 강인함, 칼날의 날카로움, 길이와 균형감을 확인.

二. 칼의 경도와 예기를 확인.

주석: 돗자리를 입힌 대나무를 잘라 단면을 확인.

三. 병기끼리 부딪쳐 강도(剛度)를 겨룬다.

주석: 이가 나간 칼은 탈락.

四. 하사한 재료를 가지고 직접 제조.

주석: 실력을 입증하기 위함.

"뭐 이리 복잡해? 그냥 딱 보면 알지."

공고와 달리 관에서 따로 배부된 시험에 관한 내용이다.

슥 훑어본 광 노사는 혀를 찼다.

"그럼 승낙은 하신 게요?"

광휘는 괜한 딴말이 나올까 싶어 광 노사의 손에 있던 문서를 뺏었다.

"어……?"

어이없이 바라보는 그를 슬쩍 보고 뒤돌아서려던 그때.

터억.

"하지. 그런데 조건이 있어."

"……?"

어깨를 잡힌 광휘가 바라보자 광 노사가 씨익 웃으며 그의 이마를 가리켰다.

"자네도 한 손 거들게."

"……?"

"그, 이게 생각보다 말이지. 좀 오래 쉰 모양이더라고."

"그래서?"

"옛날만 한 기력이 안 나와. 아들놈이 메질은 좀 하는데, 탄도 돈 덕분에 충분한데, 힘쓸 사람이 필요하다고."

푸쉬익! 푸쉬익!

광 노사가 화로에 공기를 부어 넣는 풀무를 가리켰다.

광휘는 여전히 이해를 못 하고, 광 노사는 어깨를 으쓱해 보였다.

"천 번을 두들기는 것을 단(鍛). 만 번을 두들기는 것을 련(鍊)이라 하지. 화로의 온도가 높아야 좋은 철이 나와. 그런데, 열기를 버텨낼 수가 없다고."

"…사람을 사서 하시오. 그런 건."

"아니, 그게 되면 더 일찍 했지? 이 불길 앞에서, 야장 아닌 사람이 몇 시간이나 버틸 것 같나? 그리고, 네 운철을 녹여내려면 어느 정도의 불길이 얼마나 오래 필요할 것 같냐?"

꽝! 꽝! 꽝! 꽝!

광 노사는 뒤를 가리켰다.

광칠은 두 사람의 대화를 전혀 듣지 않고 열심히 망치질을 하고 있었다.

"그래서 날, 풀무질을 시키시겠다?"

으르렁거리는 광휘에게 광 노사는 본인은 아쉬울 것 없다는 투로 말했다.

"뭐 하기 싫음 안 해도 돼. 근데 이를 어쩌냐? 괴상한 대회랑 공고가 떠버려서, 엔간한 야장들은 죄다 자기 철방에서 두드리기 바쁘다고. 아, 그리고 풀무질뿐만 아니라 망치질도 해야 해. 나이가 드니 손에 힘이 안 들어가더군."

"……"

왠지 또박또박했던 고집쟁이가 능글능글해져 보이는 것은 기분 탓일까.

광휘는 눈을 더욱 부라렸고, 광 노사는 껄껄껄 웃으며 풀무를 가리켰다.

"어쩔 수 없잖으냐. 네 칼인데. 뭐, 하기 싫으면 말든가. 나야 더 좋지. 애송이들이 모인 대회에 참관하지 않아도 되고."

"이보시오……."

"한 백 번 찌르면 깨지는 칼? 그건 지금도 가능해. 천 번이야 뭐… 어찌어찌 하겠지. 하지만 진짜배기 철이 나오려면, 구마도와 괴구검 같은 게 나오려면 여기서 열 번은 더 접어 쳐야 한다."

"이이……."

광휘는 기가 찼다.

자신을 도와주려고 하는 사람에게 일을 더 떠맡기다니.

서서히 분노로 표정이 변하는 광휘에게 광 노사는 히죽 웃어 보였다.

"어리광 부리지 말라며?"

"……."

"날 쇳물 앞에 밀어놓고 혼자 살겠다고? 이놈아, 어림도 없다."

그 눈은 분명히 웃고 있었다.

하지만 눈동자 안에 서린 것은 백열(白熱).

쇳물이 가장 뜨거울 때 발휘하는 빛이었다.

예전의 광 노사가 쇠를 잡을 때 내던 그런 눈빛이다.

"정 도와주려면 제대로. 끝까지 도와주라고. 뭐 해? 얼른 잡아."

철컹.

말과 함께 고집쟁이가 기어이 풀무를 놓아버렸다. 화로에 열이 식어가고, 광칠이 어어 하는 동안 광휘의 표정은 더욱 굳어졌다.

"아, 하지 마. 그냥 때려……."

"망할 노인네!"

광휘가 버럭 소리 지르며 두 팔을 걷어붙였다.

그리고 분노를 잔뜩 담아 풀무를 눌렀다.

쫘악! 푸쉬익!

화라라락!

숯과 탄이 붉음을 넘어 노랗게, 그리고 하얗게 달아올랐다.

광 노사의 활짝 펴진 미소와 함께.

＊　　　＊　　　＊

"지원한 철방이 삼백여 곳이 넘는다고요?"

보고를 받은 장련의 눈이 휘둥그레졌다.

서탁에 쌓인 지원서는 어마어마했다.

대장장이 대회에 접수를 신청한 철방의 숫자가 너무 많은 것
이다.

이 정도면 전국의 철방이 모두 참여한다 해도 과언이 아니었다.

"세간의 철방이 모두 모여든 건 아닙니다. 범위를 넓혀보아도
일단은 절강성, 그리고 인근의 강소나 안휘 정도지요."

하오문도가 설명을 덧붙였다.

"그런데 왜 이렇게 숫자가 많지요?"

"되든 안 되든 질러본 겁니다. 자격이 된다면 누구나 가능하
다고 했으니까. 아마도 대형 철방에 붙잡혀 있던 대장장이들일
겁니다."

거대 철방이 거느리는 야장의 수는, 분점마다 못해도 이십여 명은 된다.

그런 이들이 몇 명씩 조를 이뤄, 이름을 내걸고 이참에 자기 철방을 내려고 출사했다는 말이었다.

항주를 통틀어도 오십여 개가 넘지 않는 철방이, 하루아침에 이렇게 기하급수적으로 늘어난 것은 그 외에 설명이 되지 않는다.

"생각해 보니… 천하철방이 머리를 잘 썼네요."

"네?"

하오문도가 반문하자 장련이 재밌다는 듯 미소를 보였다.

"천하철방은 이번에 참가하지 못하죠. 이번 사달이 벌어진 것은 군영의 보급품이 불량하다는 데에서 그 원인을 찾을 수 있으니까."

당연히 징벌적인 조처로, 기존에 납품하는 천하철방은 배제되어야 함이 맞았다. 그러나 거기에는 허점이 있었다.

누구든 가능하다는 대목.

"천하철방도 현판 이름만 바꾸면 참가가 가능하잖아요? 저들로서는 이렇게 큰 대회를 묵과할 수 없으니, 자기네 소속을 참가시킬 거예요."

"아… 그럴 수도 있겠군요. 당장은 새 철방 이름으로 내고, 나중에 천하철방으로 돌아간다."

"아님 이 기회에 간판을 바꾸거나."

"예."

하오문도가 고개를 끄덕였다.

수훈장군의 명에 막혀 버린 그들은, 다른 우회로를 찾아냈다.

이름은 바꾸지만, 소속은 여전히 천하철방의 대장장이들.

급조한 대회이다 보니, 규정이 애매한 것을 노린 수다.

"하지만 이건 편법 아닙니까. 눈 가리고 아웅인데. 나중에 어쩌려고."

"편법은 맞죠. 하지만 불법은 아니에요. 아마 기존 인맥들을 믿는 거겠죠."

징벌 조치를 당했다고 해서, 천하철방의 방대한 인맥이 사라지는 것은 아니다.

수훈장군에겐 미운 털이 박혔지만, 여전히 천하철방의 입김은 강력하다.

지연, 심사, 행정적 조치 중에서 시간을 끌어, 천하철방이 슬그머니 끼어들게 한다.

거기까지 내다본 장련은 자연스레 그림이 그려졌다.

'거대 철방들이 독식하겠구나.'

철방의 군웅할거라고나 할까.

천하철방의 위치가 흔들리자, 이번 대회를 자신의 실력을 입증할 기회라 여기고 다른 여러 철방이 나섰다.

거대 철방이 십여 개로 분점을 차리고, 혹은 독단적으로 접수를 한다.

이렇게 되면 일차 심사는 아예 의미가 없어진다.

"수훈장군께서 이걸 모르진 않으실 거예요. 다른 조치 떨어진 것은 없나요?"

"어, 있습니다. 그렇지 않아도 아침에 공고가 붙었는데……."

그는 하나의 종이를 꺼내 장련에게 내밀었다.

〈대회의 추가 공표문〉

철방의 숫자가 많은 바.

접수한 철방을 대상으로 다시 한번 공고문을 제출한다.

철방을 대표하는, 자신 있는 병기를 제출하라.

이는 검에 한하며, 이것으로 일차 시험을 대신한다.

***검과, 도 등 병기에 철방의 이름을 기록하여 제출하라.

"역시나. 숫자가 많으니 여기서 한 번 더 걸러내겠다는 의도군요."

내용을 펼쳐 든 그녀가 흥미로운 시선으로 말했다.

물경 삼백에 달하는 인원을 전부 대회에 참가시킬 수 없는 노릇이다.

장씨세가의 자금 부담은 둘째 치고, 성정이 거친 대장장이들 수천이 한곳에 모이면 항주성의 지부대인도 기함할 터.

하니, 일차적으로 연마한 병장기를 보고 실력을 판별해 내겠다는 타협책이었다.

"그건 그렇고. 무사님은 아직 거기에 계시나요?"

잠시 생각을 접어둔 장련이 화제를 돌렸다.

"예, 그렇습니다."

"대체 무슨 일을 하시는 건가요? 며칠째 얼굴도 보이지 않으시고……."

"그게……."

하오문도가 말을 얼버무리자 장련은 피식 웃었다.

자리에서 일어선 그녀는 대뜸 한마디를 덧붙였다.

"길 좀 가르쳐 주실래요?"

"예?"

"한번 가봐야지요. 제출할 병기도 받을 겸. 보아하니 다들 정신없는 것 같은데……."

"예, 그러십시오."

하오문도는 빠르게 뒤돌아섰다. 장련은 간단한 서류를 정리 후, 그를 따라나섰다.

＊　　　＊　　　＊

〈유화철방〉

장련은 소로길을 지나 한 건물 앞에 당도했다. 현판이 반쯤 기운 채 불안하게 매달려 있었다.

'여기구나.'

"예, 그럼 저는 이만……."

하오문도는 인사를 한 후 사라지고, 장련은 조심스레 문을 열었다.

"실례합니다."

드르륵.

조용히 문을 열고 인기척을 내는 장련.

그러자 사내 한 명이 눈을 껌뻑이며 물어왔다.

시꺼멓게 그을리고, 땀내와 탄내를 풍풍 뿜는 거한.

"뉘쇼……?"

온몸에 땀이 흥건한 그를 보자 순간 말문이 막혔다.

"오셨소?"

그때였다.

사내의 등 뒤에서 익숙한 얼굴의 사내가 보였다.

두건을 쓰고 뭔가 얼굴을 감추는 모습의 광휘였다.

"무사님, 지금……."

"아, 그게 말이오."

광휘는 급히 옷을 털며 문 앞으로 나왔다. 그의 뒤로 앙칼진 목소리가 들려왔다.

"이놈아 망치질 안 하고 어디 가는 겨!"

"……?"

장련에게는 당황스러운 광경이었다.

천천히 고개가 뒤쪽으로 향했을 때쯤.

"이 여자 누구야?"

흰머리가 가득한 노인이 걸어 나왔다.

자세는 구부정했지만 그의 체구는 장대했고, 온몸에는 탄 흔적과 상처가 가득해서 위압감이 들었다.

"말 가려 하시오. 나와 함께 항주로 온 사람이니까."

"아? 그… 뭐, 어……."

광휘의 경고에 순간 당황한 광 노사.

말까지 더듬거리던 그가 이내 뭔가를 떠올리곤 목소리를 높였다.

"돈 많은… 그분?"

"풋."

장련이 입을 가리고 살포시 웃었다.

"광 노사!"

광휘가 사납게 노려보고, 광 노사는 시선을 회피했다.

"아 미안해, 미안하네. 아니, 나도 몰랐지 않은가… 미리 얘기도 안 해줬는데……."

"전 괜찮아요, 무사님."

장련은 밝은 얼굴로 광휘를 제지하고, 광 노사를 향해 고개를 숙였다.

"말씀 많이 들었습니다. 소녀는 장련이라고 합니다."

이 사람이 바로 그다.

광휘가 평생을 싸우고도, 죽지 않을 수 있는 병기를 만들어 준 사람.

"반갑소, 광필헌이오. 그냥 광 늙은이라고 불러주시오."

"네, 광필헌 어른."

"어, 저, 저기 나는 광칠이오!"

옆에서 지켜보던 광칠이 헤벌쭉 입이 벌어진 얼굴로 인사했다.

장련은 난처한 웃음으로 인사를 대신했다.

"한데… 규방의 규수께서 누추한 이곳까지 무슨 일로 오셨는 감? 여긴 쇠나 다루는 무식한 곳이라서 뭐라도 대접할 게 없는 데……."

"아… 마침 전해줄 것이 있어서요."

장련은 잘 접어온 종이 한 장을 광 노사에게 건넸다.

광 노사가 공문을 읽으며 눈썹이 꿈틀꿈틀하는 사이, 장련이 슬쩍 광휘에게 물었다.

"그런데 무사님은 여기서… 뭐 하시는 건가요?"

"일하오."

"네? 무슨……."

"대회에 나가려면 세 명이 필요한데 구할 사람이 없다고. 그래서 일을 하게 되었소."

"아……."

장련은 고개를 끄덕였다. 그러고는 광 노사를 슬쩍 바라봤다.

'얘기를 해줘야 하나.'

세 사람이 나가야 한다는 규정 같은 건 없었다. 광 노사가 눈짓을 슬쩍 주자 장련은 다시 웃어 보였다.

"혹시 정말 규정이 그리된 게요?"

"그게요……."

그때였다.

"광칠아."

"예, 아버지."

"저기 걸려 있는 거 아무거나 들고 와라."

"예."

광 노사의 말에 광칠이 안으로 들어갔다.

투욱.

그러고는 한쪽에 대충 비딱하게 걸린 검 하나를 날름 집어 들었다.

'은 열세 냥?'

장련은 눈을 크게 떴다.

전시되어 있는 물건 아래의 가격표.

대개의 철방에서 진열하는 검값보다 터무니없게 비쌌다.

하지만 장련이 놀란 건 그것 때문이 아니었다.

"이거 받고, 제출하시오. 됐지?"

광칠이 광 노사에게 검을 건네자, 그가 장련에게 그걸 그대로 내밀었기 때문이다.

"광 어르신⋯⋯."

"뭐요?"

장련은 잠시 곤혹에 빠졌다. 이건 자신감일까, 아니면 상황을 모르는 걸까.

"저 공문을 보셨으면 아시겠지만⋯⋯."

"철방을 대표하는 칼을 내라는 거 아니오? 잘 봤소이다."

광 노사는 심드렁하게 대답했고, 그래서 장련은 말문이 막혔다.

철방을 대표하는 검.

다르게 말해 일차 예선.

전국에 내로라하는 철방들이 얼마나 많이 참가하는지 파악도 안 되는 상황이다.

분명 심혈을 기울인 어마어마한 명검들이 즐비할 터.

그런데도 광 노사는 별 고민도 없이, 시중에 파는 벽에 걸린 걸 아무렇게나 고른 것이다.

"이, 이걸로 괜찮을까요?"

"괜찮지 않으면? 뭐요?"

광 노사가 인상을 쓰자 장련은 굳은 표정으로 검을 내려다보았다.

명검은 칼을 모르는 사람이 대충 보아도 그 자태가 눈을 사로잡는 법이다.

하지만 이 검은 어떻게 보아도 그런 낌새가 없었다.

더구나 검집도 보이지 않는다.

그래서 정말 괜찮냐고, 이걸 냈다가 떨어지는 것 아니냐고 묻고 싶었지만.

그럴 분위기가 아닌지라 더는 묻지 않기로 했다.

"무슨 일이오? 검은 갑자기……."

떨떠름한 표정의 장련에게 광휘가 묻자, 광 노사가 피식 웃으며 고개를 흔들었다.

"걱정 마시오. 무슨 생각인지는 알겠지만 그럴 일은 없으니."

"…자신 있으신 거죠?"

"자신? 그런 거 없어. 그저 난 내가 만족하는 연장기를 만들고 성이 차지 않으면 버릴 뿐. 내가 이제껏 이 모양 이 꼴로 사는 이유가 뭔 거 같으시오?"

광 노사가 툴툴대고 장련은 철방 안을 둘러보았다.

단출한, 완성된 병기나 농기구가 걸려 있는 벽면. 그쪽을 한참을 보다가 장련은 끄덕였다.

"알겠습니다. 이걸로 제출할게요."

장련의 눈으로서는 알 수 없다.

하지만 그녀는 광휘를 믿고, 광휘가 믿는 광 노사를 믿으려 했다.

"무슨 일이오? 혹… 그 제출이."

광휘가 장련 쪽으로 슬쩍 한 발 더 다가섰다. 그러고는 물었다.

"무슨 문제가 있소? 그럼 이렇게 된 거 같이 가서……."

"아뇨."

어째 생고생을 하는 곳에서 벗어나고 싶어 하는 표정이 역력했다.

장련은 살포시 웃고 손을 저었다.

"무사님께서는 일을 하셔야 하잖아요."

"소저마저……."

광휘는 좌절한 얼굴이 되고, 장련은 쿡쿡 웃었다.

"진행 사항이 있으면 다시 알려 드릴게요. 저는 이만……."

장련은 곱게 미소 지으며 검을 갈무리했다.

입고 있던 장포로 감싸서.

검댕이 잔뜩 묻은 검이 비단을 더럽히는데도 아무렇지도 않게 오히려 조심조심 중요한 물건을 옮기는 모습이다.

"후우……."

점점 멀어지는 장련.

하염없이 그녀를 바라보는 광휘의 애절함이 이어지던 때에.

"참 좋은 처자를 뒀군."

툭툭.

광 노사가 광휘의 어깨를 두들겼다.

"심지도 곧고 생각도 깊은 것이… 참으로 부럽네. 안 그런가?"

슬쩍 고개를 돌리자 엉뚱하게도 광칠이 대답했다.

"예! 예쁩니다! 엄청!"

"이런 무식한……."

광 노사는 차마 말을 잇지 못하고 광휘에게 시선을 돌렸다.

"그럼 가지."

그가 뒤돌아섰지만 광휘는 여전히 요지부동이었다.

"안 들어올 거냐고!"

"간다고!"

광휘가 버럭 화를 냈다.

그리고 광 노사보다 한발 앞서 안으로 들어갔다.

第九章

전란을 경험한 대장장이

척. 척. 척.

"이놈들아. 조심히 다뤄!"

쉴 새 없이 이어지는 나무 상자의 행렬. 보다 못한 지부대인 양평중이 소리쳤다.

항주 성도 내 군영.

시전과 가까운 이곳에서 일차 시험 선별 작업이 이루어진다.

사방에 임시로 세운 막사가 즐비한 가운데 양평중은 눈을 돌렸다.

"흐음."

분주하게 움직이는 장정들, 그리고 그들에게 병기를 건네받아 선별하는 두건 쓴 사내들.

항주만이 아니라, 전국 각지에서 제출한 병기를 선별하느라 바쁘게 움직이고 있었다.

"잘 진행되고 있는감?"

"아, 대인."

그런 사람들 사이를 누비며 이리저리 지시를 하던 노인이 지부대인과 마주쳤다.

검버섯과 얼굴 곳곳에 흉터가 자욱한 얼굴의 노인의 이름은 정판금(正板金).

나라에서 지정한 야공(冶工) 중 하나로 이번 대회를 위해 특별히 남경에서 모시고 온 인물이다.

군부의 군수품을 제공하고 고관대작들에게 건네는 명검을 직접 살펴보는 자답게, 눈꼬리가 범상치 않았다.

"걱정하지 마십시오. 다들 이삼십 년 동안 철을 다뤄온 놈들입니다. 실수는 없을 겁니다."

과연 그를 따라 움직이는 장인들 역시, 대충 하는 법이 없었다.

"으음……."

"허, 이건……."

검을 대각선으로 비껴 세워 날의 형태를 본다든지, 접쇠한 부분이 어떻게 조밀하게 배열되어 있는지.

심지어 자루까지 코앞에 들어 올리고 냄새를 맡는 등.

보기에는 이해가 안 갈 정도로 집중해서 살펴보고 있었다.

"그래, 좀 쓸 만한 물건이 있는가?"

양평중이 슬쩍 내려다보며 물었다.

끝도 없이 널리널리 펼쳐져 있는 좌판.

검부터 시작해, 도, 창으로 이어졌고 연검, 곡도 등 조금 특이하게 만든 칼들도 다양했다.

"예, 그렇지 않아도 일차 시험에 합격한 것들은 뒤쪽에 따로 올려두었습니다."

정판금이 한 곳을 가리키자, 바닥에 붉은 선을 긋고 따로 정갈하게 배치된 좌판이 눈에 들어왔다.

양평중은 몇 발짝 다가가서 그 검들 중 하나를 내려다보며 감탄을 내뱉었다.

"오호? 이거 왠지 범상치 않군."

"그렇습니다. 그게 지금까지 본 검(劍) 중 제일입니다. 한번 보시겠습니까?"

양평중이 고개를 끄덕이자 그는 두 손으로 검을 건네주었다.

처억.

검집을 벗겨내자, 자루 바로 위.

칼날에 이어지기 바로 앞부분에 혼(魂)이란 글자가 음각돼 있었다.

"허어… 이렇게 예리한 검이라니. 칼날만 아니라 마감이 모두 완벽하게 되어 있군. 매끈해."

"예, 특상품입니다. 이 정도면 어느 고관대작의 집에 들어가도 대접을 받을 만한 물건이지요."

"이건 어느 철방이 만들었는가?"

"청운철방입니다."

"그렇구먼. 아주 훌륭해."

양평중은 머리 한구석에 청운철방의 이름을 새겨놓았다.

그는 만족스러운 표정으로 다시 한번 검을 이리저리 살펴보았다.

반짝.

검날에 아롱지는 햇살이 눈부시다.

어떻게 거친 강철을 이렇게 아름답게 만들었는가 싶을 정도로 곧바른 선이 화려하여 사람을 매료시킨다.

"뭐 하는가?"

흠칫!

순간 양평중은 화들짝 놀라 뒤를 돌아보았다.

언제부터 보고 있었던 걸까.

수훈장군 오현이 다가와 있었다.

양평중은 반사적으로 고개를 꽉 숙였다.

"오셨습니까, 장군!"

"어? 오셨습니까!"

장인들의 시선이 일시에 모이고, 다들 하던 일을 멈추고 고개 숙였다.

"일들 하게. 일들 해. 괜한 인사치레 할 필요 없네."

"예!"

장군은 손사래를 치며 물렀고, 장인들은 다시금 분주하게 자신의 일로 돌아갔다.

"그래서. 뭐 하냐고?"

"아. 예, 예. 다, 다름이 아니고 후, 훌륭한 검이 있다길래……."

괜히 말이 더듬어진다.

양평중은 죄지은 것도 없는데 떨고 있었고, 잠시 그와 장인들을 바라보던 수훈장군은 성큼 앞으로 걸어갔다.

"그래? 나도 한번 볼까."

척.

검을 집어 든 수훈장군.

그는 고개를 들어 자연스럽게 날을 사선 방향으로 세우고는 끝을 바라보았다.

"흐음."

무게중심, 가벼움. 몇 번 허공에 휘둘러 본다.

칼날이 세차게 공기를 베는 소리와 함께 그가 고개를 끄덕였다.

"좋군."

"그렇지요?"

양평중은 그제야 얼굴이 밝아졌다. 하지만 속내는 그렇지 못했다.

가급적 그가 빨리 조정으로 돌아갔으면 좋겠다는 생각뿐이었다.

"자네 이름이 뭐라 했나?"

"예, 장군. 정판금이라 합니다."

"아, 그 정판금?"

고개를 끄덕인 수훈장군은 주변을 잠시 둘러보다 말을 이었다.

"그런데 정판금 야공."

"예, 장군."

"저기에 놓여 있는 병기는 뭐요?"

평생이 무장이라 그런가, 수훈장군은 지부대인에게는 반말을 하면서, 그보다 신분이 낮은 일개 야공에게 오히려 말을 높였다.

"하품(下品)으로 분류되는 것을 놓았습니다."

야공 정판금은 공손히 고개를 숙여 답했다.

"하품이라?"

"예."

"흐음……."

수훈장군은 끄덕이고 그곳으로 걸음을 옮겼다.

주우욱.

수도 없이 널려진 검과 도, 창들이 눈에 들어왔다.

투욱. 투욱.

장군은 하나둘씩 병기를 보기 시작했다.

어떤 것은 대강 눈대중으로 보고, 또 어떤 것은 직접 집어 들어 보며 나름 감정을 하는 모양이었다.

그렇게 얼추 한 줄을 쭈욱 다 돌아보았을 때쯤.

"이 검은 누가 선별했소?"

수훈장군이 하나의 검을 집어 들며 물었다.

검집도 없이.

급하게 비단 의복 조각으로 동여맨 검. 광채도 뭣도 없이 거무튀튀하고 투박한 검이다.

"제가 했습니다."

몇몇 장인이 눈치를 보다 그중 하나가 손을 들었다.

"그래? 이리 와보게."

그리고 그는 잽싸게 수훈장군 앞으로 다가갔다.

그가 오기 무섭게 장군은 물었다.

"이게 왜 하품인가?"

투욱.

사내에게 투박한 검이 내밀어졌다.

"어, 그러니까……."

대장장이는 장군 앞에서 검을 천천히 살펴보았다.

상대가 상대 나름인지라, 예전에 무슨 생각으로 판별했는지를 되짚는 것이다.

"음, 일단 날이 예리하지 못합니다. 그리고 흔들어서 확인해본 감각으론 재질이 너무 딱딱하고 균형감도 별로입니다. 부딪혀 보니 탄성이 너무 강해 유연성이 떨어졌습니다. 거기에… 무엇보다 검집도 없이 대충 옷으로 싸놓은 것이지 않습니까. 칼한 자루, 한 자루를 정성스레 만드는 대장장이의 자격이 의심됩니다."

"그래?"

그 말에 수훈장군의 고개가 갸웃했다.

그는 대장장이에게 검을 받아 이번에는 정판금을 향해 내밀었다.

"야공, 그대가 한번 평가해 보시오."

"알겠습니다."

정판금은 곧장 검을 집어 들었다.

그리고 어깨까지 들어 사선 방향으로 곡선, 그리고 날의 형태를 살폈다.

"어떻소?"

"그게……"

투욱.

정판금은 느릿한 동작으로 검을 내려놓았다.

그의 눈동자가 좌우로 불안하게 흔들렸다.

잠시 수훈장군의 시선을 받으며 굳어 있던 야공은, 숨을 고르곤 답했다.

"특… 상품입니다."

"예? 야공, 이게 왜 그런……"

"이 녀석아, 네가 놓쳤다."

눈을 껌뻑이던 사내를 향해 정판금이 주의를 줬다.

그사이 수훈장군은 다시 그 검을 집어 들며 끄덕였다.

"검은 탄성도 중요하고 예리함도 중요하지. 하지만 무엇보다 중요한 것은 검은 살상 무기라는 것이다."

그는 한쪽 좌판으로 걸어갔다.

그곳엔 아무것도 없이 그냥 맨 탁자가 세워져 있었다.

서걱!

검날이 자연스럽게 탁자를 파고들었다.

그리고 무슨 이유인지 장군은 이번엔 땅을 향해, 몇 번 강하게 힘을 주어 검을 긁다시피 후려쳤다.

픽! 픽!

계속되는 휘두르기에 나중에는 부서지는 소리가 났다.

"아니, 저러면 칼날이 다 죽는데……."

누군가의 중얼거림에 장군은 코웃음만 쳤다.

그러고는 보란 듯이 옷자락을 부욱 뜯어 그 검 위에 올려놓았다.

팔랑.

사르륵.

장군의 의복은 너무도 쉽게 잘려 나갔다.

날을 극한으로 세운, 명검 중의 명검이나 보일 법한 신위다.

조금 전 흙바닥에 대고 갈았는데도 불구하고 마치 숫돌로 막 갈아낸 칼처럼 예리함이 살아 있는 것이다.

"아……."

그런 검을 하품이라고 판단한 대장장이는, 당연히 신음을 흘렸다.

"이렇게 강하게 찌르고 베면 날이 손상되기 쉽지. 하지만 이건 예리함을 잃지 않았다."

투욱.

그를 가르치듯, 수훈장군은 검을 좌판이 아닌 서탁 위에 올려놓고 말했다.

"야공, 당신은 알겠지. 이런 칼을 만드는 자가 어떤 자인지."

"예."

수훈장군의 냉담한 목소리에 정판금은 고개를 숙이며 대답했다.

"이건… 전란을 경험했거나, 그 전란의 현장에서 싸운 무사들에게 검을 지급해 본 자입니다. 철저하게 검사의 입장에 맞춰 검을 만들 수 있는 대장장이입니다."

"그래. 누군지는 모르겠지만, 이 대장장이는 오로지 실전으로 다져진 자다. 외형에 어떤 모양도 내지 않을 만큼 자신감도 엿보여. 이런 귀한 것을, 검집이 없다는 이유로 놓친 건 실수 아닌가?"

"…죄송합니다. 두 번째 검증 절차가 아직 남아 있는 터라 너무 안이하게 생각했습니다."

정판금이 고개를 숙였다.

출품된 검이 무려 수백이라, 일일이 다 들여다보는 것은 시간 낭비였다. 그래서 첫 번째는 외형, 두 번째는 검사가 직접 들고 찌르기와 베기 같은 실질적인 날의 효능을 검사하고 종합 점수를 매기는 것이다.

"어설프게 하지 말게. 절차대로, 확실히 검증할 수 있도록. 신. 경. 쓰. 게."

투욱.

수훈장군은 양평중 앞에 서고는 읊조리듯 말했다.

"그리할 것입니다."

양평중은 읍을 해 보였다.

수훈장군은 고개를 끄덕였고, 그 길로 표표히 발을 옮겼다.

"됐군……."

"됐네요……."

장군이 사라지자, 장인이고 지부대인이고 다들 한숨을 내쉬었다.

자칫하면 불호령이 떨어질 것을 그나마 잘 넘어간 것이다.

"한데, 저 검을 제출한 철방은 어디요?"

가슴을 쓸어내리던 양평중이 문득 물었다.

수훈장군이 저리 극찬하는 검이라면, 그 검을 만든 철방 또한 예사로운 곳이 아닐 터였다.

뒤적뒤적.

지부대인의 뒤를 따르던 관인 하나가 급히 서류를 뒤적이다 말했다.

"유화철방입니다……."

"유화? 그런 철방도 있었나?"

양평중은 고개를 갸웃했다.

당연히 자신이 아는 고명한 철방일 거라 생각했는데, 역시 중원은 넓었다. 대회 한 번에 이런 검들이 나오게 되다니.

"야공은 아는가?"

"아니요, 저도 처음이긴 합니다."

머쓱해진 정판금 역시 눈치를 보다 푹 고개 숙였다.

그리고 한쪽.

"허."

질책받은 사내는 상황이 어떻게 흘러가는지도 모른 채 유화철방의 검을 가지고 놀고 있었다.

그는 검날 위에 서류 몇 장을 슬쩍 내려놓고 있었다.

사르륵.

그리고 당연하듯.

종이가 반으로 잘려 나갔다.

"와, 되네……"

"……"

"……"

지부대인과 야공의 눈에서 불꽃이 튀었다.

이쯤 되면 대충 분위기를 파악해야 하는데 그는 신기한 장면에 여념이 없었다.

스륵.

사내는 다시 한번 종이를 집어 들었다. 그러고는 공중에서 떨어뜨렸다.

사락.

역시나 잘려 나갔다.

"와… 이게 진짜 되네……"

가만히 보고 있는 지부대인과 야공.

"…저놈, 자르지."

"예, 안 그래도 그러려고 했습니다."

둘의 의견이 정확히 일치하는 순간이었다.

*　　　*　　　*

엿새가 지났다.

사박. 사박.

장련은 거주하는 방 안에서 이리저리 맴돌고 있었다.

오늘이 일차 시험 발표 날짜였다.

"왜 이리 초조하지……."

그녀는 한숨을 쉬었다.

아무리 믿으려 해도, 혹여나 하는 마음이 사라지지 않았다.

다른 철방들은 죄다 최고의 검을 제출했을 것이다.

그런데 광 노사는 그러지 않았다.

은 열세 냥이라고 전시된 흔한 상품.

아무리 광 노사가 대단한 대장장이라도, 이런 기성품으로 승부가 될까 하는 걱정 때문이다.

철컹! 타타탁.

문이 열리고 늘 보고하던 하오문도 청년이 들어왔다. 얼굴이 시뻘게진 상태로.

"결과는요?"

"이, 일단 보시지요."

펄럭!

장련은 청년이 내민 종이를 펼쳐 들었다.

아마도 여러 표문에 붙이기 전 받아보는, 첫 번째 공고문일 터였다.

〈합격자 명단〉

입선 총 마흔세 곳.

청영철방, 장고철방, 고운철방, 여흥철방, 마구철방, 기연철방······.

하나씩 곱씹듯 읽어가던 장련.
아래로 내려갈수록 그녀의 얼굴은 어두워졌다.

이운철방, 석영철방, 우훈도위철방, 천고마비철방, 심산유훈철
방······.

'유화철방이······.'
좀체 보이지 않는다.
얼마 지나지 않아 마지막 줄까지 읽은 장련은.
"없군요······."
그다지 놀라지도 않고 담담하게 대답했다.
사실, 어느 정도 짐작은 하고 있었다.
손꼽히는 거대 철방에서 열 명 정도가 나온다고 하면, 보통
의 철방에선 손꼽히는 실력자만 나올 터다.
그런 자들을 은 몇 냥에 파는 흔한 검으로 이길 리 만무했다.
"아가씨······."
"···네?"
장련은 다시 되물었다.
"저기 한 장이 더 있습니다."
청년의 말에 장련은 문득 겹쳐진 종이가 남아 있다는 것을
깨달았다.

펄럭.

장련은 다음 장을 펼쳤다. 그곳에도 합격자 명단이 있었다.

〈우수 합격자 명단 12곳〉

그곳엔 장원.

그리고 방안(榜眼: 2위), 탐화(探花: 3위) 등의 차석이 적혀 있었다.

그렇게 대충 흘러보던 그녀의 눈이 갑자기 커졌다.

"뭐야, 이게……."

〈우수〉

청운철방.

화덕철방.

…

유화철방.

앞부분이 아니라 뒷부분에 쓰여 있었다.

말 그대로, 최고의 성적을 낸 철방들 사이에 당당하게 이름이 걸린 것이다.

여덟 번째로.

"이게 말이 돼?"

그것도 대충 집어다가 건네준 검으로.

장련은 눈을 비비며 다시 보았다. 아무리 생각해도 이해할 수 없었다.

아니, 말이 되지 않았다.

그런 그녀의 눈앞에 불현듯 떠오르는 목소리.

"대장장이가 칼 만드는 실력이 뛰어나도 장사가 안 될 수가 있소?"

"거짓말. 이건 그냥 실력이 뛰어난 게 아니잖아요……."

장련은 웃음이 나왔다.

세상천지에 이런 명검을 만들고선 시전 바닥에 파는 사람이 어디 있겠는가.

이런 건 제대로 평가받고 고관대작들에게 주어져야 마땅한 검이다.

혹은 광휘처럼, 진짜 무사에게 건네줘야 하는 그런 검이다.

"아가씨?"

"아."

청년의 부름에 장련은 퍼뜩 정신을 차렸다. 그리고 빠르게 지시했다.

"지금 바로 유화철방에 가서 알리세요. 합격… 아니, 이차 시험을 준비하시라고."

"알겠습니다."

하오문도는 곧장 밖으로 나갔다.

"정말이지……."

자리에 앉은 장련은 고개를 절레절레 저었다.

놀라움과.

"주변에 평범한 사람이 없어……."

감탄을 함께 내뱉으며.

*　　　*　　　*

시전. 시장의 중심가.

그 한가운데 광장에는 북적이는 사람들로 인산인해였다.

"어이고야, 이게 다 뭐냐? 무슨 황제 폐하라도 오신 겨?"

광 노사가 인상을 썼다. 구름같이 몰려든 인파를 보는 그의 눈은 불편함 그 자체였다.

"대회잖소. 빌어먹을 대회."

그 뒤를 따르는 광휘가 불퉁스럽게 대답했다.

그는 십여 일 동안, 하루 중 반나절 이상을 망치질만 했다. 고작 검 하나 만드느라고.

고생이란 고생은 다 한 그는 대회가 빨리 끝나기만 바라는 심정이 되었다.

"아니, 뭔 놈의 대회가… 이건 뭐, 항주 사람은 고사하고 절강성 전체가 깡그리 몰려왔구먼."

광 노사가 다시 혀를 내둘렀다.

항주는 소주와 더불어 원래 유람으로 먹고사는 지방이다. 그럼에도 이렇게 사람이 많이 모인 광경은, 항주에 자리를 튼 그도 처음 보았다.

"모두의 축제라서 그런 거죠."

옆을 나란히 걷던 장련이 미소 지었다.

항주의 가장 큰 시전에서 벌어지는 대회.

이것이 반쯤 축제처럼 된 것은 그녀의 공작이었다.

장씨세가의 금력과, 하오문의 합작. 이를 통해 원래 큰 대회를 더 성대하게 만든 것이다.

원래는 병기에서, 연장비, 철물 등을 시작으로.

농부, 목수, 무사, 심지어 땅꾼에 이르기까지, 제작에 관련된 모든, 서민들의 생활과 밀접하게 연관된 물품을 대량으로 구입해서 풀었다.

"그냥 구경이 아니라 목적을 띠고 온 사람들도 제법 있을 거고요."

장씨세가처럼 어떤 이는 인맥을 맺기 위해.

또 어떤 이는 철제와 관련된 업에 종사하고 있으므로.

각자 가진 꿈들을, 이 기회를 놓치지 않고 펼쳐내려 하는 것이다.

"이놈아, 검 잘 챙겨! 떨어뜨리겠다."

광 노사는 광칠에게, 머리털 나고 이런 인파를 처음 봐 어리바리한 아들에게 불호령을 쳤다.

"예, 아버지."

광칠이 반사적으로 가죽 끈을 잡아당겼다.

꾸욱!

등에 차고 있던 검 두 자루는 겨드랑이 사이에 끼다시피 했다.

"다 왔어요. 접수처는 저쪽인 것 같은데요?"

장련이 한 곳을 가리키자 광휘가 반색했다.

"오늘 들어본 말 중에 가장 좋은 말이군."

*　　　*　　　*

웅성웅성. 와글와글.

수많은 사람이 몰려 접수를 하고, 그 접수하는 사람들을 상대로 또 노점이 벌어진다.

"어디? 유화철방?"

접수처에 앉아 있던 관인이 눈을 힐끔 올렸다.

네 사람.

광휘, 장련, 광 노사, 광칠.

그렇게 한 명씩 인상착의를 본 그는 서류를 뒤적였다.

"음, 여기 있구먼. 자… 누가 나와서 수결을 찍으시오."

펄럭.

겹겹이 쌓인 서류 중 하나를 들이밀자, 장련이 눈치를 보고 있던 광칠을 떠밀었다.

"하세요."

"예? 제가요?"

"그럼 누구겠어요. 앞으로 유화철방을 맡을 사람이잖아요."

"……."

철퍽. 꾸욱!

광칠은 뭔가 고무된 얼굴로 손에 먹을 찍어 하얀 백지 위에 손도장을 남겼다.

그렇게 마무리를 짓고 광 노사 일행이 정문 쪽으로 향하려는데 서류를 받아 든 관인이 다시 불렀다.

"어이, 유화철방."

"음? 무슨 일인가?"

"아니, 당신들은 뭐 없어?"

"없다니 뭘?"

되묻는 광 노사에게 관인은 오히려 어이없다는 얼굴로 되물었다.

"아니, 이번 시험이 이차잖아? 칼의 경도나 예기를 확인하는 거. 다른 철방들은 저마다 준비물을 가지고 왔단 말이야. 자신의 칼의 날카로움을 증명하는."

"응?"

"가산점 말이야, 가산점. 누구는 비단을, 누구는 목조로 만든 기둥을 들고 왔다고. 심지어 조금 전에 어떤 철방은 양을 몇 마리 데려가던데?"

"허……?"

광 노사 일행은 어이없는 듯한 표정을 지어 보였다.

분명 시험지에는 돗자리를 입힌 대나무를 자른다고 나와 있지 않은가.

"이런… 제 준비가 소홀했어요."

장련의 안색이 변했다.

본래 받았던 공문에서는 주최 측에서 돗자리를 입힌 대나무를 준비한다고 했다.

그래서 이번 대회를 더 시끌시끌하게 만드는 데만 신경 썼지, 이런 식으로 다른 철방들이 자신들에게 유리한 방법을 연구해 올 것은 미처 파악하지 못한 것이다.

"이런 기본적인 곳에서 실수를……."

"됐어, 됐어. 뭐 하러. 애송이들 재롱 잔치에 준비는 뭘?"

반면 광 노사는 신경도 쓰지 않는 투였다.

"무슨 시험이건, 어떤 검증이건, 쇠쟁이는 쇠쟁이 할 일만 하면 되는 게야. 신경 쓰지 말고 어여 들어갑시다."

광 노사는 그러고 앞서갔고.

"매우 현명한 결정이오."

광휘는 전혀 다른 의미로 말을 받으며 따라나섰다.

"아니, 근데 아버지. 아까부터 궁금했는데, 왜 저만 검을 들고 갑니까?"

거기에 광칠은 주제와 상관없는 말을 하며 뒤따라갔다.

"훗……."

장련은 자신도 모르게 웃음이 나왔다.

아무래도 걱정하는 건 자신뿐인 것 같았다.

*　　　　*　　　　*

둥둥둥둥.

와아아아!

북소리와 함께 광장 주위에 고함 소리가 울려 퍼졌다.

얼추 수천 명은 되는 인원이, 대장장이 대회라는 이 진귀한 광경을 보기 위해서 모여 있었다.

원래 전국적인 경연은 다들 사람이 많이 모이는 법이지만, 이번 대회가 다른 경연 대회와 다른 점은 그 모인 사람들의 구성원이었다.

두건을 맨 자, 바구니를 머리에 인 자, 얼굴에 흙이 묻은 채로 가복(家僕)을 입은 자, 고급스러운 비단을 입은 명가의 자제부터 관모를 쓴 관인들까지 가지각색의 사람들이 한데 모여 있었다.

"지금부터 항주의 철방 대회를 시작한다!"

우와아아!

군병이 선포하자 주변에 다시 한차례 큰 울림이 퍼져 나갔다.

그 소리가 잦아든 건 장중의 단상, 그 위로 한 사람이 올라선 뒤였다.

지부대인 양평중.

그리고 그 뒤로 올라서는 관인들.

수군수군.

소리가 잦아지자 단상 위에 올라선 지부대인이 대회의 시작을 명했다.

"참으로 좋은 날이다! 천자께서 이 땅을 평안히 살피시는 가운데, 오늘 이 자리에 모인 이들은……."

모름지기 큰 대회에는 이렇게 귀찮은 요식이 있는 법.

"저놈 참 시끄럽기는. 아, 지루하군."

그런 요식행위를 귀찮아하는 수훈장군.

그의 뒤에선 도지휘첨사, 그리고 각종 요직에 앉은 고관대작들이 바짝 긴장해 있었다.

*   *   *

"청영철방!"

처억.

맨 좌측에 대기하고 있던 일행이었다.

장년인과 중년인이 앞장서서 걸어가고 있었고 청년 셋이 뒤를 따랐다.

사람들의 이목은 자연스레 뒤쪽 줄에 있던 청년들에게로 쏠렸다. 청년 둘이 들고 있는 거대한 통 두 개에.

"청영철방입니다. 이 많은 사람 앞에서 첫 번째로 나서게 된 것을 영광으로 생각합니다!"

처억.

광장의 중심에 선 일행 중 장년인이 대표로 나서서 예를 표했다.

그들 앞에는 수십 개의 대나무가 일렬로 세워져 있었다.

이번 시험을 위해 가져다 놓은 재료들이다.

"시범에 앞서 우선 이 검에 대해 말씀드리겠습니다. 이 검은 청영철방을 대표하는 검으로 수만 번을 망치질과 백 번이 넘는 담금질로 만들어낸 결과물입니다. 저희 청영철방은 오 대째 이어오는 가문으로……."

"인사는 그쯤하고 바로 시작하라!"

그 말을 칼같이 끊고 들어오는 한 음성.

"이크."

청영철방의 남자는 눈을 부라리다가 해쓱해졌다.

바로 고함지른 이가 수훈장군, 이 자리에서 가장 높은 군인 출신의 장군이었기 때문이다.

장년인은 급히 몸을 낮추고는 손짓했다.

척. 척. 척.

광장 중심에 세워진 기다란 대나무 셋.

그 위로 청년 둘이 통에 손을 넣어, 두툼한 가죽을 집어 들었다.

"이건 하루 동안 물을 먹여 불린 물소 가죽입니다. 장대에 이것을 입히겠습니다."

처억. 척.

청년 셋은 안간힘을 쓰며 대나무에 옷을 입히듯 가죽을 걸쳤다.

척 봐도 무게와 두터움이 상당하다.

지켜보던 사람들이 저마다 한마디씩 목소리를 높였다.

"어, 저걸 베려고?"

"가능할까?"

물소의 가죽은 원래 질기고 두툼해서 단칼에 베기 어렵다.

심지어 하루 동안 물에 불렸다면, 어지간히 날카로운 칼이라도 베어내기가 쉽지 않다.

스윽.

장년인이 들고 있던 검을 받아 든 중년인.

그는 두 손으로 자루를 잡으며 호흡을 골랐다.

그 모습에 다들 집중하기 시작했다.

그리고.

굳은 얼굴로 신중하게 접근한 중년인은 기합 소리와 함께 검을 휘둘렀다.

"합!"

쇄애액! 퍽!

"……."

좌중이 조용해졌다.

중간쯤 통과한 검이 대나무를 끝까지 관통하지 못한 것이다.

"어? 이게 왜……."

장년인은 얼굴이 시뻘게져서 다시 한번 휘둘렀다.

쇄애액! 퍽!

그러자 이번엔 베어내긴 했다. 다만.

우지직!

사람들에게 호언장담한 것과는 달리, 베인 면은 반듯하지 않고 삐딱한 모양으로 넘어졌다. 대나무가 무게를 못 이겨서 꺾인 것이다.

"아, 저, 이것은……."

"푸하하하!"

장년인이 뭐라 설명하려는데 좌중에서 폭소가 터져 나왔다.

"저것 봐. 베질 못했어!"

"우ー! 우!"

"베라고 했더니 부서뜨리냐?"

"……."

장년인의 얼굴은 시뻘게졌다.

괜히 능력 이상의 것을 호기 부려 시도하다가 창피를 당한 것이다.

"저 검은 못 사겠다!"

"청영철방은 가지 말자고!"

"크흐흠."

지켜보던 사람들의 웃음 속에서, 지부대인은 수훈장군의 불편한 한숨 소리를 감지했다.

그는 즉각 관병에게 손을 내저었다.

휘릭!

"다음 철방!"

관병이 크게 소리치자, 청영철방의 얼굴이 하얗게 질렸다.

"이, 이건 실수입니다! 다시 기회를 주십시오."

"아, 다음!"

관병은 냉엄하게 말을 끊었고, 그들은 축 처진 모습으로 준비한 물건들을 가지고 허망하게 퇴장했다.

곧이어 다음 사람들이 중앙으로 나왔다.

"고운철방이라고 합니다."

노인 둘과 중년인 하나, 그리고 사내 셋으로 구성된 철방이었다.

"인사는 됐고. 시작하라."

시간 아깝다는 듯 수훈장군이 말하자, 그들은 빠르게 움직였다. 이번에는 별도의 준비 없이 광장 중심에 심어놓은 대나무 앞에 섰다.

서걱!

중년인은 대나무를 반듯하게 베었다.

그 단면은 칼날처럼 깔끔했고, 그에 사람들은 저마다 환호성을 질렀다.

"저렇게 되어야지!"

"괜한 호기를 부리지 말아야 해."

"훌륭한 검이다!"

앞서 청영철방은 무리하게 실력을 뽐내려 하다 실패를 했고 지금 고운철방은 딱 알맞게 맞춘 것이다.

그들이 주변에 답례하며 물러서자, 이번엔 두 사람만 올라왔다.

청년 한 명과 중년인 한 명이었다.

"저희는 수호철방입니다."

그 말에 지부대인의 눈썹이 꿈틀했다.

"수호?"

그리고 도지휘첨사는 수훈장군을 보며 말했다.

"이번에 차석을 한 철방입니다."

"음, 그렇구려."

수훈장군도 들은 적이 있는지 고개를 끄덕였다.

"시작하라."

명을 내리자 중년인은 진지하게 꼿꼿이 섰다.

척. 척.

그사이 청년은 들고 온 통에 손을 집어넣었다.

뒤이어 꺼낸 허연 것을 보고 지부대인의 신음이 흘러나왔다.

"저건 뭐야……?"

온통 허연 진흙이다.

청년은 그것을 대나무 두 개에 덕지덕지 바르고 있었다.

"석고 아닙니까?"

지휘첨사 전욱이 뭔지 알았다는 듯 말했다.

수훈장군 오현 역시 조금 눈을 가늘게 떴다.

"그렇군. 대나무에 석고를 바른다 함은……."

"석고는 물에 개어 바르면 순식간에 굳지요. 그걸 보여주려하는 모양입니다. 빠르게 굳지만 작은 충격에도 부서지는 석고. 그걸 예리하게 잘라낼 수 있다면……."

"날카로움이군."

알았다는 듯 묘한 표정을 짓는 수훈장군.

"저희는 잠시 시간이 걸립니다! 하나 양해해 주십시오! 충분히 그만한 것을 보여 드리겠습니다!"

웅성웅성.

반각(7분).

본래 빠르게 마르는 석고에다 더 뭘 섞었는지, 굳는 시간은 얼마 들지 않았다.

둥. 둥둥! 둥둥둥둥!

눈치 빠른 관병이 북을 두드렸다.

기다리는 관객들이 지루하지 않게 하려고 일부러 긴장을 모으는 것이다.

둥둥둥둥! 둥둥둥둥!

스윽!

한껏 고조된 긴장, 그리고 기대 속에서 수호철방이 이윽고 검을 들었다.

저벅. 저벅.

북소리가 멎었다. 관객들도 소리 내지 않고 조용히 다음을 기다렸다.

쇄애액!

그리고 수호철방의 중년인이 대나무를 베어내자.

사각!

대나무 두 개가 잘려 나갔다.

그 위에 덮인 석고의 단면은 거울처럼 매끄러웠다.

둥둥둥둥!

뒤이어 눈치 빠른 북이 울리자, 사람들의 환호 소리가 울렸다.

와아아아!

*　　　*　　　*

"수호철방은 주의해야 할 것 같아요."

장련은 굳은 얼굴로 수호철방의 시범을 보고서 말했다.

빨리 굳긴 하지만 툭 치기만 해도 부서지는 석고.

그걸 저렇게 날카롭게 잘라낸다는 것은, 칼날의 예리함이 극에 달했다는 것이다.

"우와아아아!"

"저게 되는구나!"

기대했던 만큼 감탄하는 사람들의 반응에 장련은 조금 더 굳은 얼굴이 되었다.

그녀가 불안한 듯 시선을 옆으로 돌리자.

"이거 맛있냐?"

"예, 괜찮네요. 양도 제법 푸짐하고."

"……."

우걱우걱.

두 대장장이가 시전 노점에서 웬 아주머니에게 뭔가를 사서 한참 먹고 있었다.

자신의 걱정과는 달리 너무도 태평하게.

"광휘, 너도 먹을래?"

"일없소."

광휘는 퉁명스럽게 고개를 돌리고 먼 산을 바라보고 있었다.

온 얼굴에 이 시험이 빨리 끝났으면 하는 마음이 가득 담겨 있었다.

"그나저나 저 철방은 점수 좀 받겠는데요?"

다행히 광칠은 장련이 생각하는 범주에 있었다.

우적우적.

광칠은 입안에 뭘 잔뜩 넣고 씹으며 말했다.

"별거 아냐. 점수 얼마 못 받아."

그리고 광 노사는 아예 신경도 안 썼다.

"어, 왜요? 석고를 저렇게 반듯하게 자르는 거. 대단한 거잖아요."

"……."

장련은 속으로 맞아, 라고 끄덕였다.

그런데 광 노사는 코웃음만 쳤다.

"겉보기만 요란하지, 실전에서는 별 쓸모없는 시범이다. 녀석아, 이 시험이 뭐냐?"

"음… 병기의 단단함과 예리함이요?"

"더 있다. 그 두 개를 합친 게 내구도란 거야. 한칼 먹일 때는 저런 예리한 칼이 좋지. 그런데 실전에는? 저렇게 지나치게 날을 세우면 병장기를 맞받을 때 유리처럼 깨져 나가."

"아……."

"……."

광칠은 끄덕이고 장련 또한 끄덕였다.

확실히 예리한 검은 예리한 만큼 내구도가 낮다.

수십 수백 번을 휘두르는 실전에선, 바로 날이 깨져 나가고 다음으론 부러질 터.

"청운철방이 나오네요."

그럼에도 장련은 긴장했다.

수호철방 다음으로 나오는 철방.

이들은 일차 시험에서 장원을 받은 곳이다.

그리고 실력만큼 자신이 있는지, 당당하게 다음 차례로 나서는 그들의 모습을 보고 장련은 눈살을 찌푸렸다.

그런데.

"저건?"

메에에에—

뜬금없이 동물의 울음소리가 울렸다.

"양? 저걸 왜 들고 나오지?"

광칠이 갸웃거리자 광 노사만은 알아차린 듯 불쾌한 얼굴을 지었다.

"산 채로 베겠다는 거군."

第十章

유화철방

"방금 어느 철방이라고 그랬나?"

수훈장군이 고개를 옆으로 돌리며 물었다.

시험이 진행되던 와중에 처음으로 관심을 보인 것이다.

"청운철방입니다."

그들 뒤쪽, 서탁에 앉아 있던 관인이 기다렸다는 듯 말을 받았다.

"청운철방? 이번에 장원을 했다던 그곳 아닌가?"

이번엔 수훈장군이 아닌 도지휘첨사가 물었다.

"예, 맞습니다."

이에 관인이 다시 한번 확인시켜 주자 지부대인 양평중이 흥미롭다는 반응을 보였다.

"이거 기대되는군요. 어, 그리고 저들이 끌고 오는 게……."

메에에에—

광장 안으로 들어오는 양 한 마리.

몸의 크기가 넉 자나 되고 삼각뿔도 매우 길었다.

뜬금없이 나타난 양은 좌중의 시선을 한 몸에 받고 있었다.

"무슨 이유로 양을 데리고 왔을까요? 사람들의 눈요기를 위해서라면 제대로인 것 같습니다만……."

지휘첨사는 묘한 시선을 내보였다.

무관 출신은 아니지만 나름 여러 명검을 보고 또 소장도 해온 바.

검을 증명하는 자리에 양을 왜 데려왔는지는 대충 짐작이 갔다.

"설마 양을 산 채로 베려는……?"

"그게 맞을 겁니다."

등 뒤에서 낮은 목소리가 들렸다.

바로 일차 시험을 총괄 지휘 했던 정판금 노인이었다.

지부대인이 곧장 물었다.

"그걸로 뭘 하려고?"

"아마 내구성과 연마(研磨)의 능력을 보여주려고 하는 것 같습니다."

"저 양 두 마리로 그런 것이 가능한가?"

"보면 알겠지요."

정판금은 광장을 내려다보고 고개를 저었다.

자신이 저 자리에서, 저런 일을 한다면 왜 그럴지를 생각해 본 것이다.

산 생명을 벤다.

시험에서 떨어진 질 낮은 검으로도 그건 가능하다.

하지만 여기서 '어떻게'가 들어가게 되면 이야기가 달라진다.

"얼마나 잘 보여줄지 기대되는군요."

잘 만들어진 검은 단면이 예리하다.

이는 아까 석고를 깨끗하게 베어낸 수호철방이 그 예다.

하지만 이는 단계로 치면 이제 고작 입문.

예리함은 있되, 내구도가 증명되지 않는다.

수백, 수천, 수만 번의 격돌을 하고도 살아남을 수 있는 검은 많지 않다.

"바다 건너 왜국에는 그런 풍습이 있다고 합니다. 산 사람의 배를 가르고, 그 위에 종이를 떨어뜨려서 검을 시험하는."

"허!"

정관금의 말에 제각기 감탄이 터져 나왔다.

"무도하기 짝이 없군."

"역시나 왜놈은 왜놈이야, 에잉."

주로 문관들은 욕을 내뱉고, 무관들은 그나마 고개를 갸웃했다.

"그걸로 뭘 시험한다는 건가?"

"칼이 얼마나 예리한지를 보려는 것이지요. 진짜 명검이라면, 사람이든 짐승이든 베고 난 뒤에 피조차 거의 묻지 않습니다."

"무슨 웃기는 소리를……."

"사람을 찌르고도 피가 안 묻어?"

정판금의 말에 전쟁터 좀 굴러먹은 무관들은 코웃음을 쳤다. 수훈장군 역시 고개를 젓기는 마찬가지였다.

"그거 무슨 기름에 담가둔 검인가?"

"그래서? 청운철방 저놈들이 그런 장난질을 하려는 거야?"

"아니, 그게 되면 내가 수염을 민다!"

단상 위에서 터져 나오는 부정적 반응.

그에 정판금은 고개를 끄덕였다.

"확실히 쉽지 않은 일이지요. 그런데 직접 끌고 나오는 걸 보니 일단 배포는 크군요."

실패할 실력이라면, 첫 시험에서 장원을 받았을 리 없다.

그렇다면 이 많은 관중 앞에서 절대 실수 안 할 자신이 있다는 것일 터.

"뭐, 보면 알겠지. 일단 재밌기는 하군."

칼에 조예가 깊지 않은 지부대인조차 고개를 끄덕였다.

* * *

"와아아아!"

"양이다, 양!"

메에에에ㅡ

광장 중앙으로 걸어 나온 청운철방은 사람들의 관심을 한 몸에 받았다.

"저걸 베겠다는 거야?"

"어쩌려는 거지?"

인원은 모두 세 명.

사내 하나, 젊은 여인 하나, 그리고 기골이 장대한 노인 하나다.

그중에서 유독 눈에 띄는 사람은 젊은 남자.

위아래 옷 모두 요란한 화폭처럼, 곳곳에 자수를 박아 넣은 옷을 입었다.

"저 사내… 어디서 본 것 같은데?"

"나는 처음 보는데?"

"유명한 사람이야?"

웅성웅성.

사람들의 혼란스러운 목소리가 커지더니, 어느 순간 한 외침이 있었다.

"나 알아! 저자, 화객(和客)이다!"

"화객이라고? 그럼 칠객?"

"칠객이 왔다!"

웅성웅성.

사내를 알아본 사람들 사이에서 소란은 더욱 커졌다. 그 소리는 다음 시험 대기자인 광 노사 일행 쪽으로도 들어갔다.

"화객……?"

장련은 위화감에 묘한 얼굴이 되었다.

"칠객에도 여러 사람이 있단다. 운객(雲客)처럼 사람들 속에서 있는 듯 없는 듯 살아가는 것을 원하는 자가 있는 반면 화객(和客)처럼 사람들 앞에 나서는 것을 좋아하는 사람도 있지."

묵객 이후에 만난 또 한 명의 칠객.

사람들의 말이 사실이라면 강호에 몇 되지 않는 검도 고수 중 하나를 여기서 보게 된 것이다.

"호오, 화객? 저 사람이 여긴 웬일인고?"

광 노사도 더는 딴청을 피우지 않았다. 심지어 광휘도 광장 중앙을 바라보았다.

"소개 올립니다! 저희는 청운철방입니다."

먼저 여인이 나서서 소매를 모으고, 좌중의 소리는 잦아들었다.

"저희는 오늘 이 자리에서, 명검이란 과연 어떤 것인지를 보여 드리겠습니다. 소개에 앞서 옆에 계신 분은 저희 아버지, 청운 야장이며 옆의 사내는 저희와 오랜 인연을 맺은 분입니다."

자박.

여인의 소개와 함께 사내가 한 발 나섰다.

펄럭!

그는 요란하게 장식이 새겨진 소매를 멋 부리듯 크게 휘둘렀다.

"무엽(武曄)이라고 합니다. 이 자리에 서게 되어 영광입니다!"

"흐음."

진행을 맡은 관인이 묘한 시선으로 그를 바라보았다.

요란한 옷이 어울리는 사람은 많지 않다. 자칫하면 졸부처럼 우습게 마련이다.

그런데 이 남자는 그런 요란한 옷을 입고도 어색함이 없었다.

얼굴은 희고, 턱은 가늘어서 여인으로 분장시켜도 제법 어울릴 미남이었다.

"혹, 그대가 강호에서 칠객이라 부르는 자요?"

대회 진행을 맡은 관인이 궁금증을 이기지 못하고 묻자, 남자가 즉각 대답했다.

"예, 과분하지만 칠객 중 화객이라 불립니다."

웅성웅성!

그 말과 함께 사람들의 소란이 다시금 커졌다.

"…정말 칠객이다!"

"칠객이 왔다!"

"아! 조용히 좀 해!"

왁자하게 소리가 커지자, 관인이 고함질렀다.

그는 헛기침을 한 번 한 후에 다시 물었다.

"그래… 시험할 대나무는 이미 있는데도 양을 데리고 나왔군? 청운철방은 무엇을 보여줄 것인가?"

"말이 아니라, 직접 보시면 됩니다."

양을 붙잡고 있던 노인이 답했다.

그러고는 여인의 소매를 당기며 물러섰다.

철컥. 스릉.

그와 함께 화객이 천천히 검을 빼 들었다.

기수식 자세도, 기합도 없이 검을 하늘로 치켜든 것이다.

"호, 사람 이목을 끌 줄 아는 놈이군."

수훈장군이 감탄인지 비웃음인지 모를 말을 했다.

과연.

좌중은 알아서 고요해졌다.

관인의 명 없이도, 무엇을 보여줄 것인가 하는 기대에 입을 다문 것이다.

"하아!"

그리고 그 주목이 검 끝으로 모여들었을 때쯤.

숙! 숙!

두 번의 찌르기가 이어졌다.

본 사람이 몇 명 있을까 할 정도로 극의 쾌검.

메에에에—

풀썩.

양이 그대로 바닥에 주저앉았다.

얼마나 빨리 다리의 힘줄을 잘랐는지 양의 자각이 반박자 늦게 움직인 것이다.

"뭘 한 거야?"

"글쎄……."

사람들의 웅성거림을 뒤로하고 사내는 다시 검을 움직이기 시작했다.

이번에는 느리게, 엉덩이 쪽으로 움직였다.

메에에에—!

양이 생살이 잘리는 고통에 비명을 울렸다.

스르르륵.

조금 전처럼 차라리 눈부신 쾌검이라면 모를까, 붓질하듯 검이 천천히 움직이니.

철썩!

한 무더기의 살덩이가 땅에 떨어졌다.

천천히, 느리게 움직인 검.

그런 검이 힘 하나 들이지 않고 가볍게 생살을 잘라낸 것이다.

"어… 이건 검객의 솜씨가 아닌데?"

"맞아. 우리 마누라가 식도를 들어도 저것보다 몇 배 빠르다고."

그 느린 움직임에 지루하다 느끼는 이는 아무도 없었다.

저 검을 쥐면.

화객이 아니라 나라도 저렇게 할 수 있을 것 같다.

그런 생각이 점점 번져갈 때, 화객은 지면을 향해 검을 한 번 휘둘렀다.

촤아아악!

뺨 때리는 듯한 소리와 함께, 검 옆면에 붙은 피가 일(一) 자로 지면에 그어졌다.

"후우……."

스윽.

화객은 이번엔 양의 머리를 겨눴다.

그는 관객을 의식한 듯, 딱 적당하게, 빠르다고도 느리다고도 할 수 없는 적당한 속도로 검을 휘둘렀다.

툭. 툭. 툭.

그리고 단단한 양의 뿔이 종이 썰리듯 쉽게 잘려 나갔다.

메에에에—!

제 뿔이 떨어지자, 그제야 양이 놀라 울었다. 그리고 그 순간.

"후우!"

저벅저벅.

화객의 걸음은 양이 아니라 다른 곳으로 향했다.

수십 그루 꽂혀 있는 대나무.

그 앞에서 그는 곧 검을 느린 동작으로 고쳐 잡기 시작했다.

"어?"

"뭐야?"

우우우우웅—!

검 끝에서 무언가가 일렁이기 시작했다.

"합!"

그렇게 기합과 함께 화객은 검을 휘둘렀다.

단 한 번이었다.

하지만 그 효과는 실로 대단했다.

쩌쩍. 쩌저저적.

수십 그루의 대나무가 쓰러지고 있었다.

검기 한 번의 칼질에 삼분지 일가량이 잘려 나간 것이다.

"와아아아!"

우레와 같은 함성이 관중들 사이로 터져 나왔다.

                    *   *   *

"저건!"

수훈장군 오현이 자리에서 벌떡 일어섰다.

그뿐만 아니었다.

모든 관료가 눈을 휘둥그레 뜨고 광장을 지켜보았다.

그리고 그들의 심정을 나타내는 외침이 좌중에서 들려왔다.

"검기다!"

"정말이야. 살다 살다 저런 걸 보다니."

지이이잉—

공간이 일그러지는 착시 현상.

그것이 화객의 검 끝에서 생성되고 있었다.

"칠객이… 맞는 듯합니다."

지휘첨사가 믿기 힘들다는 듯 말했다.

그 역시도 검기라는 생소한 것을 본 것은 처음인 듯했다.

그리고 그들 뒤에서 전혀 다른 의미로 놀라움을 표해내는 자가 있었다.

"대단한 명검에 이어 대단한 검객이라. 이거 볼 필요도 없겠군요."

지휘첨사가 한마디 하자.

"그렇습니다. 이거 다음 나올 철방은 어떡하라고. 당장에라도 짐 싸서 집에 돌아가고 싶겠습니다, 허허허!"

지부대인이 말을 받으며 웃었다.

조정에서 쉽게 볼 수 없는 무위, 그리고 검기를 실을 수 있는 명검.

이번 대회에서 찾던 철방이 드디어 나온 것이다.

'둔검, 중검, 쾌검의 날카로움은 물론 검의 표면에 피조차 묻어 있지 않다.'

정판금은 전혀 다른 방향으로 청운철방에 감탄하고 있었다.

빠른 검은 날카로움을 분간하기가 쉽지 않다.

그럴 때 주로 보이는 것이 느린 검이다.

그런데 그 느린 검으로 양의 엉덩이를 종잇장처럼 잘라냈다.

거기다 힘을 주지 않은 휘두르기로 양의 뿔을 잘라낸 점도 그렇다.

날카로움의 모든 면에서 최상급이란 얘기다.

거기다.

'검기를 담는다는 건… 검의 재질이 뛰어나다는 거고.'

기의 응축.

어지간한 검은 무공의 결정체라는 내기 발현을 버텨내지 못한다.

저렇게 강력한 검기가 맺히면, 휘두르는 중에 검이 깨져 나가기 십상이다.

이는 내구성 또한 흠잡을 수 없을 정도로 뛰어나다는 것을 뜻한다.

화객이란 인물.

그는 검기를 통해 검의 경도와 예리함.

두 가지 능력을 한데 선보이고 있었다.

"다음 유화철방!"

광장을 향한 정판금의 눈빛이 어느 때보다 빛나고 있었다.

*   *   *

"대나무가 다 없어졌는데요?"

광칠이 눈을 껌뻑거리며 중앙 광장을 가리켰다.

화객이란 자가 자신들이 시범을 보여야 할 대나무를 일시에 베어버린 것이다.

광칠의 말에 장련이 입술을 깨물었다.

'저자들… 일부러 한 거야.'

화객이 대나무를 벤 것.

검기를 어려움 없이 버텨내는 보검을 보이려는 의도이기도 하다.

또한, 다음 차례를 기다리는 철방들이 도전할 기회를 지워 버리는 심산이기도 했다.

그저 대나무를 다 베어버림으로써 시험장은 난장판이 된 것이다.

"대단하다!"

"전국 제일 철방이다!"

물론 주위의 관중들은 거기까지 생각하지 못했다. 화객의 행동이 너무 자연스러웠기에.

그저 무학의 정점이라는 검기를 보며 흥분하기만 했다.

"우린 이제 어떡하죠?"

장련은 뒤쪽으로 고개를 돌렸다.

광 노사와 광휘라면 뭔가 복안이 있지 않을까, 라고 생각한 것이다.

그런데.

"아이고, 나이 드니 삭신이 쑤시네."

광 노사는 언제 가져왔는지 모를 돗자리에 앉아, 어깨만 주무르고 있었다.

"와아아아!"

"멋지다. 청운철방!"

"시험을 더 할 필요가 있나!"

"노사님!"

사방에서 관중의 함성이 쏟아지자 장련의 마음은 초조해졌다.

대나무는 다 작살났고, 딱히 다른 준비도 해오지 않은 유화철방은 검을 증명할 방법이 없어졌다.

더군다나 다음 차례가 자신들이었다.

"광 노사님? 이제 어떻게 하죠? 저희도 뭔가 보일 게……."

"내가 이래서 대회니 시험이니 하는 게 싫다니까."

한데, 다급해진 장련과 달리 광 노사는 기분 나쁘다는 얼굴만 해 보였다.

"분명 뛰어난 검을 가리는 대회라고 했는데 지금 이게 뭐요? 아주 난장판이구먼. 광대놀음도 아니고."

"네?"

의아해하는 장련에게, 광 노사는 스윽 손을 들어 관중들을 가리켰다.

"아무리 진검을 가리는 대회도, 사람이 모이면 이딴 식으로 흘러가게 되어 있지. 사실, 검사가 검기를 한번 휘두르면 모든 게 끝나지. 그럼 변별력은 어디서 찾아?"

"……."

"뭐냐고. 차례를 기다리는 다른 철방은? 저걸 보시지. 다들 김 다 샌 얼굴 아니오."

반말인 듯 아닌 듯 묘한 어투. 그에 장련은 옆을 돌아보았다.

"후우……."

"어이구……."

유화철방 이후로 자신의 차례를 기다리던 수많은 철방들.

그들의 얼굴에는 난처함과 당혹감, 그리고 깊은 절망감이 드리워져 있었다.

"좀… 문제가 있긴 하네요. 그래도 검기를 사용했다는 건 검 자체가 훌륭하다는 것 아닌가요?"

"외려 반대일 수 있소."

광휘가 말을 받았다.

팔짱을 낀 채 딴 곳만 보고 있던 그였다.

"검기를 능숙하게 다룬다면 굳이 검일 필요가 없지. 뛰어난 검객은 대나무를 쥐어도 기(氣)를 생성해 낼 수 있소. 봉이든 곤이든, 나뭇가지든 뭐든."

"아……."

"내기 발현을 할 수 있는 기(氣)라는 건 결국 무사의 숙련도 차이일 뿐이란 거요. 검이 아니라."

장련이 끄덕였다. 광 노사가 짜증을 내는 이유도, 청운철방에 노한 시선을 보내는 이유도 알 것 같았다.

검기를 사용하는 순간부터 이 대회는 변별력을 잃었다는 걸.

"…관부는 환호하는 것 같네요."

하지만 문제는 이건 대회이기 이전에 시험이다.

이 대회를 주관하는 자는 무공에 그리 조예가 깊지 않은 고관대작들.

청운철방이 먼저 검기를 사용한 이상, 그 이상을 보여주지 않으면 이기기 쉽지 않다.

"유화철방!"

이런저런 걱정으로 복잡하던 그때, 진행을 맡은 관인은 곧장 다음 차례를 요구했다.

"다음 유화철방! 나오시게!"

＊　　　＊　　　＊

"…노사님."

광장에 먼저 나선 장련은 불안하게 광 노사를 불렀다.

"쿵!"

검을 들고 철방의 소개를 해야 할 그는, 광장에 나서자마자 턱 주저앉아 귀만 후비고 있었다.

"뭐 하세요? 지금 할 게……."

"칠아, 네가 해."

그러고는 귀찮다는 투로 손을 저었다.

"예?"

광칠은 눈을 껌뻑였다.

그의 눈이 광장의 시험대를 훑었다.

준비된 대나무들이 삼분지 일가량 잘려 나간 참상.

이대로라면 뭔가 제대로 보여주기 힘들다.

"제가 뭘요? 대나무가 거의 다 베어졌는데요?"

"뭐든. 내가 이런 애송이들 대회에서 힘쓰랴?"

"그렇지만……."

"이놈아! 그동안 뭘 배운 게야!"

광 노사는 버럭 화를 내고, 광칠은 목이 들어갔다.

이제껏 아버지가 저렇게 화를 내면 반드시 혼이 나다 보니, 반사적으로 겁을 먹은 것이다.

"해보세요. 아버님이 기회를 주시는 거잖아요."

장련이 웃으며 다독였다.

"예?"

갸웃하는 광칠에게 다시 장련이 부드럽게 말했다.

"이제껏 대회라면 목에 칼이 들어와도 하지 않으려던 광 노사께서, 이번에 참석하신 이유를 모르시겠어요? 바로 야장님 때문이에요."

"왜 저에게……."

"늘 미안해하셨어요. 아버님께서는."

장련은 슬쩍 광 노사를 보고, 광 노사는 휙 소리 나게 고개를 돌렸다.

"그리고 바뀌길 바라셨어요. 하지만 당신은 그러질 못하니까. 평생 이렇게만 살아오셨으니까. 당신과 다른 삶을 바라는 마음에 이 대회에 참가하신 거예요."

"흥!"

광 노사는 콧김만 뿜어냈고 광칠은 울 듯한 얼굴이 되었다.

"아, 아버지……?"

광칠은 원래 내성적인 성격이었다. 아버지를 닮아서 그런지 이런 자리에 나서는 것을 좋아하지 않았다.

그는 평소 하던 대로 망치질만 하고, 나머지는 아버지의 친우라는 광휘나, 장련 소저 같은 대단한 사람들이 알아서 할 거라고 생각했다.

하지만 지금 이 순간.

이제껏 평생을 보고 살면서도 몰랐지만.

아버지는 평소처럼 매몰차게 대하고 계시지만, 사실.

기회를 주고 계신 것이다. 이 수많은 사람 앞에서.

"유화철방! 뭘 하고 있는 게야? 이대로 멍하니 있으면 그냥 포기로 간주하겠다. 기권인가?"

관인이 또 한 번 채근하는 소리가 귀에 꽂혔다.

"어. 어."

쿵. 쿵.

상황을 깨닫게 되자 가슴이 뛰었다. 그리고 몸이 얼어붙었다.

"할 수 있어요, 야장님. 광 노사께서 어떤 분이신지 아시죠?"

눈앞이 새하얗게 물들려고 하는데, 한마디 부드러운 소리가 광칠의 정신을 붙들었다.

"검에 관해서는, 철에 관해서는 타협이 없는 분이잖아요. 그런 분이 맡기신 거예요. 야장님의 인생을 바꿀, 그리고 유화철방을 알릴 기회를 놓치지 마세요."

'될까?'

말로는 좋게 달래면서도, 장련은 불안했다.

사실 지금은 그녀가 보기에도 쉽지 않은 상황이다.

그녀가 알기로 야장 광칠은 오로지 철만 두드릴 뿐, 이런 무대에 나서본 경험이 전무했다.

거기다 뾰족한 묘안도 없기에, 장련의 얼굴에는 안타까운 기색이 서렸다.

"……."

꿈틀.

한데 장련의 시선을 받은 광칠의 손에 힘이 들어갔다.

"내가……."

예전이라면 일면식도 없던, 곱디고운 규수가 자신을 걱정해 주고 있었다.

고맙기는 하지만, 그렇다고 이런 걱정 시킬 만큼 나태하게 살지 않았다.

누구보다 열심히 해왔던 망치질.

아버지의 땀방울을 보며 가슴 설레던 그동안의 시간이 눈앞을 스쳐 갔다.

"하……"

꾸욱.

손에 제대로 힘이 들어갔다.

광칠은 콧김을 뿜으며 앞으로 나섰다.

그때.

"하이고, 한심한 것들. 제가 벼려 만든 검에 그리 자신이 없나? 괜히 말 못 하는 생명만 걷지도 서지도 못하는 불구로 만들고… 쯧!"

메에에에ㅡ

광 노사의 툴툴거림과, 아직 고통스레 비명을 지르는 양의 소리가 광칠의 귀를 붙잡았다.

'양……'

스캉.

광칠은 눈이 번쩍 뜨이는 느낌이 들었다. 그가 등에 메고 있던 두 자루의 검 중 하나를 뽑아 들었다.

"야장님?"

그리고 장련은 그 모습에 놀랐다.

광칠은 반쯤 잘려 나간 대나무가 아닌, 양을 향해 걸어가고 있었다.

＊　　　＊　　　＊

털썩. 스릉.

주저앉은 양 앞에, 광칠이 앉아 검을 뽑아 들었다. 관중들의
시선이 자연스레 그쪽으로 쏠렸다.

"뭐지?"

"뭘 하려는 거야? 목 베기?"

먼저 검기를 보인 청운철방 때문인가, 사람들은 묘하게 흥분
하고 있었다.

그런 기대감은 다소 잔혹한 것까지도 예상하고 있었다. 유화
철방이, 한칼에 양의 목을 치고 검날을 들어 보이는 그런 사나
운 장면 말이다.

척.

과연, 양을 움직이지 못하도록 붙잡은 광칠.

그의 행동에 사람들이 눈을 부릅뜬 순간.

사각. 사각.

광칠은 사람들이 전혀 생각지도 못한 행동을 하기 시작했다.

그가 양을 붙잡고 털을 깎아댄 것이다.

메에에에—

갑자기 몸이 서늘해진 양은 버둥거렸다.

하지만 오랜 망치질로 단련된 광칠은, 한 손으로 양을 잡은 채,
다른 한 손으로는 검을 들었다. 그리고 비스듬히 눕힌 각도로, 가
슴 쪽부터 시작해 엉덩이 쪽으로 천천히 쓸어내리고 있었다.

서걱. 서걱. 후드득.

"저거 뭐 하는 거야?"

"양털 깎기? 이게 다야?"

사람들은 실망하고 인상을 찌푸리기까지 했다.

앞서 본 화객의 신묘한 무위에 대비되어, 광칠의 소박한 행동은 더욱더 한심해 보였다.

"여기서 아주 양털 장사를 하려고 하네."

"이왕 이렇게 된 거 그쪽으로 나가자!"

"여긴 뭣 하러 왔나!"

하지만 조롱기가 다분한 웃음소리에도 유화철방은 흔들림이 없었다.

외려 광휘가 뭔가 놀란 듯 광 노사에게 물었다.

"광 노사, 당신 혹시……."

"그래. 그걸 하는 거다."

"가능하겠소?"

"보면 알지."

광 노사가 고개를 끄덕였다.

뜻을 알 수 없는 물음에 장련이 물었다.

"광 야장께서 대체 뭘 하는 건가요?"

"음……."

"보면 아오."

광휘는 보고도 불신하는 모습이고, 광 노사는 그럴 줄 알았다는 투였다.

장련은 다시 괄칠에게 시선을 돌렸다.

사각. 사각.

하지만 그는 무슨 특별한 행동을 취하지 않고.

계속 양의 털만 깎아대고 있었다.

'뭐지?'

*　　　*　　　*

"저게 뭐 하는 거지?"

궁금한 이는 장련만이 아니었다. 단상에 앉은 고관대작들 역시 괄칠이 양의 털을 밀기 시작하자 고개를 갸웃했다.

"장군, 저건 뭘 보이는 겁니까?"

지휘첨사가 수훈장군에게 물었다.

"…솔직히, 나도 모르겠군."

장군이 고개를 저었다. 산전수전 온갖 전투를 다 겪어본 그도, 검의 신위를 보이는 데 양털 깎기를 한다는 건 들어본 적도 없으니까.

"정 야공, 저게 대체 뭔가?"

그래서 그나마 가장 잘 알 만한 사람에게 물었다.

"……."

"정 야공?"

"저, 저……."

그런데 정판금, 이 자리에서 병기를 가장 잘 아는 야공은, 괄칠이 양털을 깎은 것을 보고 얼굴이 새하얗게 굳어 있었다.

"검을… 무디게 하고 있습니다."

"응?"

"무디게?"

주변의 관인, 군인들이 묻자 정판금은 겨우 숨을 내쉬고, 눈을 떼지 못한 채 대답했다.

"보기엔 별것 아니지만, 저건 대단한… 아니, 아주 어처구니없는 짓입니다. 산 양의 털가죽이 얼마나 더러운지 아십니까? 저 털에, 가죽에 난 기름이, 다 묻으면."

정판금이 숨도 못 쉬고 다다다 말을 내쏘았다.

"명검이라도 날이 죽습니다. 아니, 날이 덮여 버리지요. 저건 원래 검이 가진 예기를 다 죽여 버리는 짓입니다."

"그런 짓을 왜 하는 거요, 그럼."

수훈장군이 물었다.

"그걸… 보여주려는 모양입니다."

관부 사람들이 모두 쳐다보는 가운데 정판금이 이를 악물며 신음했다.

"저렇게 다 덮어버리고도 자신의 검이 예리하다는……."

그는 한 번 더 숨을 몰아쉰 끝에 불똥이 튀는 눈으로 말했다.

"누구도 범접 못 할 신검(神劍)이라고 말하는 겁니다."

第十一章

실력 행사

사각사각.

일각이 지났다.

그럼에도 광칠은 양털만 열심히 깎아대고 있었다.

결국, 보다 못한 관중들 속에서 노골적인 비아냥이 흘러나왔다.

"우우우―"

"어서 내려가! 이게 뭐야!"

그리고 그런 분위기는 시험을 주관하는 고관대작들에게도 전해졌다.

"유화철방! 대체 뭐 하는 건가!"

분위기가 좋지 않자 대회를 주최하던 관인이 소리쳤다.

그럼에도 광칠의 털 깎기가 계속되었다.

"이봐! 계속 이런 식으로 할 것 같으면……."

관인이 고함을 지르자 광칠이 덤덤하게 손을 들었다.

메에에에—

그는 조심조심, 양의 상처에 검을 대고 피를 묻혔다.

그제야 좌중이 고요해졌다.

일단 검에 피를 묻히자 뭘 해도 하긴 할 거라고 본 것이다.

"설마……."

청운철방의 노장은 눈을 가늘게 떴다.

"아버지, 저게 뭘 하는 거예요?"

"……."

노장은 딸의 말에 대답하지 않았다. 그저 눈을 부릅뜨고 광칠의 행동을 지켜보고 있었다.

스으으윽.

광칠은 느리게 검을 들었다.

그 모습에 관중들의 복잡한 감정이 교차되었다.

황당, 의구심, 궁금증.

이게 대체 무슨 행위인지, 의미를 알지 못하는 사람들 사이에서.

"이놈아, 그것만으로 되겠냐?"

광 노사가 묻고, 광칠이 고개를 저었다.

"당연히 안 되지요."

광칠은 바닥을 쓸어, 깎은 양의 털을 한 움큼 쥐더니.

후드득.

양의 피가 묻은 시뻘건 검 위로 털을 뿌리기 시작했다.

스륵. 스르륵.

나풀대는 양털.

그것이 피와 끈적한 기름때로 번들대는 검 위로 엉키듯 달라붙었다.

"…기막히군."

광휘가 딱 한마디를 했다. 이어질 일을 대충 짐작한 얼굴이었다.

처억.

광칠이 한 손에 검을 수평으로 들고.

스륵.

다른 한 손으로 머리에 매고 있던 두건을 풀었다.

투욱.

광칠의 두건은 그가 든 검 끝에 걸치듯 내려앉았다.

그게 다였다.

딱히 대단한 볼 것은 없었다.

"아무리 날카롭다 해도 저게 되는 거요?"

광휘가 물었다.

"안 될 것 같냐?"

광 노사가 대답했다.

쉬이이잉.

마침 바람이 살짝 불었다.

수많은 관객 사이로 흘러나오는 바람이, 광 노사를 스쳐 지나갔다.

나풀거리는 장련의 비단옷을 지나.

광휘의 긴 머리를 흔들고는.

기어이 광칠의 검 위에 올려져 있던 두건도 움직였다.

그리고.

살랑.

움직였다.

두건이 자연스럽게 바닥에 떨어진 것이다.

그건 긴 천 한 장이 아닌.

반으로 잘려 나간 두 장이었다.

＊　　　＊　　　＊

"헉!"

좌중이 침묵하던 때에 정판금은 헛바람을 삼켰다.

비단 신음만이 아니다.

그는 눈이 튀어나올 정도로 격한 반응을 보이고 있었다.

"야공, 왜 그러는 거요?"

"저게 그렇게 대단한 거요?"

지휘첨사와 지부대인이 살짝 놀란 듯 물었다.

단상 위에 있는 사람 중 오직 그만이 그런 반응을 보인 것이다.

"그것이… 아……."

정판금은 말을 잇지 못하고 있었다.

놀라움을 넘어 경악으로 물든 얼굴.

그는 믿지 못하겠다는 듯 다시 한번 광장 중앙을 바라봤다.

"정판금 말이 맞군."

그리고 그의 대답을 오히려 수훈장군이 대신했다.

"저건 신검(神劍)이야."

"저게요?"

"아니, 양 한 마리 잡는 게 뭐 어렵다고 그럽니까?"

몇 명이 물어오자.

"자네들… 양털을 깎는 칼이 어떤 건지 알고 있나?"

수훈장군은 질문으로 답을 대신했다.

"내 단언하는데, 세상 어떤 칼보다 날카롭게 만드네. 그 이유는 단단할 필요가 없기 때문이지. 하지만 그 날카로운 칼도 짐승의 털을 깎고 나면 날이 둔해진다. 그건 아무리 명검이라도 피해가지 못해."

수훈장군은 광장 중앙을 보고 있었다.

그의 눈 역시 야공의 것처럼 흥분으로 부릅뜨여 있었다.

무인이 명검을 보고 탐내는 것은 지극히 당연한 일.

"전장에서 사람을 베거나 찌르면, 칼날에는 피가 묻고 기름도 묻는다. 그래서 숙련된 병사들은 싸움 중에 칼을 적의 옷에 문질러 닦는 걸 익히지. 덕지덕지 묻는 기름에 날이 둔해지는 걸 막으려고. 그런데 저 검은……."

설명을 이어가던 수훈장군이 고개를 저었다.

이건 원래라면 말도 안 되는 일이었다. 그런데 그게 눈앞에서 일어나니 보고도 믿기 힘들고, 설명하기는 더더욱 어려웠다.

"양의 털을 깎은 검을… 거기에 피와 기름까지 묻혔습니다."

정판금이 다시 말을 이었다.

"거기다 양털까지 칼날에 잔뜩 달라붙게 해놓고 천을 잘랐습죠. 불어오는 바람의 힘만으로. 어……?"

감탄하던 정판금의 시선은 좌중에게 돌아갔다.

웅성웅성.

우— 우—

대회에 모인 관중들은 야유를 보내고 있었다.

시범의 수준이 지나치게 높아, 이해하지 못한 탓이다.

광칠, 유화철방의 야장은, 노골적인 야유에 당황한 듯 머리만 긁적였다.

"뭐, 양민들이야 저게 어떤 건지 알 수가 없지. 모르는 게 당연하고. 어쨌든."

심사장이라 할 수훈장군은 유쾌해졌다.

바람이나 쐬러, 혹은 요양하러 온 항주에서 저런 진주를, 저런 명검을 만드는 대장장이를 볼 거라고는 생각도 못 했으니까.

"유화철방, 그리고 청운철방."

"예?"

수훈장군의 말에 지부대인이 돌아본다.

"둘을 불러라. 진짜가 나왔구나."

장군은 모처럼 눈에 깃든 탐욕을 숨기지 않으며 말했다.

자고로 무인일수록 명검의 가치를 알아보고 탐을 내는 법.

"이 시험. 길게 끌 필요 없지 않은가. 여기서 바로 결판을 내도록 하지."

＊　　　＊　　　＊

"조용히 하라!"

대회를 주관하는 관인의 외침에 수군거림이 잦아들었다.

그는 조용해진 주위를 둘러보고는 다시 입을 열었다.

"청운철방은 이 앞으로 나오라!"

"…어머?"

장련이 고개를 갸웃거렸다. 이미 행사가 한참이나 남아 있는데 갑자기 주관이 바뀐 것이다.

"뭐, 청운철방도 그나마 쓸 만하기는 하지."

광 노사가 뭔지 알겠다는 듯 고개를 끄덕였다. 그의 시선이 곧 단상 위를 향했다.

"뉘신지 모르지만 눈썰미 있는 분이 계시는구먼."

"수훈장군……."

장련이 중얼거렸다.

그녀는 검을 보는 안목은 갖추지 못했다. 하지만 뭐가 어떻게 돌아가는지는 충분히 짐작할 눈치가 있었다.

광 노사는 태연자약했지만, 뒤에 일정이 남은 철방들이 항의를 했다.

"아니, 잠깐만!"

"우리 아직 남았소! 아직 보일 검이 있는데……."

"아, 시끄럽다. 이의 있는 놈은 따로 제출해!"

때마침 단상 위에서 수훈장군이 목청을 돋워 말했다.

"검을 선보일 기회를 원하는 자는 주겠다. 단! 청운철방과 유화철방! 이 두 철방의 검에 견줄 수 있다고 스스로 여기는 자만!"

"……."

"……."

호랑이 같은 수훈장군의 외침에, 순서를 기다리던 철방들의 입이 쑥 들어갔다.

아는 것이다.

철을 만지는 야장이라면.

적어도 조금 전, 그리고 그전에 펼쳐낸 검의 수준이 어느 정도인지 보이는 것이다.

"아니, 우리 철방도……."

"아서, 아서. 자넨 자신 있나? 난 저런 살벌한 판엔 못 끼네."

더러 불평이 남은 철방도 있었지만, 곧 입을 다물었다.

나이 들고 연륜이 깊은 노야장들의 낯빛이 흙빛이니, 눈치가 있는 야장은. 이게 보통 판이 아닌 것을 안 것이다.

"유화철방, 청운철방."

관인들이 일방적으로 남은 철방을 퇴장시켜 버리고, 부름을 받은 두 철방의 노인들이 나섰다.

"예."

"예!"

"들어라. 심사 위원들이 평가한 바로 더는 시험을 진행하지 않기로 했다."

관중들을 향해 관인들이 입을 열었다.

"검의 예기를 겨루는 시험은 이걸로 충분하다. 따라서… 이번 대회는 청운철방과 유화철방이 검을 겨뤄 진검을 가리는 것으로 끝을 내린다."

웅성웅성.

"이게 뭐야?"

"어떻게 되어가는 거야?"

"쉿, 몰라. 일단 보기나 하세."

대회가 갑자기 막판으로 치닫자, 관중들은 당황했다. 그래도 일단 벌어지는 판을 보는 쪽으로 몰려갔다.

"시험 방식은 하나."

터억.

수훈장군이 한 발 앞으로 나오며, 정판금을 흘깃 바라보고는 말을 이었다.

"서로 검을 겨뤄보는 것으로 한다. 이기는 자가 이 대회의 장원이다."

"……."

좌중은 말이 없었다.

청운철방도, 유화철방도 같았다.

"저……."

광칠이 뭔가 우물거리며 입을 열려던 순간.

"단, 청운철방 쪽 무공이 뛰어난 바. 오로지 삼재검법만으로 평가한다. 그럼 무위를 보일 대상은 앞으로 나오도록."

수훈장군이 말을 마무리 지었다.

*   *   *

삼재검법.

세로로 내려치기, 가로로 베기, 그리고 찌르기.

모든 검법의 기본 중의 기본으로, 대회에 참여한 일반 양민들도 귀동냥 정도는 다 해본, 평범한 초식들이었다.

청운철방은 당연히 화객이 나섰다.

화객의 동생인 양희(陽熙).

아버지인 도옥(道鈺)은 밝은 얼굴로 그를 바라보았다.

그들에겐 한 치의 의심도 없어 보였다.

반면 유화철방은.

"나?"

광휘가 자신을 가리키며 되물었다.

"네, 당연하잖아요?"

장련이 고개를 끄덕이고, 광휘는 이제 광 노사를 돌아보았다.

"당연히 너밖에 더 있겠냐? 이 늙은이가 나가리?"

"……."

광휘의 미간이 심히 찌푸려졌다.

그러거나 말거나, 광 노사는 볼만한 구경거리를 잡은 사람처럼 히죽 웃으며 손을 비벼댔다.

"나는 저쪽에 앉아서 재밌는 구경이나 해야겠다."

"아니, 삼재검법 정도는 당신 아드님도 알지 않소. 왜 내가……."

"그림이 안 살아. 그림이."

광 노사가 먼저 청운철방에서 나서는 화객, 화려 무쌍한 비단을 두른, 훤칠한 젊은 남자를 가리키고.

"비교가 되겠냐?"

다음으로는 자신의 아들 광철을 가리켰다.

"……."

차마 그렇군, 하는 소리를 못 하는 광휘에게.

"형님, 우리 가문 좀 살려주시오!"

덥석!

광철이 바짓가랑이를 붙잡았다.

"…이보시오."

"아버지께 들었습니다. 매우 전설적인 무인이라고."

"전설은 무슨 얼어 죽을……."

"아버지 말씀이 맞습니다! 검은 둘째 치고, 제가 나서면 모양이 안 삽니다! 시작부터 지고 들어가는 거라고요! 제발! 저 좀 살려주십쇼!"

광철은 이제 맹렬하게 매달렸다. 거절의 말이 나올까 봐 무섭다는 얼굴이었다.

"……."

황당한 얼굴로 그를 내려다보는 광휘.

한 명은 무릎을 꿇고.

한 명은 저편에서 돗자리를 펴고.

또 다른 한 명은 소매를 가리고 웃고 있는 모습이 눈에 들어왔다.

"아, 정말이지……."

광칠을 내려다보던 광휘는.

결국, 자포자기한 얼굴로 고개를 저었다.

"이 대회 너무⋯ 싫다."

＊　　＊　　＊

투욱. 투욱.

결국 유화철방의 대표로 뽑힌 광휘가 앞서 걸어 나오자.

"장군, 허락하신다면 강호의 미천한 야인이 한 가지 드릴 말씀이 있습니다."

터억.

청운철방에서 화객이 기다렸다는 듯 읍을 해 보였다.

"해봐라."

수훈장군이 답하자 그는 기다렸다는 듯 말을 쏟아냈다.

"수훈장군, 장군께서 실리를 우선하시는 분임은 알고 있습니다. 또한 애초에 뛰어난 검을 고르는 경합임도 알고 있습니다. 한데 이대로라면 여기 모인 관중들이 많이 아쉬워할 것 같습니다."

"…그게 무슨 소리인가?"

"항주 철방 대회. 이 대회는 이제 수많은 사람이 모인, 항주의 축제입니다. 본래 예정했던 시험이 이렇게 당겨져서 끝나 버리면, 멀리서 이 축제를 보러 온 사람들의 고생이 헛것이 됩니다. 하니, 장군께서 살펴주신다면 제가 흥취를 돋우기 위해 한번 연무를 펼쳐 보일까 합니다만."

"……."

수훈장군의 눈살이 찌푸려졌다.

그가 막 관중들 쪽으로 고개를 돌린 순간.

"보고 싶습니다!"

"저희도 찬성입니다."

"이걸 보러 사천에서 왔습니다!"

"화객의 무위라니!"

웅성대는 관중들. 삽시간에 거품 끓듯 달아오르는 분위기에 수훈장군은 쓴웃음을 지었다.

'이런 광대 같은 녀석.'

청운철방은 검만이 아니라 무사까지 갖추고 있다.

그들은 자신들이 가진 패를 십분 활용해서 볼거리라는, 또하나의 가치를 드러내 보이려는 심산인 것이다.

"흠, 유화철방은 어떻게 생각하는가?"

수훈장군은 그것도 나쁘지 않다고 생각했다.

하지만 당사자가 싫다고 하면 어쩌나 싶어 일단 물어보자.

"하지요."

"……"

유화철방의 사내는 별것 아니라는 투로 말을 받았다.

수훈장군의 미간이 좁혀졌다.

'이놈은 뭐야?'

화객, 칠객 중의 하나라는 이름은 군부 사이에서도 모르는 자가 없을 정도다.

그런데 이 멀쩡하게 생긴 남자는 대단치도 않다는 듯이, 혹은 귀찮으니까 빨리 끝내자는 식으로 짧게 대답한 것이다.

"…좋다. 어떤 것이든 좋으니 자신이 할 수 있는 장기를 발휘해 보여라."

수훈장군은 고개를 끄덕였다.

당연히 반대할 줄 알았던 유화철방의 반응에 흥미가 돋았다. 그리고.

"기왕 이렇게 된 김에, 관중들을 확실히 만족시켜라."

'그리고 나도.'

수훈장군이 속으로 말을 삼키며 물러나자.

화객이 검을 들었다.

"그럼 저부터 하겠습니다."

* * *

스으윽.

화객이 느릿한 동작으로 검을 들어 올렸다.

그리고 멈췄다.

마치 관중들이 집중하기를 기다리듯이.

휘이이잉.

수북이 쌓여 있던 양털이 주위에 흩날렸다.

그중 몇 개가 함박눈처럼 피어올라 화객의 앞을 둥실 떠갈 때.

패애애액.

드디어 화객의 검이 허공을 그었다.

연무가 시작되었다.

화객의 검무를 지켜보던 광휘의 눈에 이채가 서렸다.

'저 무공은……'

어디서 본 적이 있는 움직임이다.

다만 그게 무언지 바로 떠오르지는 않았다.

꽤 오래전에 보았던, 너무도 흔한 검술이기 때문이다.

쉬이익! 쉬익!

보통의 검술은 화려함과 강직함, 절도 아래에서 움직인다.

하지만 화객은 검을 매우 실용적으로 다루고 있었다. 그는 흡사 전장의 장수처럼 검을 휘둘러 댔다.

쇄애액!

재차 화객의 검이 허공을 긋고.

휙! 휙!

가슴 아래, 다시 상체, 그리고 가슴으로 검을 찌를 때.

흐릿하던 광휘의 기억에 하나의 문파가 스쳐 지나갔다.

'칠지심검(七枝心劍)!'

천중단 시절 본, 말수가 적었던 인물.

무공을 평가하는 등급 심사에서조차, 매우 간단하고 기본적인 초식만 구사했던 자.

그때 그가 지금의 화객처럼 정석의 검로를 사용했다.

'형산파였던가⋯⋯.'

정도의 기본 중의 기본.

한때 구파일방에도 속해 있었던 정도 문파.

화객의 검술은 그와 같은 뿌리였다.

"합!"

화객의 힘찬 외침과 함께.

즈으윽!

그의 검 끝에서 맹렬한 기세가 뿜어져 나왔다.

"검기다."

"와! 드디어 나왔다!"

숨죽이던 관중들은 환호했다.

주점에서 매화자(이야기꾼)에게나 들었던 내기 발현. 그걸 직접 눈으로, 그것도 오늘 들어 두 번이나 보는 신기한 체험이었다.

"호황이군. 아주 성황리에 마치겠어."

수훈장군이 한마디 하고, 그 덕에 지부대인은 찔끔 목을 움츠렸다.

좋은 건지 나쁜 건지 모를, 미묘한 의미가 느껴진 탓이다.

"저, 장군. 무슨 말씀인지 여쭈어도⋯⋯."

이걸 물어야 하나, 말아야 하나, 망설이던 그는 결국 묻기로 했다.

"뭔 말은 뭔 말이야. 말 그대로지."

그러나 장군의 말은 여전했다.

"가관이군. 정말 볼만해. 이런 가관을 어디서 보겠나."

"……"

지부대인은 필사적으로 무표정을 유지하려 애썼다.

'아니, 대체!'

가관이라는 말은, 보통 악평이다. 그런데 그와 거의 같은 말인 볼만하다는 말은 호평이다. 이 둘을 함께 붙여 버리니 어느 쪽인지 알 수가 있나.

지이이잉—!

화객은 한참이나 검에 내력을 주입한 채로 가만히 있었다.

앞서서 휘두르던 동작 끝에, 지금은 검으로 누군가를 대놓고 지적하는 모양이다.

"……"

"……"

우연일까. 그 방향에는 광휘가 있었다. 서로 미묘하게 시선을 마주 보며 잠시 시간을 나누다.

툭.

화객이 자리에서 크게 도약해서 검을 세차게 휘둘렀다.

쩌정! 쩡!

삽시간에 흙이 튀고 먼지가 일었다.

구름처럼 피어오르는 먼지 속에서 관중들의 시선이 바닥으로 쏠렸다.

"…저건 뭐야?"

"글자 같은데?"

척 봐도 검기로 땅에 뭔가 글귀를 써놓은 것 같았기 때문이다.

"육(六)인가?"

"미(米) 같은데?"

휘이이잉.

바람이 불었다. 피어오른 먼지가 잦아들고, 예의 글자가 모습을 드러냈다.

"광(光)이야……."

사람들 중 누군가가 그 글자를 정확히 읽었다.

*　　　*　　　*

"저게 뭐야? 자기 검이 빛난다는 건가?"

"어, 검기가 화려하다는 거 아닐까?"

웅성웅성. 웅성웅성.

"……."

사람들의 소란 속에 광휘는 눈살을 찌푸렸다.

화객, 바닥에 글자를 써놓은 그는 오롯이 광휘에게 턱짓을 해 보였다.

"후우……."

광휘는 한숨이 나왔다. 상대가 왜 저런 식으로 나오는지 대강 짐작은 갔다.

이건 아마도 도전일 터.

조금 전, 자신들이 나눈 대화가 너무 노골적이었던 걸까. 아니면 철방 대회를 열 때부터 장씨세가의 개입으로 보고 자신이 뒤에 있으리라 예상했던 걸까.

뭐, 아무래도 좋았다. 원래 사실이 어떻든, 그런 게 중요한 건 아니었다.

'…귀찮은 놈이 붙어버렸군.'

그에겐 이런 대회를 빨리 끝내고 싶은 마음뿐이니까.

자박자박.

"이놈아, 화려한 거 해! 화려한 거!"

광휘가 앞으로 걸어가자 광 노사가 소리쳤다.

턱!

광휘는 간단하게 '웃기지 말라'는 표시를 해 보이고는 시험대 앞으로 걸어갔다.

대나무를 향해.

화객에게 대놓고 등을 보이고.

"……"

스윽.

그가 신경 쓰는 건 단 하나. 광칠에게 받아 허리춤에 메어 둔 검이다.

"후우……."

한숨이 나왔다.

어쩌다가 이런 놀음까지 하게 되었을까.

저 멀리서, 악의는 없지만 무사를 광대처럼 보는 관중들의 시선이 하나둘씩 모여들었다. 불편하다.

"크크……."

그런데, 어이없게도 이 와중에 웃음이 났다.

그와 함께 떠오르는 예전의 대화.

"그래. 어떻게 극복한 건가?"

"극복하지 못했소."

"그래?"

"하지만 다른 걸 얻었소. 그저 다른 것으로 채우고, 살아가고, 그리고… 사랑하는 것. 그런 거였소."

차악.

몇 달 동안 검을 놓고 살아서 그런가. 반갑다.

손에 잡히는 감촉이 너무나 살갑다. 예전에는 이렇지 않았다. 편안하면서도 왠지 모를 두려움이 있었다.

항상 죽거나, 혹은 죽이거나 하는 삶이었으니까.

"화려한 거라……."

그런데 이젠 이런 걸로 고민해야 한다. 좋은 일인지 나쁜 일인지 기분이 묘했다.

'화려하다라.'

잠시 고민을 해봤지만 선뜻 떠오르는 것이 없었다. 애초에 자신은 검기, 그러니까 내기 발현에 중심을 두는 것이 아닌, 치고 받는 실전적인 무예를 기반으로 한다. 그러면.

"또 신세를 지게 생겼군."

스으윽.

광휘가 검 받침대에 엄지를 슬쩍 올렸다.

그는 들릴 듯 말 듯, 혼자만 알 수 있는 작은 목소리로 짧게 내뱉었다.

"그렇지, 백중건?"

단류십오검.

순간을 찰나로 바꾸고 그 찰나마저 베어내는 극도의 쾌검이라면, 화려하고도 넘칠 터였다.

*　　*　　*

광휘 앞에 놓인 대나무 세 그루.

앞선 화객의 검기로 인해 그중 삼분지 일이 잘려 나간 모습을 드러내 놓고 있었다.

"뭘 하려는 거지?"

"그냥 베려는 것 같은데?"

사람들의 웅성이는 소리만 들린다.

단상 위에서도 그다지 별다른 기대를 하는 눈치는 아니었다.

그도 그럴 것이 검기란 것은 단순해 보여도 그만큼 희귀한 것이기에.

이제 나오는 기예가 아무리 볼품없다 해도, 이미 앞서 본 것만으로도 충분하다 싶었기에.

"어… 한다!"

처억.

광휘가 검을 들자, 관중 속 한 사내가 외쳤다.

쉬이익!

그리고 모두가 보았다. 신기루같이 퍼지는 실선과 함께.

콱.

칼을 넣고 돌아서는 광휘의 뒷모습을.

"……."

한순간 정적이 흘렀다.

방금 무슨 상황이 일어난 건지 좇는 수많은 눈동자.

그런 집요한 시선 속에서 광휘의 동선 가운데 변화가 일어났다.

스르르르륵. 투둑.

대나무가 힘없이 주저앉았다.

몇 개는 그냥 쓰러지고, 몇 개는 허공에서 산산조각이 나 바닥에 널브러졌다.

"방금 뭔가 검이 움직인 것 같은데……?"

"엄청나게 빨라서 보이지도 않았어."

"혹시 저 무사도 화객만큼 뛰어난 게 아닐까?"

관중들이 서로 웅성거리며 의견을 교환했다.

"……!"

그저 유일하게, 화객만이 부릅뜬 눈으로 광휘를 노려보았다.

툭툭.

"이자부터 꺾고 와라."

바닥을 검으로 두드리듯 내려친 광휘가 말했다.

"너보다 몇 수는 위니까."

스윽.

돌아선 광휘 뒤에서 대나무는 마침, 하나의 글자를 만들어내고 있었다.

바로 묵(墨)이었다.

＊　　　＊　　　＊

해가 중천에 뜬 정오 시각.

장씨세가 서재 중 한 곳에는 한 사내가 책상에 엎어져 있었다. 묵객이었다.

"음냐음냐……."

지이익.

침을 흠뻑 먹은 책장이 얼굴에 달라붙어 늘어진다.

끼이익.

슬며시 열린 장지문 밖에는 장한 두 명이 한심하다는 얼굴을 하고 있었다.

"명색이 칠객이란 놈이……."

"아니, 이거 우리가 알던 칠객은 확실히 아닌 것 같은데……?"

방호와 염악이 이리저리 말을 주고받았다.

묵객이 베고 있는 책은 서희가 건네준 거였다.

오늘 아침.

마침 서희가 장씨세가에서 교역할 사람이 부족하다고 하니 상회를 알아봐 달라고 했다.

그런데 묵객은 '이 똑똑한 사람을 시키시오!'라고 모두가 있는 데서 큰소리를 쳤다.

그래놓고 몇 시간도 안 되어 이렇게 널브러져 있는 것이.

"몇 시간째냐?"

"한 두 시진?"

"어이구, 하오문 그 소저, 성깔이 보통이 아니던데."

분명히 본인은 머리가 총명하여 하루에 몇 권의 책은 다 암기한다 떠벌렸다.

그런데도 저렇게 퍼질러 자는 게 더욱 기가 찼다. 이럴 거면 차라리 말을 말든가.

"우어그으… 귀가……."

후비적. 후비적.

자던 중에 묵객이 귀를 후벼댔다. 몇 번이고.

"…저놈 뭐라는 겁니까?"

"그게……."

투욱.

"여기에 왜 모여 있느냐?"

그때 그들의 어깨를 잡는 자가 있었다.

언제나 눈을 감고 돌아다니는 구문중이었다.

"한심해서요."

"음?"

"아니, 오늘 아침에 나온 교역 건으로 자진해서 묵객이 나서지 않았습니까? 그런데 와보니 저렇게 잠만 퍼질러 자고 있더라고요."

방호가 웃으면서 말했다.

"피곤하면 잘 수도 있지."

구문중은 어깨를 툭툭 치며 말했다.

"아니, 그럼 본인이 나서지 말았어야죠."

그러자 염악이 반박했다.

"이번에 북방에서 지급할 물품은 제때 안 맞추면 안 되는 중요한 거랬지 않았습니까? 일은 하다 말고, 저렇게 퍼질러 자면 시간이 없는데……."

"흠."

구문중은 잠시 고개를 끄덕였다. 그리고 고개를 저었다.

"사람이 모자란다고 흉을 보지 마라. 그건 그 사람에게도, 너에게도 군자의 도를 멀리하는 일이다."

그래도 구문중은 엄숙하게 얘기했다.

"음냐음냐……."

그리고 그렇게 돌아서려 하는데.

"내, 너를 꺾고 천하제일이 된다… 이 묵객이… 천하제일……."

묵객의 잠꼬대가 그의 발길을 붙잡았다.

"……."

"……."

"……."

자연스럽게 이어지는 침묵.

그리고 교차하는 시선.

"확실히……."

결국 구문중이 입을 뗐다.

"이건, 내가 알던 칠객은 아니군."

"그렇지요, 성님?"

"허허허."

다 함께 고개를 절레절레 젓게 만드는 광경이었다.

＊　　　＊　　　＊

"그럼 시험을 시작한다!"

"오오오!"

"와아아!"

들끓는 관중들.

그리고 서로를 보며 나란히 선 화객과 광휘였다.

"무슨 의미지?"

화객이 먼저 눈살을 찌푸리며 물었다.

"보다시피."

광휘는 대수롭지 않게 말했다.

"정확히 말하시지. 그게 무슨……."

"됐으니, 먼저 유화철방부터."

진행하는 관인의 말에 광휘는 더는 대답하지 않았다.

스윽.

그저 검을 들어 올렸다.

"흠."

스윽.

화객 역시 검을 들어 수평으로 세웠다.

그리고 움직이는 광휘의 검.

쩌어어엉!

"컥!"

화객이 튕겨 나가 엎어지듯 땅을 짚었다.

분명 느릿한 검이었는데, 받는 순간 엄청난 거력(巨力)이 느껴진 것이다.

"뭐 하나?"

광휘가 오연하게 물었다.

"이익."

화객은 급히 자세를 잡고 이번엔 검을 세웠다.

캉!

"커억."

부딪치자마자 그가 몸이 날아갔다.

그리고 한 바퀴 뒹굴고는 고개를 들었다.

"거참."

광휘는 절레절레 고개를 저으며 다시 검을 들었다.

"찌르기!"

관인의 목소리와 함께, 화객은 엄청난 살기를 느꼈다.

자신을 향해 달려오는 광휘는, 강호의 입담 그대로 노도 같은 검의 폭풍이었다.

"으아아아!"

화객은 기경팔맥을 모두 활짝 열며, 검에 온 내기를 실었다.

그런데.

쩌어엉!

강렬한 폭음과 함께 그의 몸이 뒤로 튕겨 나갔다.

"커억, 쿨럭!"

화객은 눈이 찢어질 듯 부릅떠졌다.

'이게 뭐야……'

분명 온 내기를 발산해서 검막을 구성했는데.

튕겨내기는커녕 오히려 반탄되어 자신이 공격당한 것이다.

치링. 팅.

"끝난 것 같소."

미묘한 금속음과 함께 광휘가 뒤돌아섰다.

관인은 스윽 광휘를 보고, 그리고 화객을 본 후.

"유화철방! 승!"

즉각 선언했다.

댕그랑댕그랑.

"……."

화객은 그제야 알아차렸다.

자신의 검이 뚝 부러져 반토막이 되고, 나머지는 땅을 구르고 있는 것을.

第十二章

황보세가

〈장원〉
유화철방

〈차석〉
청운철방

대회는 마무리되었다.

광칠이 유화철방 대표로 나서서 최고 대장장이 명패를 수상했고 다음은 청운철방이었다.

뒤이어 선정된 철방 몇 곳이 올라왔지만, 사람들의 관심은 적었다.

그만큼 유화철방과 청운철방이 보인 병기가 압도적이었다.

"저 형장, 인기가 장난이 아닌데요?"

광칠은 북적이는 사람들을 가리키며 놀라워했다.

대회가 끝나자마자 내려온 관중들 대부분이 청운철방 쪽으로 몰려든 것이다.

"원체 유명한 분이시잖아요."

장련은 당연하다는 듯 웃어 보였다.

당금 무림의 칠객은 강호 무사들의 선망의 대상이다.

힘없고 어려운 약자를 돕는, 고전적인 미담이 끊이질 않기 때문이다.

"특히나 청운철방이 주선한 화객은… 말주변이 좋고, 상대의 신분을 가리지 않고 예의를 갖추니까요."

"하하! 하하하! 별말씀을!"

장련이 그를 가리킨 가운데, 화객은 꾸밈없는 웃음으로 상대의 말을 받고 있었다.

"어, 검이 부러졌는데도요?"

광칠이 물었다.

이상하게도 사람들은 이긴 광휘보다, 진 화객에게 오히려 더 호응을 해주고 있었다.

"약간의 흠이야 별것 아닐 수 있죠. 오히려 사람들은 너무 높고 고고한 사람보단, 졌지만 잘 싸우는 모습을 보이는 걸, 더 가깝게 느낄 수 있답니다."

"으음… 잘 모르겠는데요."

"잘 모르실 거예요, 아마."

장련은 피식 웃었다.

사실 그녀는 이런 반응을 예상했다.

대회를 우승해도 관심은 청운철방이 받게 되리란 것을.

어차피 관중들은 어느 철방의 검이 최고인 게 중요하지 않은 자들이다.

저런 명검은 자신들이 만져볼 일이 없다고 여길 테니까.

"사람들은 광대를 좋아하는 법이지."

광휘 역시 한마디를 거들었다.

"아니, 그럼 우리는……."

그 말에 괜히 광칠의 어깨가 축 처졌다.

"이놈아, 뭘 그리 실망한 표정을 짓고 있어! 어차피 우리 철방에 올 사람들도 아닌데!"

그리고 광 노사가 대뜸 버럭 했다.

그는 눈을 치켜뜨고 주위를 주욱 훑었다.

"제대로 된 검 하나 만드는 데도 며칠은 걸린다! 그런데 무지렁이들이 쓸 칼을 만들어 뭐 해? 그딴 건 저놈들에게 넘겨."

광 노사가 가리킨 쪽으로 광칠의 눈이 향했다.

웅성웅성. 와글와글.

대회장 한쪽에는, 청운철방의 표식을 단 중장년인 십여 명이 서 있었다.

그들은 여기저기 몰려드는 사람들과 인사를 나누고, 그리고 뭔가 의미심장한 표정으로 서로 말을 나누고 있었다.

"…저자들이 다 청운철방입니까?"

"그래, 아마 점포 몇 군데가 합친 걸 거다. 저놈들 숫자를 보면 뻔하지."

천하철방의 퇴출 이후로 수없이 이합집산을 거듭한 철방들.

그들이 데리고 있는 수많은 야장들.

합쳐보면 저 수가 되고도 남았다.

장련은 광칠이 이해하기 쉽게 한 번 더 정리해 주었다.

"광 노사님의 말이 맞아요. 이 대회를 열게 된 가장 큰 이유는 군에 병기를 대납할 수 있는 철방을 찾는 거였어요. 그에 반해 능력이야 어쨌든 유화철방은 아주 작은 철방이죠."

"어, 음."

"항주성의 병사는 대략 5만에 달해요. 그들이 쓰는 수많은 병기를 맞춰줄 만큼, 유화철방이 규모가 크진 않잖아요."

"아, 그건 그렇습니다. 정말."

광칠은 고개를 내저었다.

그래도 뭔가 아쉬운지 청운철방에 모인 사람들을 곁눈질하며 입을 열었다.

"그럼 우리는 또 예전으로 돌아가는 겁니까?"

"그럴 리가요. 유화철방은 그에 걸맞은 분들이 찾아오실 텐데요."

장련은 단상 위로 눈짓을 했다.

광칠이 그쪽을 보자, 몇 명의 고관대작들이 집요하게 자신들을 내려다보고 있는 것이 눈에 잡혔다.

"적게 만들지만, 한 자루, 한 자루가 수천, 수만 냥의 가치를 점하는, 그런 소수 정예의 품목으로 승부하게 되겠죠. 높으신 고관대작들을 상대로."

"아!"

그제야 광칠의 얼굴에 화색이 돌았다.

그리고 감격스러운 표정으로 광 노사를 바라보며 소리쳤다.

"아버지. 그, 그럼 우린 이제 부자가 되는 겁니까!"

"아주 지랄은. 부자는 무슨 부자! 제대로 못 만들면 다 부술 줄 알아!"

"아, 그건 당연하지요! 하하하! 암, 그럼요!"

광칠은 두 손을 번쩍 들고 세상 떠나갈 듯 웃어댔다.

그러고는 뭐가 즐거운지 폴짝폴짝 뛰며 춤추듯 몸을 움직였다.

"에이구, 속없는 놈."

핀잔과는 달리 광 노사의 얼굴은 불편한 표정이 아니었다.

오히려 눈시울이 조금 촉촉이 젖어 있는 것이 말 못 할 감정이 교차하는 듯했다.

"그런데 광 노사."

"뭐?"

광휘가 묻자, 광 노사가 급히 냉정함을 되찾았다.

"이곳에 올 때… 검을 두 자루 가지고 오지 않았소."

"그랬지."

"하나는 시험에 쓰는 거였지 않소. 그럼 남은 하나는 무엇에 쓸 생각이었소?"

"아, 그거?"

광 노사는 광칠의 어깨춤에 메어진 검을 바라보며 피식 웃었다.

"네놈 거야."

"뭐요?"

"네 것이라고. 네 새 검."

광휘가 의아한 듯 고개를 갸웃거렸다.

"내 것은 못 만든다고 하지 않았소."

"그랬지."

"한데?"

"내가 못 만든다고 했지, 아무도 못 만든다고 했냐?"

"…또 무슨 말장난을 할 셈이요?"

광휘가 표정을 구기자, 광 노사는 휙 턱짓으로 한쪽을 가리켰다.

"저놈이 만든 거야."

그 끝에는 여전히 폴짝폴짝 세상모르고 날뛰는 광칠이 있었다.

"무슨 농담을……."

"못 알아듣냐? 저놈이 직접 만들었다고. 운철을 섞어서."

"허……."

광휘가 당황한 표정으로 광칠을 보고, 다시 광 노사를 바라보았다.

"걱정 마. 잘 만들었으니까."

광 노사는 까닥, 고개를 흔들어 보였다.

"실력은 있는 놈이야. 혼자서 백의 용선을 잡았거든."

"백의 용선?"

순수한 운철을 검으로 변화시킬 수 있는 최고점의 온도.

광 노사의 말에 광휘가 되물었다.

"말이 안 되는데… 광 노사, 예전에 백의 용선은 타고난 대장장이가 아니면 잡아낼 수 없다고 하지 않았소?"

"그랬다. 그래서 뭐? 그냥 타고났나 보지."

툴툴거리며 광 노사는 몸을 돌렸다.

"왜 계속 물어. 귀찮게."

그러는 뒷모습이 벌겋게 달아올라 있었다.

뭐라고 말을 붙이려던 광휘가 천천히 입을 닫았다.

실룩.

자신도 모르게 입꼬리가 올라갔다.

"노사께서 기분이 좋으신가 봐요."

장련의 말에 광휘는 멀어져 가는 광 노사를 다시 바라보았다.

"그런가 보오."

그는 철저하게 장인으로 살아온 자다.

천중단이 치르던 치열한 싸움.

전쟁터에서 피를 마시던 수많은 병기를 제공했다.

대접을 받고자 하면 진작에 받을 수 있던 사람이었다. 이제껏 그 모든 영예를 거절한 것은 그의 성품 탓이다.

그런 그가 수많은 사람의 주목을 받는 대회까지 참석한 것은.

오로지 아들 광칠 때문이었다.

"형장!"

"……?"

그때 장련과 광휘의 시선이 옆으로 돌아갔다.

갑자기 사람들 속에서 불쑥 나타난 화객이 말을 건 것이다.

"묵객이란 자는 정말로 그리 강한 거요?"

"……."

"정말 그놈을 쓰러뜨리면 나와 붙어주는 거요?"

그는 잔뜩 인상을 쓰고 있었다.

그 모습에 장련은 뭐라 말하지 못하고 눈을 굴렸고.

광휘는 슬쩍 발을 뺐다.

말을 섞으면 또 귀찮아질 수 있었기에.

＊　　　＊　　　＊

동이 틀 무렵.

광휘는 난간을 짚은 채 강을 바라보고 있었다.

졸졸졸.

강물은 협소한 공간을 느린 듯 빠른 듯 도도하게 흘렀다.

그 위로 집집마다 내건 불빛이 주변의 풍경을 비추고 있었다.

다만 시간이 시간인지라 이동하는 사람들은 보이지 않았다.

스르릉.

광휘는 어제 받아 든 검을 슬쩍 열어보았다.

은은한 빛깔이 유독 눈에 띈다.

검 끝이 살짝 휘어져 있었지만, 과거 괴구검처럼 가파르게 휜 것은 아니었다.

"빈말은 아니군."

광휘는 감탄했다.

확실히 보통 검과는 결 자체가 다르다.

일반적인 대장장이들이 만드는 검과 달리, 양쪽 칼날이 모두 각각의 색을 띠고 있었다.

아마도 무른 철과 강도가 높은 철, 거기다 운철을 섞어 넣은 것으로 보였다.

그렇게 두드려 만든 검은, 당연하게도 칼날의 곡선, 단면의 균질성, 그리고 탄성까지 모두 최상급일 터.

"여긴 왜 나와 있나?"

검을 검집에 넣고 그것을 허리춤에 멜 때였다.

광 노사가 말을 걸어왔다.

"좀 더 주무시지 그러셨소."

"네가 이 나이 돼 봐. 아침잠이 있나."

쨋쩍. 쨋쩍.

그러고 보니 아침도 오지 않았는데 새들이 요란하게 지저귀고 있었다.

투욱.

광휘 옆으로 다가온 그는 자연스럽게 옆 난간을 짚었다.

"칼은 맘에 드나?"

"…나쁘지 않소."

"싱겁기는."

광 노사는 피식 웃어 보였다.

그리고 광휘가 바라보는 수상 가옥 쪽으로 시선을 돌렸다.

왠지 낯이 익은 광경이다.

그와 처음 만나 대화를 나눌 때와 같은 시각은 아니었지만.

장소는 비슷했다.

"신세를 졌어."

"……."

광휘의 시선이 흘깃 돌아왔다.

"자네가 아니었으면 계속 묻혀서 썩었을 거야. 지난 세월만 한탄하면서."

광 노사는 잠시 고개를 들어 강을 바라보았다.

"항상 말썽만 부렸지. 고집이라는 걸 알면서도 바꾸질 못했어. 그런데 네가 우리 자식들이라고 한 대목에서 이놈의 심장이 다시 뛰더란 말일세."

"……."

광 노사는 할 말이 많은 듯 보였다.

사실 그는 말이 많은 성격은 아니다.

그저 조용히. 불만 있으면 술을 마시고 흥이 오르면 망치를 잡는 사람이었다.

이번 대회를 치르는 동안 그는 끊임없이 투덜댔지만, 실상 많은 것을 느낀 듯했다.

"신세는 무슨."

광휘 역시 만감이 교차했다.

하지만 그런 감정을 대수롭지 않게 말했다.

마치 광 노사처럼.

"딱히 내가 뭘 한 게 아니오. 당신이 변한 거지."

그리고 잠시 하늘을 보았다.

광 노사는 클클 웃으며 고개를 저었다.

"말이나 못 하면."

그는 광휘와 함께 강물이 아래로 흘러가는 것을 한참 동안 보고 있었다.

그렇게 그들은 다시 말을 잇지 않았다.

툭.

"받아."

광 노사가 주머니 하나를 던졌다.

반사적으로 받아 든 광휘의 시선이 다시 돌아왔다.

"예물이라는 것, 별거 아니야. 내 나이 되도록 살아보면, 그건 그냥 돈지랄일 뿐이지."

"……"

"그런데 그 별것 아닌 것에도 당사자가 어떤 의미를 부여하느냐에 따라 가치가 생겨나지. 단돈 한 냥짜리 반지라도 사람의 마음이 담긴다면… 수백 개의 금괴보다 더 가치 있는 것이니까."

광 노사의 말을 들으며 광휘는 주머니를 열어보고, 그리고 닫았다.

꾸욱.

반지가 든 주머니에는 광 노사의 걸걸한 성격으로는 전혀 연상되지 않는, 꽃 한 송이가 예쁘게 자리하고 있었다.

　"자네에겐 검이란 인생이었어. 그 검의 파편 한 조각을 건넨다는 건, 실로 엄청난 의미지."

　"광 노사……."

　"좋아할 거야. 분명 좋아할 거라고. 현명한 여인이니까. 네놈에게는 과분할 만큼."

　광 노사의 한 소리에 광휘는 어깨만 으쓱해 보였다.

　"신세를 졌소."

　"퍽이나. 네놈이 더 큰 걸 줘놓고는. 그럼."

　터억.

　그는 마지막으로 광휘의 어깨를 한번 짚었다.

　"난 그만 간다. 네 친구, 바쁜 몸이라 오래 기다리게 하면 안되지."

　휘적휘적.

　그러고는 떠나갔다.

　미묘하고 복잡한 얼굴을 하는 광휘에게 오랜 친구가 말했다.

　"광 노사 아닌가. 저렇게 밝아 보이는 얼굴은 처음이군."

　무림맹주, 단리형이었다.

　"언제 왔나?"

　"방금."

　"거짓말도 잘하는군."

　"후후……."

단리형은 계속 지켜봐 왔을 것이다.

혹여나 자신이 나서질 않았다면 그가 직접 이곳에 왔을 테니.

"뭐… 어쨌든 다들 모였네. 다만 몇 개 문파는 빠졌어."

"비급을 받은 문파겠지?"

"그래."

광휘는 강으로 시선을 돌렸다.

그런 그를 잠시 기다려 준 단리형이 물었다.

"갈까?"

"그래."

광휘는 끄덕였다.

마지막 해야 할 일이.

매듭을 지어야 할 일이 남았다.

아직 살아남은 천중단원들의 거취 문제였다.

*　　　*　　　*

구파일방, 그리고 오대세가를 항주에 모은 것은 맹주의 생각이었다.

천하소항이라는 말에서 나오듯, 항주는 소주와 더불어 천하제일의 유람지다.

풍경 좋은 곳에서 한잔 술과 더불어 대화하다 보면, 어려운 문제도 호기롭게 받아들일 수 있지 않겠냐는 바였는데.

다행히 딱히 반대하는 사람들이 없었다.

더욱이 최근 철방 대회까지 열린 터라, 병기에 관심이 있는 문파의 검객들이 많아 회동을 열 수 있었다.

"…해서 일단 여섯 문파만 온 거네."

정오가 될 무렵 한 반점을 나서며 맹주가 말했다.

무림 대회라 해도 항상 구파일방의 모든 문파가 참석하지는 않는다.

각자 개개의 사정이 있기에, 원했어도 시간과 거리의 문제로 참석 못 하는 경우가 생기는 것이다.

"해남과 청성은 그렇다 해도… 아미는?"

광휘가 눈을 가늘게 뜨며 물었다.

"아미파는 워낙에 고립주의이지 않나."

단리형이 고개를 저었다.

"그들은 원래 문파 간의 분쟁을 다루거나 세상의 일에 관여하는 걸 좋아하지 않지. 아피마 장문인이 나보고 알아서 하고, 정해지면 알려 달라 하더군."

"…다행이군."

아미파는 대부분 비구니.

여승들이 주력이며, 그런 만큼 대개 심산에 틀어박혀 도 닦는 것을 우선한다.

근원부터가 세속에 휩쓸리기 싫어하는 문파다.

생각해 보면 저 천중단 시절에도 아미파 문도는 고작 두 명 정도였다.

맹주는 다시 말했다.

"그리고 오대세가 중에서는… 사천당문과 팽가, 남궁세가가 오지 않았네."

"음?"

광휘는 말을 듣고 갸웃했다.

당문이야 그렇다 쳐도, 팽가는 도문, 남궁세가는 검문이다.

철방 대회 때문에 좋은 병기를 보러 온 사람이 있을 텐데, 자리에 오지 않았다는 게 의아한 것이다.

"하북팽가와 사천당문은 이미 자네와 적지 않은 일을 겪었지. 그러니 자네에게 힘을 실어주겠다고 하더군."

"…생각보다 일이 쉽게 풀리는 모양이군."

광휘가 끄덕이자 맹주가 고개를 저었다.

"아닐 수도 있어."

"그건 또 무슨 말이야?"

"소림과 화산파는 우리의 말에 귀 기울여 줄 거라 예상은 해."

광휘의 물음에 맹주가 한숨을 내쉬었다.

"하지만 그들은 결국 중립으로 돌아설 걸세. 거기다 점창과 곤륜, 공동은 다른 문파와 온도 차이가 있어."

"음."

"운 각사를 처단하던 당시에는 그들도 크게 동조하여 주긴 했지만 사람이란 게… 알지?"

맹주가 시금털털한 표정으로 묻자 광휘가 끄덕였다.

"알지."

감정과 감흥이란 원래 그런 거다.

눈앞에서 경천동지할 대격전을 보고, 당시에는 함께 무인의 피가 끓어도.

하루가 지나면 마음이 바뀌고 며칠이 지나면 생각이 달라진다.

그리고 꽤 오랜 시간이 흐르면 자신의 손해를 계산하고 나아가 이익을 따지기 시작한다.

이는 오랜 역사와 세력을 가진, 거대문파나 세력일수록 더욱 더 그런 성향이 강했다.

개인은 같이할 수 있어도, 세력은 그렇게 하기가 쉽지 않은 것과 같다.

"일단 가장 말이 안 먹히는 건 황보세가(皇甫世家)네. 그들은 우리가 운 각사를 처단하던 당시에 참여하질 못했어. 다행히 자네가 비급을 전해준 덕에 남궁세가는 회유할 수 있었지만 말일세."

남궁세가는 남궁강무, 당시 불세출의 천재였던 그의 비급이 천중단에 남았으니 그걸 건네준 것만으로도 이해하고 넘어갔다.

그 반면, 황보세가는 이 부분을 짚고 넘어갈 것이다.

새로이 오대세가에 들어선 신흥 무가에게는, 어떤 의미에서 보면 경쟁자들이 강해진 것이다.

당연히 달가울 리가 없다.

"그러고 보니… 과거에는 진주언가가 오대세가였지?"

"그러니까."

"흠."

웅산군.

천중단 출신이던 그가, 다시 진주언가로 돌아가는 일은 보통 일이 아니다.

진주언가는 그의 부재로 인해 몰락하고, 오대세가 중 한 자리를 내놓았다.

그들을 대신해서 일어선 이들이 황보세가.

즉 웅산군이 자리로 돌아가기만 해도, 황보세가는 위협을 받을 것이다.

"예상보다 반발이 심할 수도 있겠군."

"그럴 테지."

이런 이유로 구파일방 중 한두 곳만 맹주의 의도에 반대해도 남은 천중단원의 거취가 불분명해진다.

사실 천중단 인원이 집으로 돌아가지 못한 가장 결정적인 이유 중 하나가 웅산군 때문이었다.

"도착했네. 이쪽일세."

복잡한 감정으로 한참 머리가 복잡했던 광휘에게 맹주가 말했다.

"음?"

눈을 들어보니 조금 떨어진 간격으로 두 건물이 보였다. 그리고 두 건물을 잇는 복도 형태의 회랑.

"학관?"

건물의 쓰임을 살펴본 광휘가 물었다.

"그렇네. 우측 건물에 다들 모여 있어."

"음."

덜컥.

광휘는 문을 열며 가볍게 숨을 들이마셨다.

이 문 저편에서 기다리는 것은, 이제껏 그가 경험하지 못한 싸움이다.

각 파를 대표하는 인물들이, 자기 세력을 위해 뻔한 말도 우회해서 의사를 표현할 터.

"잠깐. 자넨 저기, 저 방일세."

"음?"

막 생각을 가다듬던 광휘에게 맹주가 다른 편을 가리켰다.

"왜 그러나."

"…몰라서 묻나."

맹주가 피식 웃으며 광휘를 돌아보았다.

"자네가 저 안에 들어가면, 칼 뽑을 때까지 몇 시진이나 걸릴까?"

"…하긴."

광휘는 끄덕였다.

예전에 맹주직을 제의받았을 때도 그랬다.

이리저리 시비를 거는 이들 중에서, 천중단의 처절한 싸움을 겪은 이들은 하나도 없었다.

그런 주제에 이익 따질 때만큼은 담이 배 밖으로 나올 만큼 부어 있었다.

광휘는 그런 자들을 너그럽게 응대해 줄 인물이 아니었다.

"그놈의 성질 좀 죽여. 내가 처리하고 오겠네."

때문에 여기서는 맹주가 나서는 것이 당연한 일이었다.

광휘가 괜히 눈이 돌아가지 않게.

그리고 겁도 없이 시비 거는 각 문파의 공세를, 적절하게 차단할 수 있는 유일한 인물이었다.

"…수고하게."

"뭘, 원래 하던 일인걸."

휘익.

맹주가 손을 저어 보이고 앞서가자, 광휘가 씁쓸한 얼굴로 옆방으로 들어섰다.

"후우……."

잠시 거친 숨을 토했다.

저놈의 회동. 참여하지도 않는데 괜히 열이 뻗친 것이다.

*　　*　　*

사박.

대기하던 방은 딱히 대단할 게 없었다.

그저 양쪽에 난 창문 기준으로, 가운데 마주한 서탁 두 개.

그리고 서탁 위에는 문방사우.

붓과 벼루, 종이와 먹이 전부다.

드르륵.

광휘는 의자를 끌어 앉으며 눈을 감았다.

오늘부로 천중단의 거취가 결정될 것이다.

'단리형이라도 있었으니 망정이지.'

광휘는 지금 무림맹주가 그라는 것에 다시 한번 감사했다.

자신은 이런 협상에 서툴다.

좋은 분위기로 좋게 끝나면 모르지만, 만약 노골적으로 반대하는 문파가 나올 경우.

"…다 쓸어버렸겠지."

감정을 통제하지 못하고 칼부터 나갔을 수도 있다.

그걸 맹주가 경계한 것이다.

스윽.

"걱정 마라. 내 어떻게 해서든 너희들을 본 문으로 돌아가게 만들 테니."

광휘는 붓을 들었다.

그리고 무언가를 빠르게 적기 시작했다.

사삭. 사삭.

한 장이 아니었다. 거침없이 써 내려간 붓은 열 장을 넘어서야 겨우 멈췄다.

투욱.

"후우……."

붓을 내려놓고 광휘는 자리에서 일어났다.

창가로 이동한 그의 시선에는 과거의 기억들이 떠오르고 있었다.

기억하고 싶지 않은 수많은 싸움.

그리고 그 지옥들을 넘어서고 또 넘어선 끝에.

"대살성도… 출신은 일월신교였지."

다시금 떠올랐다.

팽가운을 되살렸던 무공과.

그 꺼림칙한 무공을 익혔던 과거의 그림자들을.

＊　　　＊　　　＊

덜컹!

저녁노을이 질 때쯤, 맹주가 거칠게 문을 열고 들어왔다.

벌컥벌컥!

얼마나 격렬한 토론을 했는지, 그는 들어오자마자 술병을 들고 급하게 들이켰다.

"후욱… 후욱……."

"표정이 왜 그래?"

광휘는 잠시 이전투구를 하고 온 사람을 보듯 맹주를 향해 물었다.

"말도 말게. 각 가문의 조상… 그 위에 계신 개파조사들 설법까지 듣고 왔어. 아니, 말이야 바른 말이지 소림 출신인 내가 도문의 연설을 왜 들어야 해?"

"…큭."

광휘는 쓰게 웃으며 의자에 앉았다.

그는 한참 한숨을 푹푹 쉬며 속을 가라앉히는 맹주에게 물었다.

"그래서, 뭐라던가?"

씨근씨근.

맹주는 숨을 고르느라 한참을 애먹었다.

그의 붉어진 얼굴이 조금 가라앉고, 톡톡톡 책상을 몇 번 두들기고는.

"일단."

겨우 입을 열었다.

"네 곳만 제외하고는 모두 다 우리 말을 들어주겠다고 했네."

"…수고했구먼."

다행히도 다른 문파의 제지는 없었던 모양이다.

"다만, 네 곳이 까다로워. 다들 자네에게 비급을 받지 못한 문파네."

"점창, 공동, 곤륜, 그리고……."

"황보세가."

광휘는 고개를 끄덕였다.

결국, 이게 남은 결론인 모양인데.

"가장 반대를 표한 곳은 어딘가?"

"점창, 황보."

"흠."

광휘가 살짝 눈을 찌푸렸다.

그는 자리에서 일어나 창가로 걸어갔다.

덜컥.

독한 술 냄새가 빠져나가고, 저녁노을 아래 따스한 바람이 방

안으로 들어왔다.

"곤륜은 어찌어찌 될 것도 같은데……."

"음? 뭔가 수가 있나?"

"거기 책상에 있는 거."

광휘가 턱짓하고, 맹주는 이제껏 광휘가 앉은 책상에 널린 십수 장의 글을 보았다.

"이게 뭐야. 천해… 금룡수(天解擒龍手)?"

"천중단 소속이었던 단목(端宇) 대사의 무공이지."

"어? 자네 이걸 아직 기억하고 있었나?"

맹주의 눈이 번쩍 뜨였다.

곤륜의 실전된 비기.

전혀 생각지도 못한 것을 광휘가 가지고 있었던 것이다.

"그래. 정확히 말하면 반드시 기억해야 했지. 다들 비급을 남길 때 그는 유독 구결로만 내게 전해주었으니까. 도가도비상도니 뭐니. 이건 글로 쓰면 오히려 안 되는 거라던가."

"허."

그러고 보면 천중단에 가끔 그런 이들이 있었다.

문중의 비기를 비급이 아니라 구술로써만 전하는 자가.

"그럼 자네도 익힌 거야?"

"아니."

"왜?"

"곤륜의 금룡수는 기본적으로 체술(體術)을 기반으로 해. 익히려 해봤는데 내가 도저히 쓸 수 없는 무공이더라고."

"하긴……."

단리형도 무인이라, 바로 혀를 차며 끄덕였다.

"딴건 몰라도, 난해하기로 치면 곤륜을 따라갈 무공이 없지."

유서 깊은 문파에 익히기 어려운 무공은 많다.

하지만 어렵다고 해서 난해한 것은 아니다.

선조들의 해석.

그것을 정리한 주석.

무공을 좀 더 익히기 쉽게 구결을 풀이해서 두면 어떻게든 이어진다.

하지만 곤륜은 그런 쉬운 길을 거부했다.

'깨달을 자는 알아서 깨닫는다.'

그들은 지극히 원류, 전승 그대로를 고스란히 후대에게 물려주는 것만을 고집했다.

심지어 워낙 유서 깊은 곳이라, 내공심법의 체계조차 여느 문파와 달랐다.

덕분에 그만큼 처지가 궁하니, 여기서 광휘가 전해주는 금룡수는 좋은 협상안이 될 터.

"한 곳을 제외하면 세 곳 남았군."

"공동은……."

맹주의 말에 광휘가 잠시 뭔가를 떠올리듯 생각하다 제자리로 돌아왔다.

슥슥.

그리고 뭔가를 쓰기 시작했다.

"오, 이번엔 뭔가?"

단리형 역시 무인인지라, 광휘가 써내는 것을 기대 어린 눈길로 지켜보았다.

터억.

그런데 단 여덟 자. 보니 알 것 같으면서 모를 듯한 뻔한 글을 쓰고 광휘의 붓은 멈췄다.

"…명문도가(名門道家) 무위지생(無爲之生)?"

"그래."

광휘가 끄덕였다.

덕분에 맹주는 인상을 썼다.

"명문일수록 무욕의 삶이라… 광휘, 이걸로 정말 되겠나?"

"솔직히… 나도 잘 몰라."

"그럼?"

"과거에 단원 중 공동파 사람이 이런 얘길 한 적이 있어."

광휘는 잠시 기억을 떠올리며 고개를 들었다.

"본 문은 도를 얻으려면 무위지생하여야 한다. 아무리 무문(武門: 무인의 가문)의 이름을 얻어도 공동은 결국 도가 문파. 그리고 도가의 근본은 무위지생이다. 무욕하며 세상을 관조하는 것이다, 라고."

"흠."

"…여튼 큰 기대는 하지 말게. 그렇지만 나도, 자네도 공동은 아니지 않나. 공동의 사람이 이 말을 들으면, 우리와 달리 뭔가 깨닫는 것이 있을지도."

"도사들의 삶이라……."

단리형이 말끝을 흘렸다.

같은 무림인이라 해도, 불도와 도가, 또 다른 무림세가는 추구하는 길이 다르다. 그래서 이 여덟 자의 의미가 어느 정도인지, 그들로서는 정확히 예측하기 어려웠다.

그럼에도 또 옛 도인들의 삶을 생각해 보면 뭔가 끄덕이게 된다.

어쩌면 요행수일지 몰라도, 이 여덟 자가 그나마 저들에게 뭔가를 깨닫게 해줄지도.

"좋아. 되든 안 되든 공동은 그렇다 치고 점창은……."

"아, 그전에 황보세가 말이야."

"음, 뭐 있나?"

광휘가 말을 끊자 맹주가 눈을 빛냈다.

"그들에겐 내가 가진 것 중에서 최고의 비급을 줄까 하는데."

"어떤 거."

기대 어린 눈빛을 보며 광휘가 짧게 말했다.

"단류십오검?"

"오, 백중건? 그때 폭사당한?"

"음."

맹주는 크게 고개를 끄덕였다.

확실히 대안이 된다. 당대 십대고수.

달리 말해 천하제일검을 노릴 만한 백중건의 무공.

이거라면 황보세가 역시 승낙할 것이다.

"그런데… 너무 어렵지 않나? 황보세가가 백중건의 단류십오검을 익힐 수 있겠어?"

"그러니까."

"…사람하곤."

단리형이 한 방 먹었다는 얼굴로 한 박자 뒤에 고개를 저었다.

아마도 황보세가는 단류십오검을 익힐 수 없을 것이다. 십오검은 광휘조차 이미 경지에 오른 다음에야 습득한 것이니까.

주석과 해설이야 줄줄 풀어주면 황보세가도 달려들기는 하겠지만.

아마도…….

몇 세대를 넘기기 전에는 결실을 보기 힘들 터.

"여튼 그건 그거대로 잠잠해지긴 하겠군. 그럼 문제는 점창인데……."

맹주가 말꼬리를 흘리자 광휘가 한숨 쉬었다.

"점창은… 나도 딱히 떠오르는 게 없어."

다른 문파는 어떻게든 될 것도 같았다.

하지만 점창은 쉽지 않았다.

맹주의 표정으로 보아, 아마 조금 전 회의에서 가장 노골적으로 반대한 문파는 황보세가 다음으로.

점창인 듯했다.

"…아!"

한참을 고민하던 중 광휘가 문득 신음을 흘렸다.

이번에도 맹주는 반색했다.

"뭔가 떠올랐는가?"

"맹주."

"음?"

갑자기 자신이 불리자 눈을 깜빡거리는 단리형.

하지만 광휘는 지금 단리형을 부른 것이 아니었다.

"맹주직을 주자."

"그게 무슨 말이야?"

"점창은 다른 곳과 달리 대단히 세속적인 문파야. 그들에 대한 비급도 없지만, 줘도 그걸로 만족 못 할 공산이 커. 그럼, 아예 세속적인 감투를, 그것도 대단히 큰 감투인 무림맹주직을 넘겨준다면?"

"이봐, 그게 지금 말이 된다고……."

어이없어하던 맹주의 눈이.

차츰차츰 커지더니.

"…말이 되네?"

긍정적으로 바뀌었다.

"그렇지?"

광휘는 씨익 웃었다.

당금의 무림맹주는 단리형이다.

그가 확실한 약조, 점창에서 차기 무림맹주가 선출될 수 있도록 증명을 해준다면.

"빨리 다녀오게."

"알겠네."

사박사박.

광휘가 써놓은 수많은 종이를 챙기고, 일머리가 풀려 기분 좋게 움직이던 맹주는.

"근데 광휘."

문 앞에서 멈칫했다.

"…왜?"

"뭔지는 모르겠는데… 지금 내 기분이 굉장히 미묘해."

"뭐가?"

"글쎄, 나도 모르겠어. 뭔가 일은 잘 풀릴 것 같기는 한데… 이거 좀 그런데?"

"혹 자네, 그 자리가 아까워서 그러나?"

"아니, 그건 아니야. 아닌데……."

"그럼 기분 탓이네. 기분 탓."

"그런가? 뭐, 그런가 보지."

맹주는 고개를 갸웃거리다 다시 웃어 보였다.

그러고는 덜컥 문을 열었다.

"훗……."

맹주의 뒷모습을 보던 광휘는 피식 웃었다.

*   *   *

조금 뒤.

끼이익.

단리형이 세차게 문을 열고 들어왔다.

"왜 잘 안 됐나?"

"그게……."

단리형은 말하기 난감한 듯 실소를 흘렸다.

광휘의 표정이 어두워졌다.

"빨리 말하게."

"다행히 구파들은 자네 말이 먹혔어. 다 동의했네."

"오."

광휘의 얼굴이 밝아졌다.

그리고.

"그런데 왜?"

"황보세가가 반대했어. 아니, 정확히는 반대한 건 아니고. 근데 그게 말이야……."

단리형이 뭐 씹은 얼굴이 되어 고개를 저었다.

"말하게, 그냥."

기다리기 답답해진 광휘가 재촉하자 그는 긴 한숨을 내쉬었다.

"황보세가가."

"그래."

"자네하고… 한판 붙자는데?"

"……."

第十三章

마지막 해야 할 일

　광휘가 방을 나서자, 문 앞에 황보세가로 보이는 사람 셋이
서 있었다.

　노인 둘에 장년인 하나.

　그중 흰머리가 지긋한 노인이 한 발 나서더니 공손히 읍을
해 보였다.

　"황보세가의 가주를 맡은 황보운(皇甫橒)이라는 늙은이외다.
광 대협, 말씀은 많이 들었습니다."

　"……"

　광휘는 말없이 그를 뚫어져라 응시했다.

　황보운의 눈이 조금 움찔하고, 그가 시선을 받기 조금 부담스
러워할 때.

"그래서… 나와 한판 붙고 싶다고 하셨소?"

광휘가 셋을 번갈아 보며 말을 이었다.

그러자 황보운의 눈이 조금 커졌다.

답해온 상대의 배분을 생각해 볼 때, 지나치게 직설적이었으니까.

그래도 그는 지그시 미소를 지어 보이며 감정을 숨겼다.

"이런, 뭔가 대협께서 오해가 있으신 듯합니다. 어느 안전이라고 이제 막 오대세가의 말석을 차지한 황보가가, 감히 그런 말을 하겠습니까?"

"그럼 그냥 찔러본 거요?"

"……."

자세를 낮추었음에도 광휘의 물음은 여전히 노골적이었다.

커흠!

그럼에도 황보운은 기품을 잃지 않았다.

그는 황보세가를 이 자리까지 올린 장본인이다.

이제껏 수많은 무인을 경험한 연륜이 여기서 빛을 발했다.

"광 대협, 다시 한번 말씀드리지만, 본 가는 대협께서 강호에 베푼 은혜를 잊지 않고 있습니다. 천중단이 어떤 곳이었는지도 압니다. 다만 저희의 식견이 짧아, 단류십오검에 대해 아는 바가 너무 적습니다."

잠시 시선을 바닥에 내리깔던 황보운은 이내 고개를 들어 광휘를 응시했다.

"대협의 무위에는 이견을 내지 않습니다만, 저희 집안의 사

정도 좀 보아주시지요. 본 가의 식솔 중에는 이번 일을 납득하지 못하는 사람도 분명 있을 겁니다. 어렵사리 들어간 오대세가의 자리를 뺏기지 않을지 노심초사하는 사람도 있을 테고요."

"……"

"하니 저희는 얘기해야 합니다. 단류십오검이 얼마나 대단한 건지, 직접 견식해 보면 그 과정이 훨씬 수월해지지 않겠습니까."

"뭐……."

광휘는 입꼬리를 올렸다.

말은 참 그럴싸하다.

하지만 요점은 그대가 직접 펼쳐보라는 것 아닌가.

간단한 말을 빙빙 돌려 교묘하게 옭아매는 화술.

이런 말투는 정계의 노회한 늙은이들 상대로 신물이 나도록 듣고 경험해 왔다.

"알겠소, 그럼."

그래서 거기에 대한 대처도 정해져 있다.

차라리 이리 대놓고 속내를 말해주니 그나마 대하기 편한 편이다.

자박.

빨리 이 상황을 끝내고 싶어진 광휘가 한 걸음 앞으로 나섰다.

"누가 나올 거요?"

"아."

안색이 밝아진 황보운이 옆을 돌아보았다.

큰 키에 다부진 체격.

한눈에 봐도 잘 연마된 장년인이 눈에 불을 켜고 있었다.

"제 아들 황보장룡입니다. 부족하나마 저희 가문을 대표하는 놈이지요. 광 대협 앞에서 말하기에 부끄럽습니다만, 강호의 호사가들은 산동의 패자, 산동일검(山東一劍)이라고 얘기할 정도입니다."

"흠."

광휘의 시선이 황보장룡, 자연스럽게 주먹을 쥐고 어깨를 들썩이는 장년인을 향했다.

그의 시선이 위에서 아래로 잠시 훑을 때.

"…자식 자랑이 팔불출이라 하나, 감히 조금 더 하겠습니다. 용이는 여섯 살에 대주천에 들어, 기경팔맥에 기(氣)를 보낼 수 있었습니다. 그리고 열두 살에는 검의 모용을 생각하고 칼의 쓰임을 깨우쳤습니다. 그리하여 열아홉이 되자, 검을 가득 채운 힘이 겉으로 드러나는 원기생검(元氣生劍)에 올랐고 스물둘이 되었을 때 강호의 후기지수……."

'허…….'

광휘는 머리가 지끈거렸다.

뭐가 이렇게 긴가. 들으면 들을수록 미궁에 빠지는 느낌이었다.

황보세가의 황보운은 참으로 희한한 재주를 가지고 있었다.

단언컨대 광휘가 상대해 온 역대 어느 고수도, 싸우기도 전에 이렇게 말이 긴 이는 없었다.

"그럼, 대협의 가르침을 바랍니다."

광휘의 얼굴이 노랗게 변할 때쯤, 겨우 황보운이 물러섰다. 겨우겨우 황보세가의 대표가 앞으로 나섰다.

"황보세가 일대제자 황보장룡(皇甫長龍)이라고 합니다. 오래전부터 광 대협을 흠모해 왔습니다."

광휘가 끄덕였다.

그리고 한 발 나서려 할 때.

"대저 검에는 무인이 추구하는 여러 가지 색(色)이 담긴다고 합니다. 혹자는 섬전 같은 쾌검을 지향합니다. 또 혹자는 느리지만 정확한 둔검(鈍劍)에 기반을 두고 있습니다. 굳이 말하자면 중검입니다."

"……."

광휘의 발이 멈추었다. 황보장룡은 계속 청산유수로 말을 이었다.

"하나, 쾌검이든 둔검이든 혹은 중검이든, 그건 검사가 원하는 바대로 움직이는 것. 결국은 개개인의 깨달음에 있다 생각합니다. 사실 검이라는 자체가 그렇지 않습니까? 분명 만병지왕(萬兵之王)으로 검을 뽑지만, 강호사 이래, 검이 항상 지존의 자리를 지킨 것이 아닙니다. 오히려 검이 아닌 다른 병기나, 병기도 아닌 육신의 단련이 수위(首位)를 차지한 경우가 더 많습니다. 일례로 현 무림맹주께서 나오신 소림이 대표적인 예인데……."

"……."

광휘의 얼굴이 다시 일그러졌다. 이젠 대체 무슨 소리를 하는지 알 수가 없었다.

싸움에 앞서 무슨 잡설이 이렇게나 길단 말인가.

획!

참다 못한 광휘가 이거 뭐 하는 거냐고, 어떻게 된 거냐고 사납게 맹주를 노려보자.

"크흡! 픕!"

맹주는 급히 시선을 돌리고 입을 가렸다. 열심히 웃음을 참으며.

"소인 같은 강호의 무명 소졸이 광휘 대협께 댈 것은 아니지만, 감히 제가 최근에 얻은 심득을 얘기하자면……."

"그만!"

광휘가 소리 질러 말을 끊었다. 그는 말을 듣기만 해도 지친다는, 참으로 생경한 경험을 하고 있었다.

"잘 알겠소. 산동의 패자이며 강남일검이며 검이며 깨달음이며 다 좋으니까……."

그리고 흠칫하는 황보장룡을 향해 점점 목소리를 높이다.

결국, 외쳐 버렸다.

"당장 칼 뽑아!"

*　　　*　　　*

학관 건물 뒤편에는 정원처럼 넓은 공터가 있었다.

회의에 참석한 각 문파 장문인들은 모두 다 빠져나간 이곳에 황보세가와 광휘, 맹주만 남아 있었다.

"일 장로, 어떻습니까?"

가주 황보운이 일 장로 황보혁우(皇甫爀宇)에게 물었다.

공터 중심에서 마주 본 황보장룡과 광휘와 달리, 그들은 조금 떨어진 곳에서 지켜보고 있었다.

"솔직히 잘 모르겠습니다. 소문처럼 그리 강한지도."

턱수염과 백발.

가주보다 더욱 나이 들어 보이는 일 장로 황보혁우.

그는 늘 가문의 대소사에 참여하며 가주에게 조언을 아끼지 않는 인물이었다.

"가주께서도 아시겠지만, 하나같이 이야기가 너무 과하지 않습니까? 수십 자루의 검을 움직인다니, 마음으로 공간을 없앤다니… 거기다……."

그는 이마를 툭툭 건드리더니 자신의 관자놀이를 누르며 말했다.

"본 가의 미수면공(須彌綿功)을 은연중에 흘려보니, 광휘란 자가 반응하는 내공은 반 갑자, 아니, 그보다 못했습니다."

"…그게 정말입니까?"

황보운의 당황한 물음에 일 장로는 고개를 끄덕여 보였다.

"틀림없습니다."

황보혁우. 황보세가에서 내가기공만은 제일이라 해도 과언이 아닌 자.

그의 미수면공은 미약하게 허공에 퍼뜨린 기운으로, 상대의 내공 수준을 알아차리는 공능이 있었다.

시간만 조금 주어지면 이번 일처럼, 상대의 내력을 파악하는 데에 톡톡히 역할을 발휘한다.

"소문이… 과장된 건가요?"

황보운이 적이 실망한 표정으로 물었다.

"강호에 퍼진 말을 다 믿지 말라. 그런 금언이 있지요. 아직 장담할 수는 없습니다만… 노부는 처음부터 저들의 말을 전부 믿지 않았습니다."

황보혁우가 냉랭하게 말했다.

"이건 애초부터 과거의 영광을 치켜세워, 반대로 본 가에게 양보를 요구하는 일입니다. 더구나 백중건? 십대고수에 들었다는 말은 있으나, 그의 마지막을 본 것 역시 천중단입니다. 전대의 영령이란 이름을 지우고 보면 납득이 안 가는 일이 많습니다."

"확실히……."

황보운은 고개를 끄덕였다.

생각해 보면 백중건의 무위에 대한 이야기는 따질수록 허황된 것이 많았다.

검강을 검기처럼 사용했다는 둥, 물 위를 땅처럼 디디며 뛰어다녔다는 둥, 한 번 움직이면 수십 개의 환영을 만들어냈다는 둥.

"천중단의 이름을 높일 목적으로, 일부러 과하게 평했다는 생각입니다."

가장 어이없는 것은 검강.

무학의 끝이라는 그것을 자신이 원하는 만큼 쓸 수 있다고
했다.

무공을 익힌 사람들은 이것이 얼마나 어처구니가 없는 것인
지 안다.

그렇게 하나하나 따져보고 있는 사이.

"슬슬 시작하나 보군요."

한쪽에서 자세를 잡는 황보장룡을 본 일 장로가 말했다.

"그럼 지켜봅시다. 소문이 과연 얼마큼 과장되었는지를."

황보운의 얼굴에는 경멸이 가득히 떠올라 있었다.

*　　*　　*

'또냐.'

광휘는 도착하자마자 한숨부터 나왔다.

분명 단번에 끝내려고 마음먹었는데…….

후우우웁.

상대는 무슨 성대한 무도회를 준비하는 것처럼 준비운동을
하고 있었다.

몸을 풀고, 어깨를 풀고, 끈을 동여매고…….

광휘가 자포자기한 표정으로 고개를 숙일 때쯤, 자세를 잡은
황보장룡이 말을 이었다.

"시작하시겠습니까?"

"…그럽시다."

스윽.

황보장룡은 검을 들었다.

날카롭게 예기를 발한 그의 검이 그의 시선을 받으며 앞으로 나왔다.

그리고 그는 또 물었다.

"광 대협께선 검을 뽑지 않으십니까?"

이에 광휘는 결국 눈을 부라린다.

"제발. 좀 그냥 덤비… 아니, 그냥."

"……?"

"너 좀 맞자."

달려 나갔다.

파파팟.

순식간에 거리를 좁힌 광휘.

"…억!"

황보장룡 역시 나름 경지에 오른 자였다. 그는 본능적으로 기습에 대비했다.

휘익!

하지만 이미 자각하기도 전에 눈앞에 한줄기 바람이 어른거렸고.

퍽!

오른쪽 복부를 가격당했다.

퍽!

그리고 가슴.

쩌억!

이번엔 아래턱.

퍽!

끝으로 얼굴을 가격당하며 그는 바닥을 나뒹굴었다.

"컥, 대협! 이, 이건 반칙……."

퍼퍼퍼퍼퍽!

"억! 억! 억! 억!"

그는 헛구역질만 해댔다.

눈앞에 강타한 연타 공격.

그는 정신이 몽롱한 상태로 어떤 부위 가릴 것 없이 얻어터 진 것이다.

"거, 성질 좀 죽었나 했더니……."

맹주는 고개를 절레절레 저었다.

지금의 대결은 약식이기는 하나 친선무도의 형식이다.

애초에 검기를 겨루자고 나온 자리에서 저리 주먹질을 해대 면, 상대측에 괜한 반발을 살 수 있었다.

"오?"

그때 다행히 맹주의 눈에 재밌는 장면이 포착되었다.

당하고만 있지 않겠다는 듯, 황보장룡이 검기를 사용한 것 이다.

        ＊   ＊   ＊

쩌어엉!

황보장룡 검 끝에서 일순 번쩍이는 뇌전(雷電)이 퍼졌다.

하나 급히 휘두른 검기인지 조준점이 정확하지 않았다.

"이… 익."

광휘는 이미 저만치 벗어나 있었다.

피투성이가 된 얼굴의 황보장룡이 이를 악물었다.

표정에서 악에 받친 분노가 터져 나왔다.

"이제 좀 할 만해지겠군."

스르릉.

광휘는 검을 빼 들었다.

사늘한 쇳소리와 함께 매끈하다 못해 고아한 느낌의 검신이
모습을 드러냈다.

광 노사가 광칠을 부려 빚어낸 새 검이다.

쩌정! 쩌정!

황보장룡은 손속에 사정 따위는 계산하지 않았다.

오로지 광휘를 쓰러뜨리겠다는 일념 하나로 혼신의 힘을 다
불어넣고 있었다.

'제법이군.'

사방으로 몰아치는 검기 다발.

순식간에 발길질이 대여섯 번을 몰아치고, 빈틈이 보이면 검
기를 어김없이 뿌려댔다.

내공의 조예가 깊고, 가까운 거리의 싸움에도 감각을 지녔다는 것.

치잉!

또한, 속임수도 적절하게 섞었다. 허초와 실초를 교묘하게 엮어, 맞히지 못할 공격은 검풍과 뇌전의 힘을 이용해 쏘아댄다.

이 정도라면 족히 이 갑자를 넘어서는 내공을 지니고 있다는 것.

캉!

한순간 거리를 좁힌 광휘의 검과 황보장룡의 검이 세차게 부딪쳤다.

춧.

한 명은 좌로 돌고.

츠춧.

또 한 명은 우측으로 돌며.

캉! 캉!

연속적으로 검을 맞댔다.

그리고.

카카카카캉!

근접 거리에서 제대로 검과 검을 맞대기 시작했다.

*   *   *

"이, 이길 수 있겠지요?"

상황이 불리하게 돌아가자 황보 가주가 묻고.

"본 가의 보법 역시 만만치 않습니다. 이대로 쉽게 지지는 않을 겁니다."

일 장로가 섣부른 판단을 경계했다.

처음에는 시정잡배나 할 개싸움에 어이없이 당했지만, 검이 겨루어지자 즉각 황보장룡이 회복했다.

챙! 챙! 챙!

저렇게 검과 검을 부딪치는 이상 황보장룡이 유리해질 수밖에 없었다.

내력의 양만 따지면, 그가 광휘보다 훨씬 높았다.

일격, 일격에 내력이 실린 이상, 장기전에서 더 유리할 터였다.

휘익―!

그런 그들의 눈에 황보장룡의 움직임이 더 빨리 잡혔다.

"용이가……."

"소가주가 승부를 내려 하십니다!"

*　　　*　　　*

'좀 더 빨리!'

황보장룡은 이를 악물며 계속 회전하며 찔렀다. 찌르기가 아슬아슬하게 앞서는가 싶더니.

캉!

다시 좁혀지며 부딪쳤고.

사사삭.

이번엔 더 빠르게 움직였더니.

카캉!

다시 좁혀지며 검을 맞대었다.

'조금만 더!'

그는 온몸의 내공을 모두 끌어 올려 가전 보법인 천왕보(天王步)에 모든 힘을 담았다.

그러자 그의 몸이 흐릿해지는 착시현상과 함께.

패애애애액!

이전보다 서너 배나 빨라진 그의 움직임이 광휘의 가슴을 찔렀다.

'헉!'

캉!

그런데 이번엔 그보다 더 쉽게 막혔다. 아니, 이미 상대는 기다리고 있었다.

또한, 그것이 끝이 아니었다.

카캉!

그가 몸을 회전시키기도 전에 자신의 검에 세 번의 금속음이 났다.

직전, 서너 배로 끌어 올린 속도를 몇 배나 상회하는 움직임이었다.

그리고.

'이게 대체……'

카카카카카카카캉!

다시 한번 몸을 틀어 검을 찔러 넣었을 때, 무려 열두 번의 금속음이 났다.

상대의 움직임 따위는 눈으로 보지도, 가늠하지도 못했다.

오로지 귓가에 맴도는 소리.

그리고 검의 울림만이 그것을 느끼게 해주었다.

그것이 황보장룡의 마지막 기억이다.

스륵.

그가 검을 내리자 광휘의 신형이 그제야 뚜렷해졌다.

바사사사삭.

바닥에서 일어난 흙먼지가 천천히 가라앉으며 소음을 냈다.

"이것이… 단류십오검입니까?"

황보장룡의 목소리는 떨리고 있었다.

분명히 내력으로는 자신이 앞섰다. 그것은 겨루면서 확인할 수 있었다.

그럼에도 졌다. 이는 외가기공으로 내가심법의 벽을 넘어선, 헤아릴 수도 없는 높은 경지. 기존의 상식을 모두 타파하는 검.

"그렇소."

광휘 역시 검을 내리며 정중히 예를 표했다.

초반의 시정잡배 같던 모습과는 완전히 다른 진면목이다.

"방금 보여주신 것은 십오검 중 몇 번째입니까?"

황보장룡은 다시 한번 물었다.

상대는 이미 자신과 같은 수준의 무인이 아니었다.

가문 어르신들이 누가 뭐라건, 황보장룡은 직접 겪었다. 그는 그저 경외에 가득 찬 눈만 빛내고 있었다.

"지금 내가 쓴 것은 삼검이오."

"삼검……?"

철컥.

광휘가 검을 집어넣었다. 그리고 입을 쩌억 벌리고 있던 황보세가 쪽을 바라본 후에 입을 열었다.

"단류십오검의 다섯 번의 경지 중… 두 번째요."

"두 번째……."

황보장룡이 고개를 내저으며 말했다.

"하늘 위에 하늘이라더니, 소문이 과장되지 않았다는 걸 알게 되었습니다."

풀썩.

그리고 그는 한쪽 무릎을 꿇으며 예를 표했다.

"겨룰 수 있어 영광이었습니다, 광휘 대협."

* * *

"여기 있소."

맹주가 단류십오검의 비급을 황보운에게 건넸다.

백중건의 무공을 광휘가 정리하고 나름 심득이라 할 만한 것도 주해(注解)를 써둔, 명실상부한 강호십대고수의 무공이다.

"지도에 감사드립니다."

"대협의 무공을 보며 확신을 얻었습니다. 놀라운 무위에 감탄하고, 마음 편히 돌아갈 수 있게 해주신 배려, 감사합니다."

"견문을 넓혔습니다. 하늘 위에 또 하늘이 있음을 알았습니다."

황보세가는 가주와 일 장로, 그리고 후기지수인 황보장룡까지 깊게 머리를 숙였다.

아까까지 보인 비웃음은 더 찾아볼 수도 없었다.

그저 황보장룡에게 광휘가 보인 무위를 빨리 익히게 할 마음만 가득한 모양이다.

뭐, 가능하다면 말이다.

"귀찮은 일은 끝난 것 같은데?"

맹주는 두 손을 쭉 펴며 하품을 했다.

길고 어려울 것 같던 이해관계는 이쯤에서 정리가 된 듯 보였다.

이러나저러나 강호는 결국 힘이다.

힘을 보여주고 나면 다들 입을 다무는 법.

"방심은 하지 말고."

"설마."

광휘의 말에 맹주는 피식 웃기만 했다.

천중단 이후, 광휘가 자기반성과 회한에 시간을 보냈다면 맹주는 각 파의 조율에 시간을 보냈다.

지금 와서는 방심을 하고 싶어도 습관이 그걸 막는다.

"알다시피 회의에 참석한 모든 문파와 세가의 협조를 얻어낸 이상, 손바닥 뒤집듯 말을 바꾸지는 못해. 명분이라는 게 있으니까."

구파일방과 오대세가의 약조.

물밑에서 지저분하게 이권 다툼이 오갔지만, 일단 약조를 맺은 이상 명분이 생겼다.

새로 탐나는 세력이나 비급이 나타난다 해도, 구파일방과 오대세가도 함부로 움직이지 못할 것이다.

그게 바로 힘의 논리다.

힘없는 자의 명분은 언제든 내던질 수 있지만, 힘 있는 자의 명분은 예리하다.

"무당은 구문중이 돌아가지? 언가는 웅산군이 돌아가고… 황보세가야 불만 정도는 있겠지만, 대놓고 쳐들어갈 만큼 어리석지는 않을 테고."

암약이든 뭐든 일단 맺은 이상, 조약은 조약이다.

깨뜨리는 자가 공적이다.

먼저 공격하는 자는 명분을 잃는다. 황보세가든, 구파일방이든, 혼자서 강호 전체를 상대할 자신이 없는 이상 무리수는 두지 않을 것이다.

여기에 염악이 소속된 녹림도 예비 세력으로 둔 상황.

툭툭.

맹주는 소매를 털며 피식 웃었다.

"이제야 집 나갔던 탕아들을 다시 돌려보내게 되었군. 참 손이 많이 가는 일이야."

"남 일처럼 이야기하는군."

광휘가 간단히 핀잔을 주었다.

그의 말처럼, 이 모든 일들은 남 일이 아니다.

예전 천중단 단원들의 일이다.

모질게 살아남았음에도, 원래 가야 할 곳으로 돌아가지 못한 이들을 돌려보내는 것.

"산 사람은 살아야지."

이렇게밖에 하지 못하는 것을 탄식하는 맹주였다. 그리고 툭, 말을 던졌다.

"그나저나 광휘."

"음?"

맹주는 슬쩍 고개를 돌렸다.

광휘가 말없이 응시하자 그는 조심스럽게 운을 뗐다.

"누구인지는 생각을 좀 해 봤나?"

"…뭘?"

"팽오운에게 불사의 비급을 건네준 놈 말이야."

광휘가 표정을 순식간에 일그러뜨렸다.

동시에 눈에서 피어오르는 미세한 살기.

"살아남은 교도 중 하나겠지."

기억하기 싫은, 하지만 칼에 베인 상처처럼 뚜렷한 조각 하나가 머릿속에 그려졌다.

"총주를 위시하던 팔각(八閣)?"

"아마도."

광휘의 말에 맹주는 말없이 생각에 잠겼다.

대살성을 없앤 뒤 일어난 광림총. 그를 따르던 일월신교들을 차례차례 처리하는 데 수년이 걸렸다.

무림맹 전체가 동원된 일이건만, 모두 완벽하게 제거했다고는 장담할 수 없었다.

광림총은 그때마다 인물을 바꾸고, 때론 은밀히 후예를 되살려 내곤 했었으니까.

당장 은자림만 해도 그랬다.

"그들이 아닐 가능성도 있지 않나?"

맹주의 말에 광휘가 묘한 시선으로 바라봤다.

"무슨 뜻인가?"

"꼭 잔당이 아닐 수도 있다는 말이네. 자네도 알겠지만 그들은 확실히 사라진 자들이야."

과거의 그들은 모두 와해되었다.

강호 전역을 뒤진 무림맹의 눈길에 걸리지 않은 이들이라면, 세력을 완전히 잃은 유랑자일 뿐이다.

설령 숨겨둔 세력이 있었다면, 지난번 은자림의 회동 때 어떻게든 나섰을 터.

"무슨 일이 있어도 전면에 나서지 않는 자. 그러고도 은자림과 광림총에게 지원을 아끼지 않는 자."

"…교주를 말하는 건가?"

"그래."

광휘의 살기가 더욱 짙어졌다.

일월신교의 교주.

순박하던 교도들을 광신도로 만든 절대자.

천중단과 결판이 난 이후 평생 모습을 드러내지 않겠다 선언한 인물.

아무리 적이라 한들, 본인이 한 말은 뒤집지 않는 자였지만.

그래도 혹여…….

"관두게, 광휘."

터억.

광휘가 날을 세울 때, 맹주가 그의 어깨를 짚었다.

"우리 역할은 여기까지야. 전쟁은 확실히 끝났어. 천중단은 집으로 돌아갈 테고, 자네 역시 보금자리를 찾았네. 그런데 뭐? 또 깨져 나간 파편들을 찾아 나서자고?"

"……."

"자넨 그새 잊었는가? 이 강호가 누구에 의해 지켜졌다는 것을. 우리가 아니더라도 돼. 불의에 대항하는 사람들은 분명히 있네. 협의를 위해서 목숨을 내던지는 무사들이."

맹주는 광휘를 보며 한 자, 한 자 새겨주듯 말을 이었다.

"시간이 가면 강한 적이 나타나겠지. 그리고 당연하듯 협사들이 물리칠 거고. 그렇게 반복되는 것이 강호야. 무슨 뜻인지 알지?"

"……."

광휘의 살기가 조용히 사그라들었다.

그렇다.

맹주의 말이 맞았다.

자신이 모든 것을 짊어질 필요는 없다.

도고일척 마고일장이라, 바른 싹이 한 척 솟아나는 동안, 마(魔)는 일 장을 솟구친다.

그러나 동시에 사필귀정. 그런 마가 솟아나면, 또다시 군웅들이 나타나 그들을 징벌할 것이다.

맹주와 광휘가 그러했듯이.

"밤이 너무 늦었군. 시간이 시간이니 자넨 여기서 한숨 자고 가게."

분위기가 가라앉자 맹주가 피식 웃었다.

"내가 왜?"

광휘가 어이없다는 듯 노려보자 맹주는 잠시 멍하니 있더니, 혀를 끌끌 차곤 말을 이었다.

"그냥 자고 가라면 자고 가. 내 다 손을 써놨네."

"무슨 손?"

"장련 소저를 내일 정오쯤 서호 유원으로 불렀네."

"이봐."

듣고 있던 광휘의 인상이 찌푸려졌다. 이런 식의 등 떠밀기는 좋아하지 않기 때문이다.

"꽃길을 걷겠다며?"

하지만 맹주는 가볍게 되물었다.

"여인에게 청혼을 하려면 좋은 분위기와 장소를 마련해야지. 일생에 한 번 있는 일 아닌가. 자넨 나에게 감사해야 해."

광휘가 미간을 찌푸리고 노려보았다.

그러다 천천히.

천천히 풀어지며.

"그게 좋겠지?"

눈치를 보며 물었다.

피식.

맹주는 고개를 저었다.

그리고 그의 곁에 다가갔다.

"오늘 고생 많았네, 전우."

툭툭.

맹주가 광휘의 어깨를 두드렸다. 그러고는 천천히 그와 멀어졌다.

*　　　*　　　*

"청혼이라……."

광휘는 방 안에 들어와 누웠다.

맹주가 준비해 준 잠자리는 편안했다. 한데 너무 편안하다 보니 오히려 불편했다.

항상 거친 잠자리에서 자다 보니, 어색한 것이다.

"내가 그렇다고 장 소저까지 그리 만들 수야 없지."

사실 생각은 하고 있었다.

언젠가 해야 할 거라는 것도.

스르륵.

누워 있던 몸을 일으켜 앉은 광휘가 고개를 떨구었다. 옛 생각을 하다 보니 표정이 좋지 않았다.

"…자격이 있는 걸까, 내게."

과거의 기억이 돌아오면서 많은 감정이 오고 갔다.

그리고 시간이 지나면서 끔찍한 기억들 역시 그대로 인정하게 되었다.

하지만 아직까지도 그를 괴롭히는 기억이 있었다.

그것은 동료의 죽음도.

억울하게 죽어간 사람들의 목숨도 아니었다.

바로 한 여인의 기억이다.

"우리 연애한 거 맞죠?"

"……."

사랑이었는지 아닌지는 기억나지 않는다.

그저 미안하고 죄스러운 마음.

그것이 나중엔 자책으로 이어졌다.

그로 인해 강해지긴 했다.

자책과 회한은, 죽음의 화마 앞에서 누구보다 광휘를 용감하게 만들었으니까.

더는, 잃을 것도 없었으니까.

"나 이제 살아갈 자신이 생겼어요."

한 여인이 있었다.

오래도록 아파하던 여인은 그 말을 하고 며칠 뒤, 거짓말처럼 죽었다.

주검은 수습했지만, 광휘는 차마 그녀의 마지막 모습을 보지 못했다.

주저앉아 버릴 것 같았기에.

살아갈 용기가 없어질 것 같았기에.

그때부터 그는 웃음을 잃었다. 항시 돌처럼 무감각하게 굳은 표정이었다.

기대하지 않으면, 더 실망하지도 않으니까.

"내가 할 수 있을까……."

이전처럼 다시 웃을 수 있을까.

그건 모른다.

살아가다 보면.

살다 보면 알게 되는 거니까.

"많이 사랑했다, 수(洙)야."

광휘는 애써 눈을 감으며 미소를 지었다.

차락.

살결에 감기는 비단 이불이 끈적끈적하도록 불편했다. 잠이 오길 바랐지만 그게 쉽지는 않았다.

*　　*　　*

"일어나셨는감?"

언제 졸았을까.

광휘는 창을 통해 내리쬐는 햇살을 느끼며 눈을 떴다.

"누구……."

문에서 들려오는 소리에 광휘의 시선이 내려갔다.

그곳엔 키 작은 노인이 함박웃음을 짓고 있었다.

개방 방주 능시걸이었다.

"여긴 어찌 오셨습니까."

"다 이유가 있어서 왔지. 어서 일어나게나."

광휘가 몸을 일으키며 능시걸을 바라봤다. 이유를 묻는 얼굴이었다.

"지금 가야 도착할 때쯤 노을을 볼 수 있네. 가장 좋은 순간이지 않겠는가?"

"…좋은 순간? 아!"

순간적으로 광휘는 어제 일을 떠올렸다. 서호 유원에 장련 소저가 있다는 걸.

"아니, 개방이 그걸 어찌 알았소?"

"개방이 그걸 모르면? 항주에 그런 큰일을 벌여놓았는데 거지가 그걸 모르면 굶어 죽어야지."

"……."

철방 대회를 말하는 모양이다. 광휘가 머리를 긁자 능시걸이 재촉했다.

"서두르게. 준비는 다 되어 있고, 장 소저가 기다리네. 자네만 오면 다 끝나는 게야."

"장 소저가……?"

오싹.

그런데 이건 뭘까. 갑자기 광휘는 불길한 예감에 능시걸을 돌아보았다.

능글능글 웃어대는 늙은 거지는 짝짝, 손뼉을 쳤다.

"다들 나와라!"

주르르륵.

그리고 나타나는 사람들.

비단의에, 향수에, 대체 뭐 하는 건지 모를 꽃 무더기까지 한 바탕이다.

"…이건."

신음하는 광휘에게 능시걸이 웃어 보였다.

"날이 날이니, 이런 때야말로 해야지. 꽃단장."

"……"

다른 의미로, 지옥 같은 시간의 시작이었다.

*　　　*　　　*

저벅저벅.

눈부시게 펼쳐진 잘 손질된 교목들.

햇살에 비친 강물은 모래알처럼 반짝이고, 정돈된 돌과 조경은 사람들의 이목을 끌어당겼다.

"와……."

그 길을 걷던 장련은 자신도 모르게 탄성이 흘러나왔다.

오늘 아침. 개방에서 손님이 찾아와 급한 일이 있다고 이곳으로 데리고 온 것이다.

그러고는 보이지 않았다.

"원래 여기 사람이 없었나?"

주위를 둘러보았지만 사람 하나 보이지 않았다.

소호 전체에서 손꼽히는 경관을 자랑하는 곳이다. 이 길에 사람들이 보이지 않는 건 참 이상했다.

"뭐… 어찌 됐든 예쁘구나."

장련은 호수를 보고 웃었다.

아늑한 공간에 있는 듯한 느낌이었다.

산들바람이 불어오는 것도 그녀의 기분을 상쾌하게 만들어 주었다.

"음, 음음……."

그녀는 자신도 모르게 콧노래를 흥얼거리며 걸었다.

그렇게 교목들 끝 지점에 당도했을 때.

"어?"

처억!

언제 왔는지 모를 사자탈을 쓴 사람이 자신을 노려보고 있었다.

"풋, 이게 뭐예요."

하지만 장련은 체격만 보고서도 그가 누구인지 단번에 알아차렸다.

"……?"

그럼에도 사자탈을 쓴 사람은 전혀 모르겠다는 동작을 보였다.

"후후, 유치하게. 이런 건 왜 쓰고 왔어요?"

장련이 사자탈의 머리를 쓰다듬자 그걸 쓴 사람이 몸을 부들부들 떨었다.

그리고 곧 주먹을 불끈 쥔 채, 어디론가 시선을 돌렸다.

"이크!"

"읍!"

조금 떨어진 바위 밑.

모여 있던 개방도들이 급히 머리를 숙였다.

그리고 그들 사이에 가장 연장자인 능시걸이 뒤를 돌아보며 속삭였다.

"저거 누구 머리에서 나온 거냐?"

"그게 말입니다."

눈치를 보던 거지 한 명이 손을 들며 말했다.

"여기 분타주 만걸이란 녀석의 의견이었습니다. 그래도 그놈이 소싯적 여자 꽤 울려봤다고 해서……."

"확실해? 분위기는 아닌 것 같은데?"

"믿어보시지요. 장련 소저는 분명 좋아할 것입니다."

퍼억! 픽!

한편, 사자탈을 쓴 사람은 더는 참지 못하고 탈을 벗었다.

쉽게 벗겨지지 않자 당황했는지 거의 힘으로 찢어냈다.

"나도 그리 생각했소."

그리고 급하게 얼굴을 드러낸 광휘.

그 얼굴에는 땀이 흥건했다.

장련이 소매를 들어 얼굴을 닦아주었다.

"어휴, 이 더운 날에 이런 더운 차림으로… 얼마나 기다린 거예요?"

광휘는 어색한지 괜히 개방도를 한 번 응시하고는.

"방금 왔소."

전혀 상황에 어울리지 않는 말을 했다.

"아, 그러셨어요?"

장련은 살포시 웃어 보였다.

그러다 뭔가 생각난 듯 눈을 동그랗게 뜨며 물었다.

"그러고 보니… 잘 해결됐어요?"

광 노사 다음으로 해결해야 할 문제.

천중단의 거취가 남아 있었던 것이다.

"그렇소."

"정말요?"

"맹주가 어떻게든 해보고 있소."

"와… 정말 잘됐어요."

장련은 안도하며 가슴을 쓸어내렸다.

사람을 죽이는 것도 힘들지만, 살리는 것은 더 힘들다.

특히 천중단의 사람들은 공식적으로 죽은 이들이다.

그들을 원래 자리로 돌려보내는 것은 보통 일이 아닐 텐데.

"다 해결되어 다행이에요. 무사님도 이제 편히 쉴 수 있을 테고……."

"그런데 하나 남았소."

따스하게 미소 짓는 장련에게 광휘가 말했다.

"또 있어요?"

장련이 당황해서 물었다. 지금 광휘의 얼굴은.

어마어마하게 심각해서, 너무나 엄청난 일을 마주하고 있는 것 같았다.

"어려운… 일인가요?"

"그렇소. 이번엔 정말로 어려운 문제요."

광휘는 숨을 몰아쉬었다. 딱딱하게 굳은 얼굴은 창백해 보이기까지 했다.

"어떤 일이에요? 제가 도와드릴 수 있는 건 없나요? 어렵다면 맹이나 황궁에 연락해서……."

"아니."

걱정하는 장련에게 광휘는 이까지 악물었다.

그는 지금 이제껏 살면서 내었던, 가장 큰 용기를 내는 중이었다.

"이건 내 문제요."

"그럼 제가 어떻게……."

스륵.

그때, 광휘가 장련의 귀에 뭔가를 올렸다.

단아한 검은 머리에, 분홍빛 꽃이 꽂혔다.

"…무사님?"

장련이 상황 파악 못 하는 사이, 털썩 하고 광휘가 무릎을 꿇었다.

그리고 내민 것은.

"나와 결혼해 주시겠소?"

반지였다.

"그대가 받아주신다면 오늘부터 목숨이 다하는 날까지, 내 삶이 아닌 우리의 삶을 살겠소. 약속하리다. 무인의 이름을 걸고."

"……."

장련은 말없이 그를 바라보았다. 코끝이 시큰해지던 그녀는 시선을 다른 데로 돌렸다.

노을이었다.

저녁 시간, 아름답게 퍼진 노을빛이 강물을 수놓고 있었다.

그리고.

"너무 늦었잖아요."

장련은 반지를 집었다.

그리고 광휘를 보며 말을 이었다.

"고맙습니다."

떨리는 목소리로 대답하는 장련.

그러자 오랜 시간 계속된 싸움으로 지친 무사의 얼굴에 미소가 떠올랐다.

눈부신 저녁노을이 나란히 선 두 사람 사이로 번지고 있었다.

『장씨세가 호위무사』 제5막 완결